Lauren Myracle
WUNSCHTAG

Lauren Myracle, 1969 in North Carolina geboren, lehrte mehrere Jahre Englisch und Kreatives Schreiben an der Universität und am College, bevor sie ihre Leidenschaft zum Beruf machte und sich ganz dem Schreiben widmete. Zahlreiche ihrer Kinder- und Jugendromane wurden zu Bestsellern.

Lauren Myracle

WUNSCHTAG

Aus dem Amerikanischen
von Andreas Decker

Bücher für coole Mädchen.
www.piper.de/youandivi

FSC
www.fsc.org
MIX
Papier aus verantwortungsvollen Quellen
FSC® C014496

ISBN 978-3-492-70449-6

Titel der amerikanischen Originalausgabe: »Wishing Day«,
Katherine Tegen Books, New York 2017
Umschlaggestaltung: zero-media.net, München
Umschlagabbildungen: FinePic®, München; Getty Images/A-Digit;
Getty Images/ninochka
Satz: Satz für Satz, Wangen im Allgäu
Druck und Bindung: GGP Media GmbH, Pößneck
Printed in Germany

Für jeden, der an Magie glaubt
(und auch für die, die vielleicht gelegentlich
daran erinnert werden müssen)

Und für Randy,
meinen Wunsch, der in Erfüllung ging

Ich wünsche mir Töchter,
und dass meine Töchter Töchter bekommen.
Und dass ihre Töchter auch Töchter bekommen,
und dass deren Töchter auch Töchter bekommen.

Nadia Slovensky, dreizehn Jahre alt (1779)

1

Es war die dritte Nacht des dritten Monats nach Naschas dreizehntem Geburtstag. Am Himmel leuchtete der Vollmond. Die Winterluft war klar und kalt. Natascha stand vor dem uralten Weidenbaum, der sie hoch überragte. Fast nahe genug, um die eisbedeckten Äste zu berühren. Aber noch fehlten ein paar Schritte bis dorthin.

Gleich.

Vielleicht.

Sie hatte sich noch nicht entschieden.

Ihre Tanten sahen vom Rand der Lichtung zu, vielleicht drei oder vier Meter weit entfernt. Sie waren mit ihr zusammen den Willow Hill, den Weidenhügel, hinaufgestiegen. Nicht, dass sie sie darum gebeten hätte. Nicht, dass sie sich die Begleitung gewünscht hätte. Aber als sie oben angekommen waren, ließen sie Natascha allein zum Baum gehen. Außerdem hatten sie aufgehört, sich zu streiten. Sie sprachen überhaupt nicht mehr. Die Stille war eine Erleichterung, aber jetzt, wo der Augenblick gekommen war, machte sie Natascha nervös.

Tu es oder lass es.

Tu es oder lass es.

Es tun … oder es lassen?

Natascha hörte deutlich das Pochen ihres Herzens. Sie spürte das Heben und Senken ihrer Brust. Sie fühlte sich außerordentlich unwohl. Es war genau wie damals in der sechsten Klasse, als sie sich für den Sportunterricht umgezogen hatte und das Gelächter losgegangen war. Als sie aufgeschaut hatte, hatte jeder betont weggesehen. Später hatte sie dann erfahren, dass sie den falschen BH trug. Einen Kinder-BH.

Jetzt war sie in der siebten Klasse und entschlüsselte die Mädchenregeln gut genug, um sich anzupassen. Aber wenn es um den Wunschtag eines Mädchens ging, gab es andere Regeln. Oder vielmehr gar keine. Am Wunschtag eines Mädchens gab es vielleicht eine Torte, eine Party, vielleicht auch einen ganz besonderen Abend in einem schicken Restaurant. Oder es feierte seinen Wunschtag gar nicht.

Oder behauptete, es nicht zu tun, und tat es trotzdem. Oder genau andersherum.

Vermutlich unternahmen die meisten Mädchen in ihrer Klasse *irgendetwas* an ihrem Wunschtag. Selbst wenn sie nicht zu dem Weidenbaum gingen. Natascha dachte da an Kerzen und Schleifen, Hoffnungen und Wünsche, die in kleine, eng beschriebene Briefe gekritzelt waren.

Nataschas beste Freundin Molly hatte dafür nur Verachtung übrig. Sie war eines der wenigen Mädchen aus ihrer Bekanntschaft, die die Idee des Wunschtages unerschütterlich und offen ablehnten. Um ihren Standpunkt klarzumachen, hatte sie ihren Wunschtag Anfang Dezember damit verbracht, die Sockenschublade aufzuräumen.

Sie hatte jedes Paar zusammengerollt und dann aufrecht in die Schublade gestellt. »Das macht sie fröhlich«, hatte sie behauptet.

»Aha«, erwiderte Natascha. »Socken können also auch glücklich sein. *Socken.* Aber die Vorstellung, dass sich Wünsche erfüllen, ist völlig verrückt, ja?«

»Ja! Gibt es abgesehen von Willow Hill irgendwo auf der ganzen Welt einen Ort, an dem Mädchen einen Wunschtag haben? Nein, weil Wunschtage unsinnig sind. Womit ich deine Urur-was-auch-immer-Großmutter keineswegs beleidigen will.«

»Ihr Name war Nadja«, murmelte Natascha.

»Womit ich Nadja nicht beleidigen will. Aber sie hat sich diese ganze Sache nur ausgedacht!« Molly nahm mehrere tiefe Atemzüge, um sich zu beruhigen (ziemlich offensichtlich beruhigende Atemzüge, weil Molly gern dramatisch war). Dann lächelte sie. »Aber ich weiß, dass dein Wunschtag bald kommt, also weißt du was?«

»Was?«

»Hiermit gebe ich dir die Erlaubnis, am besagten Wunschtag zu tun, wozu immer du Lust hast.« Sie fuchtelte mit der Hand in der Luft herum. »So ist es verkündet, so soll es sein!«

»Ist ja toll. Muss ich mich jetzt bedanken?«

Molly hatte finster die Stirn gerunzelt, ein deutliches *»Schäm dich«*-Stirnrunzeln. Dann hatte sie gelacht und ihr aus einer dieser übergroßen Plastikröhren Feenstaub auf den Kopf geschüttet. Für den Rest des Tages hatte Natascha Zucker im Haar geschmeckt.

Heute Abend war Nataschas langes Haar zu einem Zopf geflochten, den sie in den Mantel gesteckt hatte. Sie trug einen flauschigen Hut, ihr war trotzdem kalt an den Ohren. Genau wie an Fingern, Zehen und Nasenspitze. Sie schaute den Weidenbaum an. Mondlicht schien durch seine Äste und kleidete sie in einen silbrigen Schimmer. Natascha fröstelte.

»Natascha, entscheide dich«, rief Tante Vera. »Es ist eiskalt.«

»Vera, pst«, tadelte sie Tante Elena. Dann sagte sie mit lauterer Stimme: »Nimm dir so viel Zeit, wie du brauchst, Natascha. Das ist dein Wunschtag, nicht unserer.«

Tante Vera schnalzte mit der Zunge, und so wie es sich anhörte, gab Tante Elena ihr einen Schubs von der Art, wie ihn Schwestern niemals verlernten. Tante Vera und Tante Elena hatten sehr unterschiedliche Ansichten, was die Tradition des Wunschtages anging, und sie waren sich bis zum heutigen Tage nicht einig geworden.

Tante Elena glaubte mit ganzem Herzen an Magie, so wie gewisse Kinder an Magie glaubten. So wie Nataschas jüngste Schwester daran glaubte. Aber Ava war erst elf. Tante Elena war eine Erwachsene.

Nataschas Schwester Darya war zwölf, aber es stand zu bezweifeln, dass Darya jemals an Magie geglaubt hatte. Wie Molly hielt sie den Wunschtag für lächerlich. Nur dass Molly den Humor darin erkannte, vor allem in den Geschichten, die sich darum drehten. »... und dann erfüllte er sich! Sie wünschte sich am Wunschtag ein Kätzchen, und schon am *nächsten Tag bekam sie es*! Nur dass es eigentlich ein Hund war, wenn man es genau nimmt, und das Mädchen passte lediglich darauf auf, und am Ende hatte sie eine Million Flohbisse. Aber trotzdem!«

Darya war viel zu cool, um über Willow Hills Tradition des Wunschtages zu scherzen – aber vielleicht war es ihr auch einfach zu peinlich, wenn man ihre Familiengeschichte berücksichtigte. Darya teilte Tante Veras Meinung, dass Aberglaube »der Unsinn geistig Minderbemittelter« war. Darya teilte auch noch andere Eigenschaften Tante Veras – gute Eigenschaften, so wie hart sein zu können, wenn es die Situation erforderte.

Aber hätte Natascha die beiden offen miteinander verglichen, hätte Darya energisch widersprochen. Darya wollte keineswegs wie Tante Vera sein, denn Vera war die *langweilige* Tante. Sie glaubte an einen Geschirrspüler, der streng nach Vorschrift gefüllt wurde, und zwei Untersuchungen beim Zahnarzt im Jahr für Natascha, Darya, und Ava. Gut, es war auch ihre Aufgabe, schließlich zog sie die Kinder zusammen mit Tante Elena groß.

Papa zog sie natürlich ebenfalls groß, aber ...

Nun ...

Papa war Papa und Mama war fort, also waren Tante Vera und Tante Elena eingesprungen.

Die Tanten waren so unterschiedlich. Tante Elena erschien jünger als die anderen Mütter von Willow Hill, während Tante Vera so schrecklich viel älter erschien. Wäre Mama da gewesen, hätte sie richtig zu den beiden gepasst, so wie in *Goldlöckchen und die drei Bären*.

Eine flüchtige Erinnerung flatterte am Rand ihrer Gedanken und Natascha verspürte einen tiefen, vertrauten Schmerz. Sie unterdrückte ihn.

Ein Nachtfalke stieß seinen kurzen, rauen Schrei aus und sie schaute auf, verfolgte seinen Flug anhand der weißen Streifen, die die dunkleren Federn seiner Schwingen unterbrachen.

»Natascha!«, rief Tante Elena drängend. Natascha hörte sie herankommen, denn der Schnee knirschte unter ihren Stiefeln.

»Schatz, du kannst dir doch keine Zeit lassen. Ein Mann, der einen Nachtfalken zu Beginn des Vollmondes sieht, sollte sich sofort etwas wünschen, denn dieser Wunsch erfüllt sich mit Sicherheit.«

»Aber ich bin kein Mann, sondern ein Mädchen«, erwiderte Natascha. »Und habe ich nicht eigentlich drei Wünsche frei?«

»Aber wenn der Nachtfalke eine Runde dreht und zurückkehrt, bevor der Wunsch geäußert wurde, kann der Mann oder das Mädchen sämtliches Glück für die Zukunft abschreiben«, behauptete Tante Elena. Ihre Miene war besorgt.

Tante Vera stapfte auf sie zu. »Elena, hör auf mit diesem Unsinn. Natascha, glaube nicht ein Wort, das sie sagt. Man muss sich nicht schämen, wenn man keine Wünsche hat, das ist dir doch hoffentlich klar.«

»Und trotzdem hast du selbst an deinem Wunschtag drei Wünsche geäußert«, sagte Tante Elena.

»Und könnte ich in der Zeit zurückreisen, würde ich es ungeschehen machen«, erwiderte Tante Vera. »Das ist alles völliger Blödsinn.« Ihre Stimme geriet ins Stocken, als sie das Wort Blödsinn aussprach. Ihre Blicke schweiften unruhig hin und her.

»Geh«, drängte Tante Elena und schob Natascha auf den Weidenbaum zu.

Natascha stolperte vorwärts. Ein süßer Geschmack füllte ihren Mund.

Wie seltsam.

Sie machte einen zweiten Schritt. Eine gefrorene Astspitze strich leicht über ihre Schläfe und der süße Geschmack wurde stärker. Wie Ahornsirup. Oder … Weidensirup? Gab es überhaupt Weidensirup?

Natascha verschränkte die Arme vor ihrem Körper. Sie würde das Darya niemals verraten – oder gar Tante Vera, wenn sie darüber nachdachte –, aber tief in ihrem Inneren wollte sie an Magie glauben. Sie wollte glauben, dass ihre Familie etwas Besonderes war, dass sie selbst etwas Besonderes war. Wäre es nicht wunderbar, wenn das stimmte?

Der Wind strich über die Spitze des Weidenbaums,

und viele Eiszapfen schlugen aneinander. Sie klangen wie kleine Glöckchen. Nataschas Herz schlug schneller, denn Mamas Ohrringe hatten immer wie kleine Glöckchen geklirrt. Schon seit Ewigkeiten hatte sie nicht mehr an diese Ohrringe gedacht.

Okay, dachte sie. *Okay, dann los.*

Sie duckte sich und schob sich durch die Äste, die sich wie ein Vorhang hinter ihr schlossen. Sie berührte den dicken Stamm der Weide. Ihre Sinne kribbelten und in weiter Ferne hörte sie Gebimmel.

(Glöckchen, winzige bimmelnde Glöckchen)

Ihr Atem stockte, denn in einer plötzlichen, überwältigenden Erkenntnis wusste sie, dass Magie *tatsächlich* existierte. Sie fühlte es in dem Baum. Er strahlte Andersweltlichkeit aus wie ein Licht.

Natascha, grollte die Weide und sprach ohne Worte.

Die Welt fiel von ihr ab. Ihre Tante, ihre Schwestern. Papa. Die ganze Stadt Willow Hill. Alles verblich außer Natascha und der Weide. Es gab keine Zeit. Es gab keinen Raum. Wenn sie atmete, trieben kleine Wölkchen durch die Luft; das war alles.

In Gedanken ging sie noch einmal die Einzelheiten der Tradition durch:

Ein unmöglicher Wunsch.

Ein Wunsch, den sich der Wünschende selbst erfüllen kann.

Und schließlich der sehnlichste Wunsch aus der verborgenen Tiefe ihres Herzens.

Äußerte ein Mädchen diese Wünsche an ihrem Wunschtag, gingen sie in Erfüllung.

Oder auch nicht.

Natascha fühlte sich wie erstarrt; da war mehr als nur etwas Panik. Sollte sie sich der wirklich starken Anziehungskraft des Baumes ergeben oder sich jetzt umdrehen, gehen und jegliche Enttäuschung vermeiden?

Enttäuschung war ebenfalls ein starkes Gefühl. Enttäuschungen taten weh.

Ihre unausgesprochenen Wünsche für sich zu behalten würde eine vernünftige Entscheidung sein, und man *erwartete* von ihr, vernünftig zu sein. Sie war die vernünftige Schwester, Darya war die hübsche Schwester und Ava war die alberne, überschwängliche einfallsreiche Schwester.

Aber sie war auf den Hügel gestiegen. Sie war hier, es war Vollmond, und die vielen Voraussetzungen, die an diesem Abend zeitlich zusammenkamen, würde es nur ein Mal geben. Ihre Hand blieb gegen den Baum gedrückt.

Nun mach schon, befahl sie sich. *Du willst diese Wünsche äußern, das weißt du genau. Du weißt nur nicht, was genau du dir wünschen willst.*

Ihre Liste der »unmöglichen Wünsche« war schier

endlos. So schön wie Darya zu sein. Oder sogar noch schöner zu sein, ohne deswegen hochnäsig zu werden. Gut in der Schule zu sein, ohne sich dafür Mühe geben zu müssen. Gut in der Schule zu sein, aber nicht dafür verspottet zu werden. Mehr Freunde zu haben. Weniger Verantwortung. Sich nicht immer wie eine Erwachsene verhalten zu müssen, wo sie doch erst in der siebten Klasse war. Nicht so sehr von ihren Tanten und Papa und ihren Schwestern gebraucht zu werden …

Nein, halt!

Das hatte sie nicht so gemeint. Sie war ein schreckliches Mädchen. Natürlich wollte sie von ihrer Familie gebraucht werden.

Das nehme ich zurück, dachte sie. Sie legte die andere Hand ebenfalls auf die Weide und drückte die Stirn gegen die kalte Rinde. Sie ließ zu, dass sie sich an den dunklen Ort in ihrem Inneren begab, einen zarten und wahrhaftigen Ort, und sprach, bevor sie den Mut verlor.

»Ich wünsche mir, dass Mama noch lebt.« Ihre Stimme war dünn und leise.

Die Aufregung machte sie schwindelig und schnell sprach sie ihren zweiten Wunsch aus.

»Ich wünsche mir … ich wünsche mir, geküsst zu werden«, sagte sie und ärgerte sich auf der Stelle über sich selbst. Denn das war eine echte Verschwendung! Es war ihr völlig egal, ob sie geküsst wurde oder nicht. Zwar hätte sie sich dafür interessieren sollen, denn sie war schließlich dreizehn und ein Mädchen, und es gab einige Jungs, die auf beunruhigende Weise süß waren. Wie Benton Hale. In letzter Zeit war er ihr auf eine ganz neue Weise aufgefallen, die sich völlig davon unterschied, wie sie über ihn gedacht hatte, als sie beide sieben Jahre alt gewesen waren und sich gegenseitig mit Klebstoff beschmiert hatten.

Da waren zum Beispiel die hellen Härchen in seinem Nacken. Er war im Footballteam und bei den Ringern und er ging mit einem frechen Schritt durchs Leben. Aber diese flaumigen Härchen ließen ihn verletzlich erscheinen – erst recht, weil er sich ihrer garantiert nicht bewusst war.

Aber sie war nicht hier, um über Benton nachzudenken. Sie war hier, um ihren dritten Wunsch zu äußern. Den sehnlichsten Wunsch aus der verborgenen Tiefe ihres Herzens. Ihr Magen verkrampfte sich. Kannte sie den sehnlichsten Wunsch aus der verborgenen Tiefe ihres Herzens überhaupt? Woher sollte sie ihn kennen? Wie *konnte* sie ihn kennen, wenn er doch verborgen war?

Sei still, Kind, schien die Weide zu sagen.

Natascha verspürte Empörung. Sie war kein Kind. Wie konnte man ein Kind sein, wenn man um jeden Preis zu verhindern hatte, dass die Familie auseinanderbrach? Sie deckte den Frühstückstisch, während Tante Vera Eier und Schinken briet. Sie half Ava mit den Hausaufgaben. Sie saugte Staub, bevor Tante Elena sie darum bat, und sie war diejenige, die daran dachte, neue Staubsaugertüten zu kaufen, wenn sie ihnen ausgingen. Papa bekam einen Ausschlag, wenn seine Kleider nicht mit dem richtigen Waschmittel gewaschen wurden, also war es auch ihre Aufgabe, das besondere Waschmittel zu kaufen. Und um Himmels willen, sie war diejenige, die am Winteranfang den Heizungsfilter ersetzt hatte. Den Heizungsfilter! Welches »Kind« tat denn so etwas?

Die Weide summte. Nataschas Großmutter hatte als Kind darunter gespielt, genau wie die Großmutter ihrer Großmutter, und es war ihre Ururgroßmutter gewesen, die sie gepflanzt hatte. Zumindest erzählte man sich das. Natascha war sich nicht sicher, was die Einzelheiten anging. Aber so lange sie sich zurückerinnern konnten, hatten alle Mädchen aus ihrer Familie hier am Wunschtag ihre Wünsche geäußert.

Sie hielt die Hände weiter gegen den Baumstamm gedrückt.

Konzentriere dich wieder auf die Dinge, die wichtig sind, wisperte eine leise Stimme ihr zu. Diesmal war es ihre eigene, stellte sie fest. *Nicht den Kuss, was blöd war. Dring zum Herz der Dinge vor.*

Du weißt schon.

Tränen brannten in Nataschas Augen, und einen winzigen Augenblick lang ließ sie zu, dass sie sich selbst leidtat. Sie hielt die Dinge doch so gut zusammen. Sie arbeitete schwer, war immer fleißig und kümmerte sich um andere. Niemals beschwerte sie sich.

»Was würden wir nur ohne dich tun?«, pflegte Papa oft zu sagen, legte seine Hand auf ihre Schulter und lächelte sein ewig müdes Lächeln.

Diese Frage war nie ernst gemeint. Mit Sicherheit erwartete er keine Antwort. Aber manchmal stellte sich Natascha vor ... einfach wegzugehen. Nicht zu verschwinden! Nun ja, vielleicht *doch* zu verschwinden, aber nur für einen Tag, damit ihre Abwesenheit ihn zu der Erkenntnis zwingen würde, wie sehr er sie brauchte. Das Gleiche galt für ihre Schwestern und ihre Tanten.

Obwohl, nein. Es war nahe dran, andererseits traf es nicht genau zu, denn es war ja nicht so, dass man nicht sah, wie sehr sie allen half. Das taten sie. Das Problem war, dass man kaum etwas anderes sah.

So wie die Leute in der Stadt sahen, wie höflich sie doch war. Ihre Lehrer sahen, wie sie sich in die

Arbeit hineinkniete. Selbst Molly sah nur eine Version von ihr, die nicht ganz vollständig war. Molly war eine gute Freundin. Sie hatten viel Spaß zusammen. Würde sie an einer Brücke hängen und gleich abstürzen, würde Molly versuchen, sie zu retten, selbst wenn das bedeutete, sich dadurch selbst in Gefahr zu bringen. Jedenfalls vermutlich.

Aber gelegentlich kollidierte sie mit etwas in Molly, mit dem sie einfach nicht umgehen konnte. So fragte sie sich, wie sehr es Molly genoss, die beste Freundin dieses »armen Mädchens, das seine Mutter verloren hat« zu sein.

Zum Beispiel kümmerte Molly sich ständig um Nataschas Äußeres. Zog ihre Bluse zurecht oder wies sie an, ihren Pferdeschwanz zu richten, weil es Knoten im Haar gab. Einmal hatte sie ihr mit einem lauten Flüstern aufgetragen, »ihr Deo aufzufrischen – nichts für ungut!«.

Nachdem sie Nataschas Ausdruck bemerkt hatte, war sie beschämt gewesen. »Entschuldige, es ist nur … so drückt das meine Mom aus, wenn sie meint, dass ich verschwitzt rieche. Und das ist mir total peinlich, aber ich würde es lieber wissen, als es nicht zu wissen. Du nicht?«

Sofort hatte sich Natascha schuldig gefühlt. Natürlich würde sie es lieber wissen wollen. Auf keinen Fall wollte sie das stinkende Kind sein! Aber es laut ausgesprochen zu hören war ebenfalls peinlich gewesen. Das war alles.

Aber! Sie war nicht nur die »arme Natascha«. Sie war nicht nur die verantwortliche Natascha oder die höfliche Natascha und auch nicht die lerneifrige Natascha. An ihr war viel mehr als alles das.

Die Gedanken und Gefühle, mit denen sie kämpfte, kamen mit plötzlicher Klarheit zusammen.

Sie wollte nicht verschwinden. Sie wollte gesehen werden.

Also. Ihr dritter und letzter Wunsch.

»Ich wünsche mir, ich wäre für jemanden etwas Besonderes«, flüsterte sie dem Baum zu. »Nicht für alle. Nur für eine Person.« Sie hielt den Atem an. Sie schloss die Augen.

Für jemanden, der alle Seiten von mir wahrnimmt, fügte sie stumm hinzu.

Sie öffnete die Augen und nahm die Hände von der Weide. Ihre Wangen waren taub und sie wollte sich die aufgesprungenen Lippen lecken, tat es aber nicht. Das machte es nur noch schlimmer, das wusste sie.

»Natascha?«, hörte sie. Das war Tante Elena.

»Natascha!«, rief Tante Vera.

Andere Laute wurden ihr wieder bewusst. Äste raschelten. Holz ächzte. Irgendwo bellte ein Hund und wollte sich nicht beruhigen.

Sie blinzelte sich zurück in ihre Welt. Sie musterte den Stamm der Weide, der mit zahllosen Spalten und Furchen übersät war. Sie legte den Kopf nach hinten und blickte in den sternengefüllten Himmel, der zwischen den silbernen Ästen in kleinen, unregelmäßigen Ausschnitten sichtbar war.

Sie fühlte, wie die Magie verschwand. Die Weide war nur eine Weide und Natascha war nur Natascha. Sie kam sich albern vor.

Sie schob sich durch den Blättervorhang und betrat die Lichtung.

Es war vollbracht.

2

Natascha erwachte. Ihre jüngste Schwester Ava stand über sie gebeugt und mampfte Wasabi-Mandeln. Mit einem Schrei schoss Natascha in die Höhe.

»Ava!«, rief sie. »Das kannst du nicht machen. Du bist nicht Boo Radley. Es ist gruselig, aufzuwachen und als Erstes jemanden zu sehen, der einen anstarrt!«

Ava grinste. Sie trug eines von Papas Flanellhemden, das sie zu verschlingen drohte, und eine abgerissene Jeans, die sie bis zur Mitte der Schienbeine aufgerollt hatte.

»Ich bin gern Boo Radley«, behauptete sie.

»Nein, bist du nicht. Außerdem darfst du das gar nicht sein, bis du das Buch gelesen hast«, antwortete

Natascha. Boo Radley war eine hagere und überall lauernde Figur aus dem Buch *Wer die Nachtigall stört*, das Ava – wie Natascha überzeugt war – lieben würde.

Aber Ava war keine so große Leserin wie sie. Genauso wenig wie ihre mittlere Schwester Darya. Natascha konnte das nicht begreifen. Ohne Bücher müsste sie sterben. Sie liebte sie so sehr, dass sie sie heiraten wollte; behauptete zumindest Darya.

Ava ließ sich aufs Bett fallen und zog die Beine unter sich. »Und?« Sie hüpfte auf und ab. »Was hast du dir gewünscht? Gab es Magie? Wie war es?«

»Ava. Sei still. Außerdem stinkst du nach Wasabi.«

Ava beugte sich vor und hauchte sie an. Natascha verzog das Gesicht.

»Der Mond war gestern Abend so schön«, erinnerte sich Ava. »Genau wie die Sterne. Ich habe mir auch etwas gewünscht, wie bei ›Sternenlicht, heller Stern‹. Weißt du, was ich mir gewünscht habe? Dass sich *deine* Wünsche erfüllen!«

Liebe durchzuckte Natascha wie ein Stich. Ava war so ... *Ava*. Sie war süß und freundlich und voller Freude. Sie verbarg ihre Gefühle nicht wie Natascha oder benahm sich so erhaben amüsiert wie Darya.

»Das war nett. Danke.«

Ava warf sich weitere Mandeln in den Mund. »Also? Erzähl es mir!«

»Habe ich das Wunschfest verpasst?«, erkundigte sich Darya von der Tür aus. Sie schlenderte heran und hockte sich neben Ava. Sie roch gut und ihre Lippen glänzten, denn sie war ein großer Fan von Lipgloss. Sie war überhaupt ein Fan von Make-up. Benutzte sogar eine Wimpernzange.

Hätte Natascha jemals eine Wimpernzange ausprobiert – nicht, dass sie das tun würde; daran war sie nun wirklich nicht interessiert, vielen herzlichen Dank –, hätte sie sich mit Sicherheit die Wimpern ausgerissen.

Wie würde wohl eine Person ohne Wimpern aussehen? Wie ein Maulwurf? Maulwürfe sahen so nackt aus. Genau wie diese faltigen, haarlosen Katzen. Sphynx-Katzen, so nannte man sie. Oder doch Sphinx-Katzen? Oder war beides richtig?

»Wirf eine Mandel nach ihr«, schlug Darya ihrer Schwester vor. »Sie versinkt in einem ihrer Trancezustände.«

»Überhaupt nicht«, erwiderte Natascha. Sie zuckte zusammen, als eine Mandel ihre Wange traf. »Ava, hör auf damit!«

»Sie ist wieder da! Yay!«, sagte Darya. Sie ergriff Nataschas Hände und riss die Augen mit vorgetäuschtem Ernst weit auf. »Natascha, der gestrige Abend war ein großer Abend für dich, und wir, deine Schwestern, sind hier, um unsere vollständige Unterstützung anzubieten. Es sei denn, du hast dir falsche Brüste oder Orangenmarmelade gewünscht. In diesem Fall müssen wir unsere Unterstützung zurückziehen.«

»Ich unterstütze dich trotzdem«, widersprach Ava. »Was sind falsche Brüste?«

»Gar nichts.« Natascha warf Darya einen energischen Blick zu.

»Muss man die kaufen?«, fragte Ava. »Wie zieht man die an?«

»Sie fallen an einem Fallschirm vom Himmel«, log Darya mit der üblichen Mühelosigkeit. Sie war so gut und so *glatt* darin, dass sich Natascha manchmal fragte, ob sie eines Tages, wenn sie erwachsen war, zu einem kriminellen Superhirn werden würde.

Aber dazu würde es nicht kommen. Tief in ihrem Herzen wusste Natascha, dass aus Darya niemals eine Kriminelle würde. Aber vielleicht würde sie eine Geschichte über Darya, das kriminelle Superhirn schreiben, nur so zum Spaß. Natascha liebte das Schreiben genauso sehr, wie sie das Lesen liebte, aber davon wussten ihre Schwestern nichts. Sie hielt ihr Notizbuch sicher vor ihren neugierigen Augen versteckt.

»Ava, Darya spinnt«, sagte sie dann. »So funktionieren falsche Brüste nicht und du solltest nicht einmal an Brüste denken und ... *argh*!«

Darya lächelte ein zufriedenes Katzenlächeln. Ihre Haut glühte und ihr wahnsinnig atemberaubendes Haar fing das Morgenlicht ein. Im Gegensatz zu Nataschas schlichtem braunen Haar war Daryas lang und rot und gelockt. So weich wie Regen und so funkelnd wie japanisches Schokoladenpapier. In der Schule war sie gewissermaßen berühmt dafür.

»Außerdem habe ich mir weder Orangenmarmelade gewünscht noch ... das andere«, fügte Natascha hinzu.

»Und was hast du dir gewünscht?«, fragte Ava. »Und in tiefster dunkler Nacht zu der großen Weide zu gehen, war das gruselig oder aufregend? Oder beides? Ich kann meinen Wunschtag gar nicht *erwarten.*«

»Ich schon«, sagte Darya.

»Ich will eines der Mädchen sein, dessen Wünsche tatsächlich wahr werden«, fuhr Ava fort. Sie suchte Nataschas Blick. »Glaubst du, dass ich das schaffe?«

»Ich hoffe es«, erwiderte Natascha. Wenn es jemand verdiente, dass sich seine Wünsche erfüllten, dann Ava. Sie würde gute Wünsche haben. Die Welt zu ihrem Besseren verändern und dergleichen.

Warum hatte sie sich eigentlich nicht gewünscht, dass die Welt besser wurde? Dass der Hunger verschwand, dass jeder Krieg aufhörte, dass alle miteinander auskamen?

»Meine Wünsche sind privat«, stellte sie klar.

»Himmel noch mal, du *hast* dir falsche Brüste gewünscht!«, rief Darya aus.

»Das habe ich nicht, und du bist diejenige, die ständig davon spricht. Ich glaube, *du* wünschst dir falsche Brüste.«

Darya errötete, was nur selten vorkam. Das bedeutete, dass sie es vielleicht tatsächlich tat. Und wenn nicht, bedeutete es zumindest, dass ihr Brüste auffielen und sie sich dafür interessierte und möglicherweise sogar darum sorgte – also um ihre eigenen Brüste.

Sie sorgte sich um die falschen Dinge, fand Natascha. So wie zum Beispiel »heiß« zu sein, ein Wort, das Natascha verabscheute. Es war abscheulich. Siebtklässler sollten nicht *heiß* sein oder es sein wollen. Darya sorgte sich auch darum, mit den richtigen Kids herumzuhängen. Als könnten Kids »richtig« oder »falsch« sein, statt einfach nur sie selbst zu sein.

Plötzlich öffnete sich ein tiefes Loch in Natascha und füllte sich mit Einsamkeit. Sie war sich nicht sicher, was der Grund dafür war, aber es musste etwas mit dem Wunsch zu tun haben, dass die Menschen einfach nur freundlich zueinander sein sollten.

»Darya, du bist schön«, sagte sie.

Darya sah ertappt aus, schüttelte das aber schnell

ab. »Natürlich bin ich das. Danke, dass dir das auffällt.«

Natascha verdrehte die Augen.

»Bin ich schön?«, fragte Ava.

»Ja, Ava, du bist auch schön. Aber es gibt so viele Dinge, die viel wichtiger sind als wie man aussieht.«

»War das einer deiner Wünsche, ›schön zu sein‹?«, wollte Ava wissen.

»Nein!«

»Gut, denn das bist du bereits.« Ava legte die Arme um Nataschas Taille und drückte fest.

»Mädchen!«, rief Tante Elena. »Frühstück! Darya, hast du deinen leeren Capri-Sonne-Becher auf der Küchentheke stehen lassen?«

»Nein, Tante Elena, das war Natascha!« Darya stand vom Bett auf.

»Das war sie nicht!«, rief Natascha.

Ava entknotete die Beine. »Komm schon.« Sie zog Natascha aus dem Bett. »Du kannst uns den Rest deines Wunschtags erzählen, während wir essen.«

»Oder auch nicht«, erwiderte Natascha. Sie schnappte sich Avas Unterarm und hielt sie fest, während Darya das Zimmer verließ. »Ich will nicht gemein sein, Ava. Es ist nur … Ich weiß nicht. Darüber zu reden fühlt sich einfach seltsam an.«

Ava legte den Kopf schief. In Papas Hemd sah sie dürr aus.

»Okay«, sagte sie. »Aber … war es mehr als ein normaler Abend?«

In Avas Augen lag so viel Hoffnung. Wem würde es schaden, sie noch eine Weile länger an Wünsche glauben zu lassen?

Natascha dachte daran, wie ihr Körper gekribbelt hatte, als sie den großen Weidenbaum das erste Mal berührt hatte. Wie sie sicher gewesen war, wenn auch nur in diesem Augenblick, dass mehr an der Welt war, als je erklärt werden konnte.

»Es war magisch«, gab Natascha zu.

Ava grinste breit. Wieder umarmte sie Natascha und drückte ihr das Gesicht an die Brust. Natascha fühlte, wie sich ihre Lippen bewegten.

»Yay«, hörte Natascha sie flüstern.

Ich wünsche mir,
ich würde an Wünsche glauben.

Molly Carlisle, dreizehn Jahre alt

3

Als die Schule am 4. Januar wieder begann, fragte auch Molly Natascha nach ihrem Wunschtag. Sie hatten sich während der Weihnachtsferien weder gesehen noch miteinander gesprochen, weil Mollys Eltern sie zu einem »netzfreien« Besuch ihrer Großmutter mitgenommen hatte. Netzfrei hieß keine Handys, kein Internet, kein gar nichts.

»Es war genauso schrecklich, wie es sich anhört«, stöhnte Molly. »Also bring mich auf den neuesten Stand! Ich will jede Einzelheit hören.«

»Aber du hältst Wunschtage für blöd.« Natascha stemmte sich dem Strom der anderen Kinder um sie herum entgegen.

»Aber ich halte *dich* nicht für blöd«, sagte Molly.

»Ich mache mich nicht über dich lustig, großes Ehrenwort.«

Natascha warf ihr einen Blick zu. Es gab gewisse Dinge, die sie nicht mit Molly teilte. Sie wusste eigentlich gar nicht, warum das so war. Weil es sich nicht sicher anfühlte?

»Ach, komm schon«, bettelte Molly. »Hast du die Augen geschlossen? Hast du an Prinzen und Glasschuhe und Luftschlösser gedacht?«

»Molly. Hast du je erlebt, dass ich an Prinzen, Glasschuhe und Luftschlösser denke?«

»Also an Prinzen schon. Manchmal denkst du an Prinzen.«

»Wir haben in Willow Hill aber keine Prinzen.«

»Du weißt, was ich meine.«

Der Korridor summte förmlich vor Siebtklässler-Energie. Jungs tauschten Fauststöße, während Mädchen kreischten und einander umarmten, als wären sie Monate voneinander getrennt gewesen statt Wochen. Kris Wentworth rief begeistert aus, wie gebräunt und wunderschön Belinda Berry aussah, und Belinda sagte nur: »Ach, bitte.« Belinda war während der Ferien in Aspen zum Skifahren gewesen. Darum war sie so braun. Aber wunderschön war sie einfach, weil sie nun einmal so war.

Natascha ließ das Chaos an sich vorbeirauschen. Ein Junge namens Matt schüttelte seine schneebedeckte Mütze in Richtung von Belinda und Kris aus. Kris kreischte. Benton, Nataschas heimlicher Schwarm, tanzte mitten im Korridor aus keinem ersichtlichen Grund, stieß die Fäuste in die Luft und riss nacheinander die Knie hoch. Seine Hose saß zu tief und sein T-Shirt war lächerlich. Auf der Brust war eine Reihe Kätzchen abgebildet.

Aber hinter seiner Lächerlichkeit steckte Methode. Er war selbstbewusst und süß und er trug doch tatsächlich Eau de Cologne. Wenn er ging, stolzierte er, sein Haar war ein lockiges Gewusel und sein Lächeln bereitete Natascha Schmetterlinge im Bauch, wenn sie sich im Korridor begegneten.

Vielleicht kam er dem am nächsten, was es in Willow Hill an Prinzen gab?

Molly knuffte Natascha gegen den Oberarm. »Also? Erzählst du es mir?«

»Was?«

»Dein Wunschtag, du verrückte Nudel! Sag's mir, sag's mir, sag's mir oder ich pinkel auf der Stelle auf den Boden, und das ist so was von mein Ernst.«

»Igitt«, machte Natascha.

Molly grinste. Sie drängte sich zwischen sie und ihren Schrank und rieb ihre Nasen aneinander. »Wenn du es mir nicht verrätst, hebe ich dich hoch, trage dich zu Benton rüber und lade dich in seinen Armen ab.«

Natascha errötete. »Bevor oder nachdem du dir in die Hose gemacht hast?«

»Das entscheidet meine Blase.«

»Sag deiner Blase, es ist Zeit für den Unterricht.«

»Meine Blase hält den Unterricht für langweilig.«

»Deine Blase hat das nicht zu entscheiden.«

Molly packte Nataschas Ärmel und senkte die Stimme. »Hatte dein unmöglicher Wunsch etwas mit deiner Mom zu tun?«

Natascha knallte ihren Schrank zu. Sie zeigte den Korridor hinunter: »Sieh doch, Mr Parker bringt neue Fische für sein Aquarium mit.«

Molly blickte nach links, wo sich Mr Parker vorsichtig seinen Weg zu seinem Büro bahnte, zwei Plastikbeutel aus dem Tiergeschäft mit Wasser und Goldfischen in den Händen. Mr Parker war der Beratungslehrer der sechsten Klasse. Er schien der Meinung zu sein, dass Fische einen beruhigenden Einfluss auf Kinder ausübten.

»Fischchen!«, rief Molly. »Ich liebe Fischchen!« Sie winkte in Mr Parkers Richtung. »Hallo, kleine Fischchen!«

»Hatte dein Cousin nicht einen Kussfisch, der alle anderen Fische im Aquarium aufgefressen hat?«, fragte Natascha.

»Oh mein Gott, ja. Das war ja so traumatisch«, fiel Molly ein. Sofort fing sie wieder mit der Geschichte vom Kussfisch an und dass ihr Cousin zuerst geglaubt hatte, er würde die anderen Fische zu Tode küssen.

»Die treibenden Fischskelette haben meinem Cousin die Wahrheit klargemacht«, sagte Molly. »Und jetzt hat er einen sehr fetten Kussfisch und keine anderen Fische mehr.« Sie ging an Nataschas Seite zu ihrem Klassenzimmer. »Ich frage mich, ob der Fisch seine Tat bereut, wo er jetzt doch keine Freunde mehr hat.«

Was Molly zu ihrem nächsten Gedanken brachte, ob Fische wohl Gefühle hatten oder nicht, und Natascha musste lächeln. Sie bezweifelte, dass sich die Unterhaltung wieder ihrem Wunschtag zuwenden würde, was bedeutete, dass sie vom Haken war.

Haken führte in Nataschas Gedanken zu *Meerjungfrau* und von dort zu einer Meerjungfrau am Haken. Was gruselig war, aber möglicherweise eine tolle Geschichte ergeben würde.

Als sie und Molly zu ihren Tischen kamen, holte sie ihr geheimes Notizbuch aus dem Rucksack und notierte ein paar Gedanken zu der Geschichte. Oooh, vielleicht konnte die *Meerjungfrau* ja jemanden zu Tode küssen!

Sie schlug das Notizbuch zu und verstaute es wieder im Rucksack, wo es während des Unterrichts lebte. Zu Hause lebte es unter ihrem Bett, weit weg in einer im Schatten liegenden Ecke.

Natascha würde sich später wieder mit ihren Notizen über die Meerjungfrau beschäftigen, und falls eine Geschichte daraus werden sollte, würde sie sich zu den Dutzenden anderer Geschichten gesellen, die bereits in ihrem Buch lebten. Den Dutzenden von *unvollendeten* Geschichten. Bis jetzt hatte sie noch keine einzige Geschichte vollendet. Das erfüllte sie mit Scham, denn sie konnte sich nicht als Schriftstellerin bezeichnen, wenn sie keine Geschichte zu Ende brachte, oder?

Dazu hätte sie ihren zweiten Wunsch verwenden können! Ihr zweiter Wunsch, der Wunsch, den sie selbst in Erfüllung gehen lassen konnte. Warum nur hatte sie sich nicht gewünscht, eine Geschichte mit einem Anfang, einer Mitte und einem Ende zu schreiben?

Betrachtete sie es einmal rational, *lebte* sie ihre eigene Geschichte. Sie kannte das Ende nicht und würde es hoffentlich auch nie vorher erfahren. Nicht für lange Zeit.

Im Augenblick befand sie sich genau in der Mitte, was überraschend interessant war.

Nicht, dass sie wieder zur Schule ging. Das meinte sie nicht. Wieder in der Schule zu sein war schön, aber … normal. Nicht gerade wahnsinnig aufregend.

Aber ihr Besuch der alten Weide war alles andere als normal gewesen. Der Hauch von Anderweltlichkeit, den sie erlebt hatte, haftete trotz des Geruchs von Turnschuhen, dem Rülpsen der Jungs und dem Quietschen der Kreide an der Tafel an ihr.

Niemals würde sie die zittrigen weißen Äste und den prächtigen Mond vergessen. Sie erinnerte sich, dass der Baum mit ihr gesprochen hatte, weil er es tatsächlich getan hatte. Stur klammerte sie sich an diese Erinnerung, denn sie wusste genau, wie sich das angehört hätte, hätte sie es jemandem erzählt.

Aber in dieser kalten Nacht war etwas Außergewöhnliches geschehen. Sie hatte der Weide ihre Wünsche anvertraut, und dafür hatte der Baum ihr einen Blick auf eine Welt gegönnt, in der alles möglich war.

Zugegebenermaßen war keiner ihrer Wünsche in Erfüllung gegangen. (*Noch nicht*, flüsterte eine leise Stimme in ihr.) Aber die Möglichkeit, dass sich Wünsche erfüllten, hatte in ihr Wurzeln geschlagen.

Hm. Der schwierige Teil daran war, dass das sowohl gut wie auch schlecht war. Es war gut, weil es ihr Hoffnung machte, dass sie wunderbare Dinge erwarteten. Dass sie vielleicht eines Tages eine Geschichte zu Ende schreiben würde. Aus dem gleichen Grund war es schlecht. Hoffnung machte einem Mut, aber sie konnte einen auch genauso gut enttäuschen.

Der Tag zog sich in die Länge. Natascha beantwortete Fragen in Geschichte und Physik, aber immer nur, wenn sie aufgerufen wurde. Sie löste jede Aufgabe des Mathematiktests, den Mr Barnes verteilte, wartete aber ab, bis Rameen Pezeshki seinen Test abgegeben hatte, bevor sie ihn ebenfalls zum Lehrertisch brachte. Es war peinlich, die Aufgaben immer als Erste abzugeben.

Nach außen hin verhielt sie sich, wie man es typischerweise von ihr erwartete. Aber oft dachte sie an den Weidenbaum zurück. Hörte Flügelschlagen. Den Nachtfalken, der über der Lichtung kreiste und seinen Ruf ausstieß.

Ihr Verstand war wie vernebelt und Zeit nahm eine seltsame Qualität an, verging manchmal schnell und manchmal langsam. Sie konnte das Gefühl nicht abschütteln, dass sie sich in einer Spiegelwelt bewegte – aber was spiegelte sie wider?

Im Englischunterricht wies Ms Woodward die Klasse an, etwas nach eigenem Ermessen zu schreiben. Alle stöhnten, aber Nataschas Anspannung ließ nach. Sie holte ihr geheimes Notizbuch hervor und schrieb über ihren Wunschtag. Bis jetzt war sie noch nicht dazu bereit gewesen, aber das berechenbare Territorium der Schule gab ihr die dazu nötige Distanz.

Sich zu wünschen, dass Mama noch lebt, schrieb sie. Was habe ich mir nur dabei gedacht?

Sie runzelte die Stirn. Tante Vera behauptete immer, sie würde Falten bekommen, wenn sie nicht aufpasste, und Tante Vera musste es wissen. Jahrelanges Stirnrunzeln hatte viele feine Fältchen in ihre Mundwinkel und ihre Stirn gegraben, sodass sie auch dann missmutig aussah, wenn sie es gar nicht war.

»Warum ist Tante Vera böse auf mich?«, fragte Ava manchmal.

»Das ist sie nicht«, flüsterte Natascha dann. »Sie sieht einfach nur so aus.«

Tante Elena hatte ebenfalls Falten, aber bei ihr waren es hauptsächlich Lachfalten in den Augenwinkeln.

Mama hatte keine Falten.

Nicht in Nataschas Erinnerung und auch nicht auf den gerahmten Bildern in der untersten Schublade von Papas Kommode. Früher hatten überall im Haus Fotos ihrer Mutter gestanden: auf Theken, auf Regalen, auf dem Kaminsims. Dann verschwanden die Bilder mehrere Jahre nach Mamas Verschwinden. Natascha hatte den Verdacht, dass Tante Vera eines Tages einfach die Stirn gerunzelt, die gerahmten Bilder eingesammelt und sie irgendwo verstaut hatte. Außer Sichtweite.

Natascha kaute auf der Kappe ihres Stifts herum. Sie beugte den Kopf und schrieb.

Acht Jahre sind vergangen, aber Papa glaubt, dass Mama noch immer am Leben ist. Er hält sie für »verloren« und glaubt, dass sie eines Tages einfach wieder auf unserer Veranda steht. Puff! Also glaubt er meiner Meinung nach an Magie. Oder an Amnesie. Oder beides.

Jeder andere hält sie für tot.

Ich weiß nicht, was ich glauben soll.

Es gab keine Beerdigung oder einen Sarg oder ein tiefes Loch im Boden. Aber alle scheinen davon überzeugt zu sein, dass sie tot ist und dass ihr Tod sehr, sehr traurig und sehr, sehr tragisch war, weil Papa und sie sich doch so sehr geliebt haben und wegen dieser armen kleinen Mädchen. Damit sind Darya, Ava und ich gemeint. Wir sind die armen kleinen Mädchen, und wenn uns die Leute ansehen, ist das alles, was sie sehen.

Aber niemand spricht darüber, wie Mama gestorben ist. Nicht in meiner Anwesenheit. Glaubt man, sie sei von einer Klippe gestürzt? In Willow Hill gibt es keine Klippen, und selbst wenn es welche gäbe, hätte es eine Leiche gegeben. Es sei denn, es gäbe Wölfe und diese Wölfe hätten ihre Knochen abgenagt. Und selbst wenn sie das getan hätten, müssten ja immer noch die Knochen übrig geblieben sein, oder nicht? Was glauben die Leute eigentlich, was mit Mamas Knochen passiert ist???

Jeder hält Papa für verrückt, weil er glaubt, dass Mama noch am Leben ist, aber wisst ihr was? Jeder, der das glaubt, IST GENAUSO VERRÜCKT, WEIL ER GLAUBT, DASS MAMA EIN-

FACH VERSCHWUNDEN IST. MENSCHEN TUN SO ETWAS NICHT. MENSCHEN VERSCHWINDEN NICHT.

Außerdem denke ich manchmal, dass Tante Elena und Tante Vera ebenfalls glauben, dass sie noch am Leben sein könnte, denn jedes Mal, wenn etwas erwähnt wird, das mit Mama zu tun hat, sehen sie sich auf diese ganz besondere Weise an ☺ oder meiden absichtlich den Blick der anderen.

Also was kriege ich da nicht mit???

Vielleicht glaubt ja doch nicht jeder, dass sie tot ist.

Vielleicht tun die Leute ja nur so, wenn wir in ihrer Nähe sind.

Aber was war es dann? Meinen sie, Mama wäre mit einem anderen Mann durchgebrannt? Nur, ha, das würde sie nie tun, und das ist ein Teil der Tragödie: dass einem Mann und einer Frau, die soooo ineinander verliebt gewesen sind, etwas so Schreckliches passieren konnte. Wenn man jemanden liebt, so wie Mama Papa liebte, dann verlässt man diese Person nicht, nur um mit jemand anderem zusammen zu sein.

Vielleicht glauben sie, dass Mama ein Verbrechen beging. Dass sie etwas so Schlimmes tat, dass sie die Flucht ergriff, um nicht ins Gefängnis zu kommen. Schön und gut, aber was war das für ein Verbrechen? Warum hat es niemand angezeigt?

Mama tat nie etwas Schlimmes. Sie schnitt mir meine Erdnussbutter- und Marmeladebrote in Sternform zurecht. Sie legte Geleefrüchte für die Feen auf die Fensterbank! Sie lachte, wenn Tante Vera behauptete, sie würde uns verwöhnen. »Das

Leben ist zu kurz für etwas anderes als Liebe«, erwiderte sie dann. Oder so ähnlich.

Ich war ein kleines Kind, aber ich erinnere mich an das alles. Mama lächelte und lachte und kitzelte mich, sie brachte mir das Fahrradfahren bei und wie ich mir die Schuhe wie ein großes Mädchen zubinde und nicht mit der Hasenohren-Methode.

Natascha hielt inne. Sie verspürte eine große Leere. Dann presste sie die Lippen aufeinander und zwang sich zum Weitermachen.

Manchmal war sie traurig, ja. Wenn ich die Wahrheit sage, darf ich diesen Teil nicht auslassen.

Aber niemand verschwindet, weil er traurig ist.

Und damit bleibt nur ... was?

Ein Nachtfalke hat sich auf sie gestürzt und mit seinen Krallen geschnappt?

Eine grausame Schneekönigin hat sie in Stein verwandelt?

Tante Vera hat sie mit einem Schrumpfzauber belegt, sie ganz klein gemacht und sich in die Tasche gesteckt???

Also ehrlich. Tante Vera glaubt nicht einmal an Magie.

Ich weiß nicht, was mit Mama passiert ist, und ich glaube auch nicht, dass es ein anderer weiß. Ich weiß nur, dass Mama niemals absichtlich verschwunden ist, denn absichtlich zu verschwinden und deinen Mann und deine Kinder ...

Natascha legte den Stift weg. Wenn sie sich verbot, über ihre Mama nachzudenken, machte sie das unglücklich und frustriert, aber ließ sie es zu, führte das zum gleichen Ergebnis. Zuerst fühlte es sich wie Erleichterung an, bis schließlich die ganze Sorge und Verwirrung herausgeströmt kamen und sie wieder an den Anfang brachten.

Es war dumm von ihr gewesen, sich zu wünschen, dass Mama noch lebte. So schrecklich dumm.

Ihr kam ein schrecklicher Gedanke. Das ganze Ritual mit dem Wunschtag … und wenn es Kindern nur beibringen sollte, sich nicht zu wünschen, dass das Leben durch Magie besser werden würde, weil das nämlich niemals passieren würde?

»Also gut, Zeit, zum Ende zu kommen«, sagte Ms Woodward.

Natascha blickte irritiert auf. Ihre Klassenkameraden hörten auf zu schreiben. Freunde fingen an zu plaudern und ihre Sachen einzupacken.

Natascha schob ihr geheimes Notizbuch in den Rucksack. Sie zog das Englischheft mit dem fröhlichen roten Umschlag hervor und blätterte zur ersten freien Seite.

Was für ein toller Tag!, schrieb sie. Und dann fügte sie schnell hinzu:

Meine beste Freundin Molly fand mich vor der Klassenversammlung und gab mir ein Stück Mandelkrokant, meine Lieblingsschokolade. Ich erzählte ihr von unserem neuen Hundebaby, das wir zu Weihnachten bekamen! Meine kleine Schwester nannte es UnicornHero.com, was typisch für Ava ist, weil sie so albern ist. Eigentlich nennen wir ihn Hero, Held. Meinen Papa mag er am liebsten und er schnappt nach dem Saum von Papas Hosen, bis Papa nachgibt und ihn hinter den Ohren krault. Dann wirft sich Hero auf den Rücken und streckt alle vier Pfoten in die Luft und Papa lacht und streichelt seinen Bauch. Papa hat ein tolles Lachen. Sein Lachen lässt jeden lachen. Und das ist alles für den Augenblick!

Genau so etwas würde ein normales Mädchen schreiben, dachte Natascha. Sie wünschte sich, sie hätten Weihnachten ein Hundebaby bekommen. Sie vermisste Papas warmes Lachen.

Sie legte ihr Heft auf den Stapel auf Ms Woodwards Tisch. Am Anfang des Schuljahres hatte die Lehrerin der Klasse versichert, dass ihre Schreibhefte ein »privater Ort wären, an dem man seine Gefühle erforschen kann«. Und sie hatte ihnen versprochen, ihre Einträge nicht vorzulesen.

Natascha fand, dass Vorsicht besser als Nachsicht war.

4

Willow Hill war eine sichere und verschlafene Stadt. Damit gaben die Bewohner gern an, und Natascha vertrat keinesfalls eine andere Meinung. Willow Hill schien vom Rest der Welt getrennt zu sein, als hätte man es aus der Landschaft gehoben und sanft auf … Natascha fiel kein Beispiel ein. Auf eine Wolke gebettet?

Das bedeutete keineswegs, dass Willow Hill altmodisch war. Die meisten Kinder hatten Handys (obwohl Natascha nicht zu ihnen gehörte. Molly aber schon). Es gab ein Kino und etliche gute Restaurants; in der hübschen Innenstadt gab es eine Geschäftsmeile mit ausgefallenen Boutiquen.

Es geschahen nicht viele Verbrechen und die bestanden meistens aus harmlosen Streichen wie Kühe umzuwerfen. (Zählte Kühe umzuwerfen überhaupt als Verbrechen? Natascha wusste es nicht. Die Kühe taten ihr bloß leid.)

Achtklässler, die sich gut in technischen Dingen auskannten, fanden ständig neue Wege, die Sicherheitsprotokolle des schulischen Computernetzwerkes zu umgehen. Sie drehten das Schullogo auf der Homepage um. Sie brachten die Computer dazu, jedes Mal das Wort »Space« zu tippen, wenn jemand die Spacetaste bediente, sodass aus »das Leben ist das schönste Märchen« dann »das Space Leben Space« und so weiter wurde.

Natascha hatte den Satz über das Leben, das ein Märchen ist, selbst getippt, weil sie Hans Christian Andersen in einem Essay für den Englischunterricht zitiert hatte. Das größte Vergnügen hatte sie gehabt, als sich die Fee in eine Spacefee verwandelte. Die Vorstellung von Tinker Bell, die in einem Raumanzug mit dem Hintern wackelte, ließ sie kichern.

Auf jeden Fall waren die meisten Vergehen eher lästig als bösartig. In Willow Hill gab es nicht viel Bösartigkeit, Punkt. In der Stadt lächelten die Leute einander zu und grüßten sich. Hatte man einen Platten am Fahrrad, blieb jemand stehen und half einem. War man krank, brachte jemand Hühnersuppe vorbei. Verschwand deine Mutter spurlos …

Gut. Das war etwas anderes. Wenn deine Mutter spurlos verschwand, wussten die Leute nicht, was sie tun sollten, darum war es schon gut, dass verschwindende Mütter nicht die Norm waren – Natascha und ihre Familie waren eine Ausnahme.

Willow Hill war also den *größten* Teil der Zeit für die *meisten* Leute sicher. Das Geheimnis, was mit ihrer Mutter geschehen war, verfolgte Nataschas Leben ständig im Hintergrund, aber als der Januar in den Februar überging, erforderten dringendere Sorgen ihre Aufmerksamkeit.

Da war zum Beispiel der Valentinstag.

Mädchen kreischten, wenn sie Rosen auf ihren Klassentischen fanden. Oder Schokoladenküsse oder Teddybären. Die Jungs wurden barsch oder verlegen, wenn Botschaften auf parfümiertem Papier aus ihren Schulbüchern flatterten.

Natascha hielt sich von kitschigen Grußkarten und Pralinenschachteln in Herzform fern, die SEI MEIN oder VERRÜCKT NACH DIR verkündeten. Sie gestattete sich ein paar verstohlene Blicke auf Benton, aber das war es auch schon.

Im Korridor musste sie ein Lächeln unterdrücken, als er vor seinen Freunden mit einer langstieligen Rose zwischen den Zähnen poste. In der Pause sah sie ihn, wie er sich über den Wasserspender beugte. Ihr gefiel die Art und Weise, wie er sich den Mund mit dem Handrücken abwischte, als er fertig war. Im Computerlabor sah sie zu, wie er seinen besten Freund Stanley abklatschte. Ihr fiel auf, wie sich der Hemdenärmel um seinen Bizeps spannte, und sie wurde knallrot, als Molly sie dabei erwischte.

»Wenn du willst, dass er dich mag, dann könntest du ja vielleicht irgendwann in Betracht ziehen, mal mit ihm zu reden«, zog Molly sie auf. »Oder schreib ihm einen Liebesbrief. Bitte, bitte, bitte?«

»Molly, pst!«, machte Natascha.

»Wir könnten ihn in seinen Schrank stecken. Wäre das kein Spaß?«

»Nein.«

»Okay, dann versuch das: Wie wäre es, wenn du jetzt sofort aufspringst, zu ihm rüberläufst und ihm deine unsterbliche Zuneigung schwörst?«

»Oder«, antwortete Natascha, »*du* versuchst Folgendes: Wie wäre es, wenn du sofort aufspringst und zu ihm rüberläufst, und dann läufst du weiter bis zum Footballplatz?«

»Zum Footballplatz? Was soll ich denn dort?«

»Allein sitzen und darüber nachdenken, wie man seine Freundin nicht in Verlegenheit bringt?«

Nachdenklich tippte sich Molly gegen die Unterlippe. Dann schüttelte sie den Kopf. »Nöö, das bringt nichts. Aber da fällt mir etwas ein. Geh rüber und sag ihm, wie heiß er ist!«

»Igitt.« Natascha stöhnte. »Du weißt genau, wie ich dieses Wort hasse.«

»Dann eben attraktiv. Und er wird die Hand aufs Herz legen und sagen: ›Mann, Natascha, ich fühle mich geehrt. Du bist ebenfalls eine scharfe Braut.‹«

Benton und Stanley blickten zu ihnen herüber. Genau wie Mr Wernsing, der Bibliothekar.

Er spähte über den Rand seiner Brille. »Mädchen, etwas leiser bitte.«

»Ja, Natascha«, schimpfte Molly. »Bitte etwas leiser!« Sie wandte sich Mr Wernsing zu. »Es tut mir leid. Diese ungezogene Natascha ist so *ungezogen*, nicht wahr?«

»Vielleicht liegt es ja auch an ihrer Gesellschaft«, meinte der Lehrer.

»Nöö«, behauptete Molly. »Das ist hundertprozentig Natascha. Sie hat heute Morgen vergessen, ihre Medizin zu nehmen.«

Dann veränderte sich ihr Ausdruck. Sie packte Nataschas Unterarm und senkte die Stimme zu einem drängenden Flüstern. »Oh mein Gott! Benton sieht dich an! Er sieht dich wirklich und wahrhaftig an!« Ihre Augen weiteten sich. »Whoa. War *er* einer deiner Wünsche? *Hast du dir gewünscht, dass Benton dich mag?*«

Zeit, endlich die Klappe zu halten, übermittelte

Natascha stumm und verzweifelt ihrer Freundin. *Sei still, bitte. Sei still!*

Benton und Stanley standen auf und packten ihren Kram zusammen.

»Tschüss, Jungs!«, flötete Molly. »Schönen Valentinstag!« Sie rüttelte an Nataschas Stuhl. »Willst du nicht ›schönen Valentinstag‹ sagen, Natascha?«

Aber Natascha wollte nur in eine andere Dimension transportiert werden. Das geschah nicht, also richtete sie den Blick angestrengt auf das schwarze Brett neben Mr Wernsings Schreibtisch und versuchte so auszusehen, als würde sie sich auf die dort angehefteten Flugblätter konzentrieren.

»Molly, du bist schräg«, sagte Benton. »Deine Freundin ist ganz schön schräg, Natascha. Wusstest du das?«

Molly hieb ihr einen Ellenbogen in die Seite und sie zuckte zusammen und tat so, als käme sie aus ihrer Trance. »Was?«

»Oh bitte!«, sagte Molly.

Benton grinste. »Adios, Ladys. Wir sehen uns.«

»Wir sehen uns!« Stanley hob die Hand.

»Wir ... sehen uns«, erwiderte Natascha kaum hörbar.

Sobald sie weg waren, kreischte Molly. »Benton hat dich angelächelt! Zuerst hat er dich angesehen, dann hat er dich angelächelt. Hast du das gesehen?«

»Nein. Ich war völlig darin versunken, das Plakat vom Frühlingsfest zu betrachten.«

»Ach, um Himmels willen. Warst du nicht.«

»War ich wohl«, behauptete Natascha stur. »Ich habe es die ganze Zeit über studiert.«

Molly legte ihr die Hand vor die Augen. »Also gut, welche Farbe hat das Plakat? Wie viele Gänseblümchen? Und gibt es dieses Jahr ein Labyrinth oder nicht?«

»Gelb, viele, und ...«

»Labyrinth oder kein Labyrinth? Eine Einwortantwort, Babe. Easy-peasy.«

Äh. Sie versuchte, einen Blick auf das Plakat zu werfen, aber Molly ließ das nicht zu.

»Ich warte«, sang sie.

Natascha konzentrierte sich. Das Plakat war am ersten Tag des neuen Halbjahres an die Wand gepinnt worden, also fiel es leicht, sich an den gelben Hintergrund und die Masse der Gänseblümchen zu erinnern.

Aber das Labyrinth hing vom mürrischen Mr Bakkus ab. Wie sollte sie vorhersagen, was er tun würde?

Den ganzen Winter über hatte Mr Bakkus Schnee zu Ziegeln geformt und sie in einem mit einer Kühlung versehenen Lagerschuppen hinter seinem Haus aufgestapelt. In manchen Jahren schaffte er die Ziegel in den Stadtpark und baute ein kompliziertes Labyrinth. Das war sein Beitrag zum alljährlich stattfindenden Frühlingsfest der Stadt. In manchen Jahren tat er es aber auch nicht. Niemand kannte den Grund dafür, allerdings nahmen manche an, es sollte so eine Art Murmeltiertag-Prophezeiung sein. Wenn er sein Labyrinth baute, kam der Frühling früher nach Willow Hill. Tat er es nicht, konnte es Mai werden, bevor das Wetter verlässlich warm wurde.

Dieses Mal fand das Fest im März statt und im März war es in der Stadt unweigerlich kühl.

»Also sollte man es das *Winter*fest nennen und nicht das *Frühlings*fest«, meckerte Darya jedes Jahr. Ihr gefiel es, wenn die Dinge schwarz und weiß waren. »Bei einem Frühlingsfest sollte es draußen auch frühlingshaft sein.«

»Aber ist es denn nicht schön, vom Frühling zu *träumen*, selbst wenn der Winter nicht enden will?«, fragte Tante Elena dann.

»Wenn die Leute vom Frühling träumen wollen, dann sollten sie es einfach tun. So kompliziert ist das doch nicht.«

»Da hast du bestimmt recht«, beschwichtigte Tante Elena sie. »Aber … manchen Menschen hilft es, wenn sie etwas haben, an dem sie sich festhalten können.«

Aber zurück zu Mollys Frage. Natascha konnte ihren warmen Atem im Nacken spüren.

»Kein Labyrinth«, vermutete sie.

Molly gab ihre Augen frei.

»Hey!«, protestierte Natascha. »Das Schneelabyrinth wird dort gar nicht erwähnt!«

»Ja, so wie du Benton nicht abgecheckt hast.« Sie grinste selbstzufrieden.

Natascha räusperte sich. Sie beugte sich vor und hielt eine Taste auf Mollys Handytastatur gedrückt. Der Bildschirm füllte sich mit js, bis ihre Freundin lachte und ihre Hand wegschlug.

5

Zu Hause hielte sich Natascha an ihre übliche Routine. Jeden Tag weckte sie Darya, indem sie ihre Vorhänge aufriss und ein Kinderlied namens »Fröhliche Bienen« wiederholt und lautstark abspielte. Den iPod auf dem Nachttisch rückte sie außer Reichweite. Wenn diese fröhlichen Bienen zum vierten Mal an dem gereizten Stier vorbeigesummt waren, war Darya wach, aus dem Bett und drohte verschlafen, Nataschas iPod zu verbrennen.

Abends half sie Ava bei den Hausaufgaben, während Tante Vera oder Tante Elena sich ums Abendessen kümmerten. Ava war elf Jahre alt, aber ihren Tanten zufolge waren es »junge elf«. Natascha stimmte ihnen da durchaus zu, obwohl eine gelegentliche subtile Veränderung in Avas Miene sie darüber nachgrübeln ließ, ob ihre jüngere Schwester in Wahrheit eine alte Seele war. Über den Begriff war sie in einem Buch über einen Jungen, der gegen einen finsteren und mächtigen Zauberer kämpfte, gestolpert.

Aber wie dem auch sei, Ava war allergisch dagegen, sich hinzusetzen und auf ihre Aufgaben zu konzentrieren. Mathematik liebte sie, verabscheute es aber, ihre Mathematik-Arbeitsblätter auszufüllen. Mit Englisch hatte sie kein Problem und sie mochte ihren Lehrer, der »gute Geschichten« erzählte. Aber statt die Hausaufgabe zu lesen, sprang sie lieber vom Tisch auf, um die guten Geschichten ihres Lehrers nachzuspielen.

Ihr Mangel an Hemmungen erstaunte Natascha jedes Mal aufs Neue. Sie war absichtlich unberechenbar, und ihre Kleidung passte absichtlich so wenig zusammen, dass Darya sie an den Haaren zog. »Oh mein Gott, ein Overall? Ernsthaft? Dieser Overall macht mir Augenkrebs, Ava. Und das sage ich nicht zum Spaß!«

Hätte Natascha ein Wort wählen müssen, um ihre jüngste Schwester zu beschreiben, hätte sie gesagt, dass sie eine Träumerin war.

Bei Darya fiel es leicht, sie mit einem Wort zu beschreiben: hübsch.

Und sie selbst?

Äh …

Tante Vera hätte gesagt, dass sie sich »auf die Arbeit konzentrierte«, und sie hätte es mit einem wohlwollenden Nicken begleitet.

Tante Elena hätte sie als *verlässlich* beschrieben, obwohl sie es vermutlich in einem etwas wehmütigen Tonfall gesagt hätte. Sie hätte Natascha über das lange Haar gestrichen und ihr gesagt, dass verlässlich zu sein toll war, aber dass sie nicht *immer* diejenige sein musste, die die Familie zusammenhielt.

»Du darfst auch einmal etwas für dich selbst tun, einfach nur zum Spaß«, hätte sie vielleicht hinzugefügt. Aber dabei hätte sie nie genau verraten, welche Dinge sie damit eigentlich genau meinte. Vielleicht fiel es Tante Elena schwer, sich spaßige Unternehmungen einfallen zu lassen, die Natascha möglicherweise gefallen hätten?

Hätte man Papa gebeten, seine älteste Tochter zu beschreiben, hätte er vermutlich in seiner Werkstatt, in der er Musikinstrumente baute, aufgeschaut und gedankenverloren geblinzelt. Er hätte die Laute, mit der er gerade beschäftigt war, auf die Werkbank gelegt, sich die Holzspäne vom Hemd gestrichen und gesagt: »Entschuldigung, was?«

Hätte er je geantwortet, wäre vermutlich etwas Ähnliches herausgekommen wie: »Natascha? Sie ist … *Natascha.*«

Was stimmte und vielleicht sogar die beste Antwort war, wenn auch die nichtssagendste. Das heißt, es war die beste Antwort, *weil* sie die nichtssagendste war. Natascha wusste jedenfalls nicht, welches Wort sie am besten beschrieben hätte. *Langweilig*?

An einem kalten Morgen dachte Natascha auf dem Weg zur Schule darüber nach. Sie ging die halbe Meile allein, weil Darya nie pünktlich sein konnte und weil sie es genoss, einmal Zeit für sich selbst zu haben.

Aber heute war sie so sehr damit beschäftigt, langweilig zu sein und sich selbst deswegen Vorwürfe zu machen, dass sie direkt in eine kleine alte Frau hineinlief, die vor dem Sportladen stand.

»Oh!«, sagte Natascha und stolperte zurück.

»Allerdings!«, erwiderte die Frau und blinzelte.

Natascha war verunsichert. Wenn man mit jemandem zusammenstieß, reagierte man darauf nicht mit einem Blinzeln. Blinzeln ergab keinen Sinn.

Aber an der alten Frau ergab nur Weniges Sinn. Nicht nur war sie praktisch aus dem Nichts aufgetaucht, sie trug auch die seltsamste Aufmachung, die Natascha jemals gesehen hatte – und das schloss die vielen kreativen Kombinationen mit ein, die Ava im Laufe der Jahre getragen hatte.

Es war Ende Februar und in der Stadt lag überall Schnee. Es würde noch mindestens ein paar Wochen lang schneien, trotzdem trug die Frau, mit der Natascha zusammengestoßen war, eine flauschige pinkfarbene Schlafanzughose und Häschenpantoffeln. Mit Hasenohren. Über einem Wollpullover befand sich ein hellgelber Regenmantel und das ganze Ensemble wurde von einem blauen Seidenschal gekrönt.

Der Schal, der um die Schultern der alten Frau gelegt war, war wunderschön bestickt. Er zeigte ein kleines Mädchen mit einem Weidenkorb am Ellbogen. Das Mädchen trug einen Kapuzenmantel und blickte über die Schulter.

Natascha erkannte das Mädchen sofort. Es war Rotkäppchen aus dem Märchen.

Ihre Mutter hatte einen ähnlichen Schal gehabt, der eine Geschichte erzählte. Allerdings hatte der gezeigt, wie ein Mädchen von einer gewaltigen Gans verschleppt wurde.

»Es tut mir leid«, sagte Natascha zu der alten Frau. Je länger sie sie betrachtete, desto stärker hatte sie das Gefühl, sie zu kennen. Oder dass sie sie zumindest kennen sollte. »Ist mit Ihnen alles in Ordnung?«

Die alte Frau wackelte mit dem Finger. »Nein, nein, nein«, schalt sie.

Natascha runzelte die Stirn. Nein, *nein, nein was*? Nein, sie war nicht in Ordnung?

Zumindest sah sie in Ordnung aus. Tatsächlich

sogar mehr als nur in Ordnung. Ihre Wangen waren faltig, aber rosig, und ihre Augen funkelten wach und klug.

Andererseits waren ihre Fingernägel eingerissen und ihr Haar war ein Nest aus verfilzten grauen Locken. Natascha entdeckte dort Zweige und Blätter – und war das etwa ein *Spatz*? Starrte sie ein *Spatz* aus dem Haardickicht der alten Frau an?

Der Spatz legte den Kopf schief und zwitscherte.

Natascha zuckte zusammen. Die alte Frau lachte. Natascha wurde knallrot.

Aber *daran* erkannte sie sie. Natürlich! Es war die Vogelfrau, Willow Hills ureigene Exzentrikerin.

Sie war nicht nur alt; sie war uralt. Niemand konnte sich an die Zeit vor der Vogelfrau erinnern. Manche behaupteten, es würde niemals eine Zeit nach ihr geben. Gerüchten zufolge war ihr unmöglicher Wunsch das ewige Leben gewesen. Andere scherzten, dass das der Wunsch gewesen war, den sie sich selbst erfüllt hatte.

Außerdem wusste die Vogelfrau Dinge. Dinge, die sie nicht hätte wissen sollen.

So mancher machte die Vögel der Stadt dafür verantwortlich, beschuldigte sie, Geheimnisse wie Samen zu sammeln und der Vogelfrau dann ins Ohr zu flüstern.

Andere behaupteten hingegen, dass sich die Vogelfrau *in* einen Vogel verwandelte und auf diese Weise alle belauschte.

Wiederum andere hielten das alles für Unsinn. Ihnen zufolge war die Vogelfrau zwar seltsam, aber harmlos. Die Vögel kamen zu ihr, weil sie Brotkrumen für sie ausstreute. Das Essen, das die Leute ihr gaben, hätte sie aber besser selbst gegessen, statt es auf diese Weise zu verschwenden. Und wenn sie zu viel über die Angelegenheiten der Stadtbewohner wusste, lag das nur daran, dass die Stadtbewohner in ihrer Gegenwart zu unbedacht redeten. Als wäre sie einfach nicht da.

Natascha konnte das nachvollziehen. Es schien ihr, als wäre die Vogelfrau bis zu dem Augenblick, in dem sie mit ihr zusammengestoßen war, unsichtbar gewesen.

Natascha riss sich zusammen. »Es tut mir leid«, wiederholte sie. »Ich habe Sie nicht gesehen, was total mein Fehler war.«

»Ja, und ob«, machte die Vogelfrau. »Das würde jeder so sehen. Zumindest jeder mit einem Funken Verstand.«

»Entschuldigung?«

Die Vogelfrau legte den Kopf schief. Der Spatz, der in ihrem Haar nistete, legte den Kopf schief.

Ohne es zu wollen, legte Natascha den Kopf schief.

Die Vogelfrau lachte. »Törichtes Mädchen. Emily war auch ein törichtes Mädchen.«

Emily? Wer verflixt noch mal war Emily?

»Es ist nicht schlimm, ein törichtes Mädchen zu sein«, fuhr die Vogelfrau fort. »Ich mag törichte Mädchen, aber andere … *puff*!« Sie ließ die Finger flattern. »Andere vergessen, dass sie je existiert haben.«

Natascha war kein törichtes Mädchen. Das war ein Wort, das heutzutage keiner mehr benutzte. Und es gefiel ihr nicht, so bezeichnet zu werden. Es gefiel ihr nicht, mit törichten Mädchen, die sie nicht einmal kannte, in einen Topf geworfen zu werden, und erst recht gefiel es ihr nicht, *weggepufft* zu werden. Nicht einmal von dieser verrückten alten Frau.

Die Vogelfrau trat näher heran, als Natascha lieb war. Sie roch aber nicht so streng wie erwartet, sondern ganz anders. Nach Sonnenblumen. Und in ihrer Miene stand Weisheit.

»Vergiss Emily«, sagte sie.

»Damit ich wie jeder andere bin, der sie vergessen hat?«, erwiderte Natascha. »Ich weiß nicht einmal, wer das ist, also wie kann ich sie vergessen?«

Selten zuvor war sie einem Erwachsenen gegenüber bewusst unverschämt gewesen, und das hier kam dem ziemlich nahe. Zumindest fühlte es sich so an.

Die Vogelfrau stieß sie mit dem Finger an. Hart.

»Au!«

»Geschieht dir recht«, setzte die Vogelfrau nach. »Die Sünden der Mutter und so weiter und so weiter.«

»Welche Mutter? Meine Mutter?« Nataschas Herz raste. »Reden Sie *nicht* über meine Mutter.«

»Klingt mir eher, als würdest *du* über deine Mutter sprechen.« Sie nickte. »Ich hatte deine Mutter ziemlich gern, weißt du – obwohl auch sie ein törichtes Mädchen war.«

»Oka-a-a-y«, erwiderte Natascha. Sie hatte nicht die geringste Ahnung, was hier vor sich ging, und das gefiel ihr nicht.

Das faltige Gesicht der Vogelfrau verzog sich zu einem breiten Lächeln. »Okay! Ja, okay! Das ist wunderbar!«

Was war wunderbar? Die Vogelfrau schien der Meinung zu sein, dass Natascha ihr bei irgendetwas zugestimmt hatte, obwohl das definitiv nicht der Fall war.

Natascha entdeckte jemanden in einem der Geschäfte. Es war Bentons Freund Stanley. Er beobachtete sie aus dem großen Schaufenster des Sportladens, der seinen Eltern gehörte. Er arbeitete hier vor und nach der Schule.

Natascha war entsetzt. Stanley konnte ihr Gespräch mit der Vogelfrau nicht gehört haben. Aber er hatte sie zusammen gesehen. Hatte gesehen, wie sie miteinander sprachen.

»*Alle* Mädchen sind so töricht«, seufzte die Vogelfrau. »Findest du nicht auch, mein Schatz?«

Natascha schob sich um die Vogelfrau herum und eilte zur Schule. Hinter ihr hörte sie das zustimmende Zwitschern des Spatzen.

6

»Was ist los?«, fragte Molly vor ihrem Schrank. »Du siehst aus, als hättest du einen Geist gesehen.«

Natascha drückte die Lippen aufeinander.

»Wirklich«, bekräftigte Molly. Sie tippte ihr an derselben Stelle auf die Schulter wie zuvor die Vogelfrau.

Die Vogelfrau hatte sie angefasst und dann seltsame Dinge zu ihr gesagt und dann hatte sie sie *ausgelacht.*

Törichtes, törichtes Mädchen. Nein, *törichte, törichte Mädchen.* Mehrzahl, wegen Emily, wer auch immer das war, und Nataschas Mutter, die die Vogelfrau »ganz gerngehabt« hatte.

Bei der Erwähnung ihrer Mama war Natascha wütend geworden. Die Vogelfrau hatte nicht das Recht, Mama zu erwähnen, ob sie sie nun gerngehabt hatte oder nicht. Dagegen hätte es ein Gesetz geben sollen.

»Natascha«, sagte Molly in ihrer Singsangstimme. »Ich nerve dich, bis du es mir erzählt hast, also könntest du es genauso gut hinter dich bringen.« Sie machte große Augen. »Oooh! Hast du einen Geist gesehen? Ich werde ja so neidisch sein, wenn du einen Geist gesehen hast. Nicht, dass ich an Geister glaube. Aber hast du?«

Ein Junge knallte seine Schranktür zu. Natascha zuckte zusammen.

Molly musterte sie. »Hey, alles in Ordnung mit dir?«

»Kennst du jemanden, der Emily heißt?«, stieß Natascha hervor.

»Nein. Warum?«

»Einfach nur so.«

»Lügnerin.«

Natascha grub die Fingernägel in ihre Handfläche. »Auf dem Schulweg ist etwas Seltsames passiert, aber es ist nicht wichtig. Vermutlich ... habe ich es mir nur eingebildet.«

In den nächsten vier Stunden fragte sich Natascha immer wieder, ob sie sich die Begegnung mit der Vogelfrau tatsächlich nur eingebildet hatte. Ob es wohl irgendwie möglich war, dass das alles nur in ihrer Fantasie geschehen war.

In der Mittagspause belegten Molly und sie ihren üblichen Tisch in der Cafeteria. Ein Junge saß neben ihnen, obwohl, eigentlich stimmte das so nicht, denn er hatte sich den Stuhl ausgesucht, der am weitesten von ihnen beiden entfernt war. Sie kannte den Jungen nicht. Er hatte die Nase in ein Buch gesteckt. Er trug Ohrstöpsel, und was auch immer er da hörte, war so laut eingestellt, dass Natascha es ebenfalls hören konnte. Es klang wie die Musik eines Videospiels.

Fünf Meter entfernt in der Mitte des Raumes hielt ihre Schwester Darya Hof unter ihren Freunden. Dank der vom Schulkalender diktierten Altersgrenze besuchten Natascha und Darya beide die siebte Klasse. Allerdings hatten sie so ziemlich ihre eigenen Freundeskreise. Oder vielmehr hielt sich Darya an ihren Kreis. Natascha hielt sich an Molly.

»Du musst dich nicht von ihr in den Schatten stellen lassen, weißt du.« Molly deutete in Daryas Richtung. Daryas rote Locken hüpften, als sie lachte. Mädchen buhlten um ihre Aufmerksamkeit. Sie war außerordentlich auffällig.

»Wer behauptet, dass ich das tue?«, erwiderte Natascha.

»Würdest du deine Haare zu Locken machen, vielleicht ein Glanzspray benutzen und öfters mal einen Rock tragen …«

»Danke für deinen Beitrag«, sagte Natascha kurz angebunden. »Ich fühle mich wohl, wie ich bin.«

Molly schlug sich mit der Hand vor die Stirn. »*Böse* Molly! Böse!« Sie berührte Nataschas Arm. »Tut mir leid. Es sollte nicht so rüberkommen.«

Am liebsten hätte Natascha ihre Hand abgeschüttelt. Sie tat es nicht. Denn dann hätte sich Molly nur weitere hundert Mal entschuldigt. Dann hätte sie versucht, Natascha psychologisch zu analysieren, um herauszufinden, warum es ihr so schwerfiel, über Darya zu sprechen. Und sie würde nervös und besorgt sein, und das alles würde völlig umsonst gewesen sein, weil Natascha kein Problem damit hatte, über ihre Schwester zu sprechen!

Sie wollte nur nicht Darya *sein*, das war alles.

Und sie wollte nicht bemuttert oder wie ein Kind behandelt oder »umgemodelt« werden. Nicht von Molly.

Ihre Freundin wollte etwas sagen, ließ es aber bleiben. Stattdessen schlürfte sie ihren Beerensmoothie, der sich in einem Plastikbeutel zum Ausdrücken befand und eigentlich Babynahrung war. Vorn auf dem Beutel war ein Bild von Grobi aus der *Sesamstraße*, der Erdbeeren und Blaubeeren im Arm hielt. Auf der Rückseite des Beutels stand die Aufschrift: »Ich, euer flauschiger Freund Grobi, *liebe* eine köstliche Beerenmischung!«

Vielleicht war es ja Molly, die wie Darya Aufmerksamkeit suchte. Vielleicht wollte sie ja auf sich aufmerksam machen, indem sie Babynahrung zu ihrem Mittagessen packte?

Vielleicht ist sie diejenige, die mal analysiert werden müsste, dachte Natascha und fühlte sich schon etwas besser.

»Erzähl mir von heute Morgen.« Molly stemmte die Ellbogen auf den Tisch und legte das Kinn auf die Hände. »Was ist denn nun Seltsames passiert?«

»Was? Ach. Ich weiß es nicht mehr.«

»Doch, tust du. Du warst völlig von der Rolle, das habe ich doch gesehen.«

Natascha seufzte. Dann gab sie Molly eine Zusammenfassung der Ereignisse an diesem Morgen. In dieser gekürzten Version war sie nicht mit der Vogelfrau zusammengestoßen und sie hatte sich auch nicht mit ihr unterhalten. Sie hatte sie einfach nur gesehen, nichts weiter.

»Und in ihren Haaren saß ein *Vogel?*« Molly war begeistert. »Ein lebender, atmender Vogel?«

Sie kicherte und Natascha ärgerte sich. Ihr kam der Gedanke, dass *Molly* ein törichtes Mädchen war, ein *törichtes, törichtes Mädchen*. Aber die Worte fühlten sich nicht an, als kämen sie von ihr. Sie fröstelte.

»Das ist auch schon die ganze Geschichte«, sagte sie. »Ich habe die Vogelfrau gesehen. Sie war seltsam. Ende der Geschichte.«

»Vermutlich ist sie einsam«, meinte Molly nachdenklich. »Wenn du sie noch einmal siehst, solltest du vielleicht versuchen, sie kennenzulernen. Nur weil sie verrückt ist, muss das ja nicht heißen, dass sie keine Freunde braucht.«

»Du solltest nicht *verrückt* sagen.«

»*Geistig nicht gesund*, was auch immer.« Molly zuckte mit den Schultern. »Vielleicht ist sie ja manisch depressiv. Vielleicht hast du heute ihre manische Seite erlebt, beim nächsten Mal siehst du eben ihre depressive Seite.«

Natascha legte die Hände flach auf den Cafeteriatisch. Mama hatte eine depressive Seite gehabt. *Ihre finsteren Zeiten*, so hatte sie die Tage beschrieben, an denen sie nicht aus dem Bett kam. Natascha hasste es, daran zu denken, wie Mama in der Finsternis versank. Sie hasste sogar die Vorstellung, dass die Vogelfrau in der Finsternis versank. Das wünschte sie keinem.

»Meine Cousine, Lucille«, sagte Molly. »Die in dieser Wohnsiedlung in der Nähe der Eisenbahn wohnt, sie kannte eine Frau, die wurde immer depressiver. Außerdem hatte sie überall Haare, auch auf den Armen und Händen. Sogar auf ihren Handflächen.« Sie hielt inne. »Aber ich glaube nicht, dass die Haare etwas mit ihrer Depression zu tun hatten.«

Natascha fiel keine Antwort ein. Molly sagte die bizarrsten Dinge, für gewöhnlich völlig unerwartet. *Meine Mom hat Blaubeermuffins zum Frühstück gebacken, mit richtigen Blaubeeren. Nicht aus der Dose. Und Lucille? Meine Cousine? Sie kennt eine haarige Frau, die auch depressiv ist.* (Kleine Pause.) *Hey, hast du zufällig Lipgloss?*

Eine Bewegung erregte Nataschas Aufmerksamkeit. Sie schaute auf. Ein Vogel flatterte von einem Ende der Cafeteria zum anderen. Sie blinzelte, schüttelte den Kopf und schaute erneut hin.

»Molly?« Sie zeigte. »Da ist ein Vogel in der Cafeteria.«

Molly klappte der Unterkiefer herunter. Dann grinste sie. »Och! Hallo, kleines Vögelchen!« Sie sah Natascha an. »Ist das der Vogel, den du in den Haaren der Vogelfrau gesehen hast?«

»Der Vogel der Vogelfrau war braun.«

»Der ist blau, also ist es nicht derselbe. Aber warum ist ein Blaukehlchen in der Cafeteria?«

»Ich habe nicht die geringste Ahnung.«

»Vielleicht hat er ja Hunger. Vielleicht braucht er

ein paar Brotkrumen.« Molly ließ den Blick über den Tisch schweifen. Der Junge mit den Ohrstöpseln, der ein Stück weiter entfernt saß, hatte ein Sandwich. Molly beugte sich hinüber und nahm das Stück, das er noch nicht gegessen hatte.

»Hey!«, protestierte er.

Sie zog die Kruste ab und warf den Rest zurück. Dann riss sie sie in kleine Stücke, die sie auf dem Boden verteilte. »Hier, kleines Vögelchen! Was zu essen! Siehst du?«

Der Vogel drehte eine weitere Runde durch den Raum. Er ging tiefer und schwebte vor dem breiten Fenster der Cafeteria. Natascha verspürte ein flaues Gefühl in der Magengrube. Vor dem Pausenraum stand eine Person, zum Teil von den Bäumen verdeckt, die den Hof umringten.

Eine Frau.

Eine kleine Frau in einem gelben Regenmantel und Häschenpantoffeln, die sich gerade verstohlen bewegte, das aber schrecklich schlecht machte. Falls sie tatsächlich verstohlen sein wollte. Sie schob sich hinter einer verschneiten Kiefer hervor und winkte mit ihrem Schal. So wie ein Matador die Aufmerksamkeit eines Stiers erregen wollte. Dann verschwand sie wieder hinter dem Baum. Dann kam sie erneut zum Vorschein und ihr Lächeln erhellte das ganze Gesicht. Wild schwenkte sie den Schal. Dann schoss sie wieder hinter den Baum, viel zu flink für eine Person, die so alt war.

Nein, dachte Natascha. Die Vogelfrau konnte unmöglich während der Mittagspause vor der Cafeteria stehen und ihr zuwinken, während alle anderen aßen und miteinander quatschten oder zu viel Ketchup auf ihre Fritten spritzten. Sie konnte auch nicht mit ihrem Rotkäppchenschal wedeln, sodass der wie lebendig flatterte.

Aber genau das tat sie.

»Molly? Siehst du die Frau da draußen?«

Die Vogelfrau vollführte einen seltsamen hüpfenden Tanz und schwenkte ihren Schal herum.

»Hey, das Vögelchen frisst die Brotkrumen nicht«, beschwerte sich Molly. »Iss das Brot, Vögelchen!«

Natascha drehte sich auf ihrem Stuhl herum und suchte nach Darya. Falls sie aus dem Fenster sah … falls sie die Vogelfrau sah …

Würde das die Dinge schlimmer oder besser machen?

Darya steckte gerade mit zwei anderen Mädchen die Köpfe zusammen; sie lachten über etwas auf einem Handy.

Es fing an zu schneien. Die weißen Flocken machten Natascha noch schwindeliger. Die Vogelfrau winkte sie zu sich: *Komm schon, beeil dich, schnell-schnell-schnell*. Natascha erhob sich, und hätte Molly sie nicht wieder nach unten gezogen, hätte sie nicht gewusst, was sie getan hätte.

»Was machst du da? Du hast gerade mal einen Bissen von deinem Apfel gegessen.« Molly schob ihr den Plastikbeutel mit Grobi hin. »Hier, nimm das hier.«

Natascha packte ihr Handgelenk. Molly riss die Augen auf. »Sieh aus dem Fenster. Da ist die Vogelfrau!«

Molly drehte sich um und spähte mit zusammengekniffenen Augen durch das Glas. Dichter Schnee fiel aus dem grauen Himmel. Die alte Frau war verschwunden.

»Du bist so was von durchgeknallt«, sagte Molly. »Zuerst behauptest du, da ist ein Vogel in der Cafeteria, aber ha ha, ist er nicht. Dann ›Sieh doch, da ist eine alte Frau!‹, und wieder gibt es sie nicht. Und dann bist du völlig weggetreten, als wärst du nicht bei dir.«

»Da *war* eine alte Frau!«

»Ja, heute Morgen auf deinem Schulweg.« Molly trank einen Schluck von ihrem Sesamstraße-Smoothie.

»Und der Vogel – du hast den Vogel gesehen!«, rief Natascha. »Du hast ihn doch gefüttert!« Sie zeigte auf den Boden neben Mollys Stuhl, wo ihre Freundin die Brotkrumen hingeworfen hatte.

Aber ... sie waren nicht da.

Natascha hob den Kopf und starrte zur Cafeteriadecke.

Kein Vogel. Nicht mal eine Feder.

»Natascha?«

Natascha starrte aus dem Fenster. Dann starrte sie zu dem Ohrstöpseljungen, der in der einen Hand einen Comic und in der anderen sein Sandwich hielt. Es wies Bissspuren auf, aber die Rinde war unversehrt.

Die kleinen Härchen in Nataschas Nacken richteten sich auf.

Als wäre die wahre Welt mit einer verborgenen Welt kollidiert, einer Welt, die andere Leute nicht sehen konnten. Das Mögliche und das Unmögliche, hilflos ineinander verschlungen.

Ich wünsche mir, das Kommando zu haben,
damit ich Leuten sagen kann, was sie zu tun haben,
und sie auf mich hören müssen.

Vera Kovrov, dreizehn Jahre alt

7

In den nächsten Tagen blieb Natascha aufmerksam und wartete darauf, dass noch mehr seltsame Dinge geschahen.

Als nichts passierte, verspürte sie eine merkwürdige Enttäuschung.

Vier Tage später hörte sie zufällig, wie ihre Tanten über sie sprachen. Es war Dienstagmorgen und Natascha ging nach unten zum Frühstück. Sie erstarrte.

» … und *du* scheinst nicht zu verstehen, dass ich auch das Beste für sie will«, sagte Tante Vera. »Natascha war *fünf Jahre alt*, als Klara ging. Fünf Jahre!«

»Ich weiß, Vera«, erwiderte Tante Elena. »Ich war dabei.«

»Sie hatte erst ein paar Tage zuvor mit dem Kindergarten angefangen und danach sagte sie wochenlang: ›Warum bringt mich Mama nicht? Warum kann mir nicht Mama das Essen einpacken?‹«

»Es brach mir das Herz«, sagte Tante Elena.

»*Klara* brach ihr das Herz«, sagte Tante Vera. Ein harter Unterton lag in ihrer Stimme. »Klara hat jedem das Herz gebrochen.«

»Vera, bitte. Ich will doch nicht die Geschichte umschreiben. Ich will nur … Ich will nicht, dass du die Geschichte ausradierst.«

»Die Vergangenheit gehört in die Vergangenheit. Das habe ich dir an Nataschas Wunschtag gesagt. Daraus entsteht nichts Gutes.«

»Wie sollen wir wissen, ob daraus nichts Gutes entstanden ist? Wie sollen wir wissen, ob überhaupt etwas passiert ist? Schließlich wissen wir ja nicht, was sie sich gewünscht hat.«

»Elena, lass es auf sich beruhen.«

Tante Elena senkte die Stimme, und Natascha strengte sich an, etwas zu verstehen. »Klara hat mir ihre Wünsche nicht verraten. Dir?«

Schweigen.

»Die Mädchen wollten es wissen. Sie haben gefragt, wie unsere Wünsche lauteten und was sich ihre Mutter gewünscht hat«, sagte Tante Elena.

»Darya nicht.«

»Doch, Darya auch. Sie haben so gern über den Wunschtag gesprochen – bis sie gelernt haben, es nicht mehr zu tun.«

»Genau«, sagte Tante Vera. »Das klingt, als hätte ich etwas Schlechtes getan, aber ich wollte ihnen damit nur helfen.«

»Warum hast du uns dann an Nataschas Wunschtag auf den Willow Hill begleitet?«

»Weil ... nun ja, weil ...«

»Weil wir genau *wissen*, dass Klara an die Magie des Wunschtags glaubte. Klara wollte, dass die Tradition weiter besteht.«

»In dem einen Moment tat sie es, im nächsten tat sie es nicht«, meinte Tante Vera. »So habe ich es in Erinnerung.«

»Und die Tradition besteht weiter«, entgegnete Tante Elena. »In Willow Hill weiß jedes Mädchen darüber Bescheid. Und ich vermute auch jeder Junge. Hätten wir Nataschas Wunschtag einfach übergangen, was für eine Botschaft hätten wir damit verbreitet?«

»Elena, es reicht«, fauchte Tante Vera. »Kinder darin zu bestärken, an Magie zu glauben, bereitet ihnen nur Schmerz.«

»Das ist nicht wahr.«

»Ist es nicht? Natascha hat gestern Abend ihr Essen kaum angerührt. Sie ging um acht Uhr in ihr

Zimmer, aber das Licht schimmerte bis fast um elf unter ihrer Tür hindurch.«

»Sie ist ein Teenager. Teenager sind launisch.«

»Klara war ebenfalls launisch«, sagte Tante Vera herausfordernd. »Und was das angeht, fingen Klaras düstere Stimmungen genau nach *ihrem* Wunschtag an. Da hast du es!«

Natascha runzelte die Stirn. War sie launisch wie Mama? Sie polterte die letzten Stufen hinunter und Tante Elena wechselte geschickt das Thema. »Wir brauchen unbedingt *Khrenovina*-Soße, findest du nicht?«

»Und saure Sahne«, erwiderte Tante Vera. »Guten Morgen, Natascha. Tante Elena macht für uns ihre *Pelmeni. Pelmeni* mit *Khrenovina*-Soße, das ist das richtige Abendessen für einen kalten Abend.« Pelmeni waren gefüllte Teigtaschen und Khrenovina eine Art Schaschliksoße.

»Und vielleicht backe ich zum Nachtisch Honigkekse«, ergänzte Tante Elena. Sie stellte den Herd aus und nahm die Eier vom Gas. »Deine Mutter hat immer die köstlichsten Honigkekse gebacken, Natascha.«

Natascha nahm am Tisch Platz. Füße trampelten die Treppe hinunter und Ava platzte in die Küche, ein Wirbelwind aus schlecht geflochtenen Zöpfen, in Handschuhe verwandelte Socken und einem

Hemd von Papa, das sie angepasst hatte, indem sie den überschüssigen Stoff gerafft und mit einem Gummiband befestigt hatte.

»Honigkekse?«, sang sie. »Habe ich jemanden Honigkekse sagen hören?« Grinsend drehte sie sich um die eigene Achse. »Du machst doch mindestens fünfundzwanzig Stück, oder, Tante Elena? Wenn wir etwas zu essen mitbringen, dann muss es der Regel zufolge für alle reichen.«

Tante Elena riss die Augen auf. »Oh nein. Ava, Süße …«

»Für unsere Aufgabe in *Familiengeschichte*. Für mein Referat.«

»Ich wollte sie heute Abend für die Familie machen. Ich habe dein Referat vergessen!«

Avas Lächeln schwankte. »Du hast es vergessen?«

»Nicht richtig! Ich habe offensichtlich daran gedacht! Ich habe nur vergessen, warum ich daran gedacht habe, das ist alles!«

Wieder ertönte Lärm auf der Treppe: das präzise Klappern von Daryas Drei-Zentimeter-Absätzen. Drei Zentimeter, weil die Tanten nichts Höheres erlaubten; Absätze, weil Darya nun einmal Darya war und sich weigerte, Schneestiefel zu tragen. Sie fand sie klobig.

»Keine Kekse für dein Referat?« Sie zog den

Pferdeschwanz enger, der in einer federnden Spirale hing. »Oje. Da wirst du wohl durchfallen.«

»Darya!«, riefen die Tanten.

Darya verschränkte die Finger und streckte sich, machte die Arme ganz gerade und griff mit den nach oben gehaltenen Handflächen zur Decke. Sie war schlank, stark und anmutig, die Art von Mädchen, die nie mit einer winzigen alten Frau mit einem Vogel im Haar zusammenstoßen würden. Die niemals an eine winzige alte Frau mit einem Vogel im Haar *glauben* würden.

Natascha dachte an die Unterhaltung zurück, die sie belauscht hatte, und an Tante Elenas Behauptung, dass »selbst Darya« gern über Wunschtage gesprochen hatte. Vielleicht stimmte das, vielleicht auch nicht, aber jene Darya gab es schon lange nicht mehr.

»Was soll ich denn tun?«, jammerte Ava. »Mein Referat ist heute. Meine Lehrerin wird mich hassen!«

»Ava, beruhige dich«, sagte Tante Vera. »Das ist nicht das Ende der Welt.«

»Doch, denn ich muss einen kulturellen Gegenstand mitbringen. Das ist der wichtigste Teil des Referats. Fred Williams hatte Bulgarien und …«

»Fred?«, sagte Darya. »Wer nennt sein Kind denn Fred?«

»Und er verkleidete sich als Viktor Krum. Er trug ein rotes Gewand und eine Flagge und alles!«

Darya hielt die offenen Hände hoch. »Wer ist Viktor Krum und was hat er damit zu tun?«

»Er war Mitglied im bulgarischen Quidditchteam«, erklärte Natascha. »Aus *Harry Potter.*« Sie wandte sich Ava zu. »Und du solltest Tante Elena beim Keksebacken helfen. Wenn jemand daran schuld ist, dann du selbst.«

»Moment mal«, sagte Darya. »Wenn der Typ aus *Harry Potter* ist, dann ist er nicht real. Er ist eine erfundene Figur.«

»Ms Gupta hat gesagt, es sei in Ordnung«, sagte Ava. »Außerdem hat Fred Fakten über das echte Bulgarien vorgestellt.«

»Da ich nicht an dieser Unterhaltung interessiert bin, gehe ich die Wäsche zusammenlegen.« Tante Vera nahm die Schürze ab und legte sie auf die Küchentheke.

»Ich helfe dir«, setzte Tante Elena nach.

»Du hast sie verjagt«, meinte Darya. »Du hast dafür gesorgt, dass sie sich wie schlechte Eltern fühlen.«

»Sie sind keine schlechten Eltern«, sagte Ava.

»Du hättest eine von ihnen in den Unterricht mitnehmen sollen. Sie sind Russen. Irgendwie.« Darya schnalzte mit der Zunge. »Aber das hast du dir versaut, nicht wahr? Und hast dafür gesorgt, dass sich unsere lieben Tanten richtig schlecht fühlen, alles in einem Zug.«

Avas Augen weiteten sich. Tränen drohten herauszuquellen.

»*Darya*«, sagte Natascha.

»Was?«, erwiderte Darya.

Natascha warf ihr einen strengen Blick zu und Daryas Lächeln verblasste. Natascha seufzte. Ihre Schwester war eine Nervensäge, aber sie war nicht boshaft. Nicht absichtlich. Nur waren manche ihrer Versuche, die Aufmerksamkeit auf sich zu ziehen, eben besser als andere.

Eine flüchtige Erinnerung stieg in ihr auf, aus der Zeit, als sie und Darya noch enger miteinander gewesen waren. Darya hatte eine beeindruckende Sammlung alberner Stimmen entwickelt, und in der zweiten Klasse hatte sie eine Weile die Phase gehabt, wie ein Lastwagenfahrer nur aus dem Mundwinkel zu sprechen. Ihr tiefes Lachen – das von einem so kleinen Mädchen kam – hatte fast jeden in ihrer Umgebung ebenfalls lachen lassen.

»Hey, ich weiß.« Daryas Tonfall war nicht länger hämisch. Sie versuchte die Wogen zu glätten. »Wenn du als Fantasiefigur gehen darfst, dann verkleide dich doch als Figur aus einem russischen Märchen.« Sie setzte sich auf ihren Platz und bediente sich bei den Eiern. »Wie das Mädchen, das man im Wald aussetzte und das von wilden Tieren in Stücke gerissen wurde. Die könntest du sein.«

Ava legte die Stirn in Falten. »Wie soll ich mich denn als ein in Stücke gerissenes Mädchen verkleiden?«

»Okay, dann geh als das Mädchen, das von Krähen gefressen wurde«, meinte Darya. »Wie hieß sie noch mal?«

»*Sein* Name war Prinz Ivan und er war ein Junge«, sagte Natascha.

»Ist es gegen die Regeln, wenn sich ein Mädchen als Junge verkleidet?« Darya sah Ava an. »Wenn du nicht Prinz Ivan sein willst, könntest du als der Junge gehen, der von seinem Onkel in Stücke geschnitten wurde. Oder der Junge, der von einer Klippe geworfen wurde. Oder das Mädchen, das gezwungen wurde, in kochendem Wasser zu baden, und dessen Haut in langen Streifen abfiel!«

»Warum sollte sich Ava als Tote verkleiden?«, wollte Natascha wissen.

»Weil das toll wäre! Weil russische Märchen die tollsten Todesarten von allen Märchen haben!«

Auf dem Bücherregal im Arbeitszimmer stand ein illustriertes Buch mit russischen Märchen. Es hatte Mama in ihrer Kindheit gehört und die Kinder in den Geschichten erlitten alle ein außerordentlich grausames Ende.

Hätte jemals jemand ein Märchen über *Klara und die Drei Kleinen Mädchen* geschrieben, wäre jedoch die Mutter die mit dem schrecklichen Schicksal gewesen.

Und die Töchter auch, da sie zurückbleiben mussten.

Aber als ihre Mutter ihnen die Märchen vorgelesen hatte, hatte sie die Geschichten ständig verändert. In Mamas Versionen starben die Kinder nicht. Die Kinder entkamen den Krähen und rannten vor dem grausamen Onkel weg. Sie taten nur so, als würden sie von der Klippe fallen.

Natascha erinnerte sich an eine Geschichte. Es ging um zwei Jungfrauen, die in einem Schloss lebten. Die eine hatte blonde Haare, die andere schwarze. Sie waren die besten Freundinnen und liebten einander wie Schwestern, aber im Laufe der Zeit wurde die schwarzhaarige Jungfrau eifersüchtig auf die Anmut und die Schönheit der blonden Jungfrau. Eines Tages erzählte sie dem König eine Lüge: dass sich die blonde Jungfrau jede Nacht aus dem Schloss stahl und bis zum Morgengrauen mit dem *Domovye* tanzte, der russischen Version eines Elfen. Der König war zornig. Er schnitt der blonden Jungfrau den Kopf ab und in der Buchversion blieb der Kopf des Mädchens abgeschnitten. So schlimm, so traurig.

In Mamas Version weinte das Mädchen mit dem schwarzen Haar vor Reue und hob den Kopf ihrer Freundin auf, hielt ihn in den Armen. Sie küsste die Wange ihrer Freundin, legte den Kopf wieder auf den Körper und band ihn mit einem Band fest.

»Ava, putz dir die Nase«, sagte Natascha. »Darya, iss dein Frühstück.« Sie schob den Stuhl zurück und ging in Richtung Hintertür.

»Was ist mit meinem Referat?«, fragte Ava. »Wo willst du hin?«

»In Papas Werkstatt. Du kannst vielleicht eine seiner Lauten mitnehmen.«

Natascha schnappte sich ihren Mantel aus dem Schrank, knöpfte ihn zu und stapfte durch den frischen Schnee, der den Hof bedeckte. Weiße Flocken schwebten langsam zu Boden.

Sie klopfte an der Tür zu Papas Werkstatt. Nichts rührte sich, also drehte sie den Türknauf und trat ein.

»Papa?«

Er schnarchte und drehte sich auf der abgenutzten Matratze in der Zimmerecke um. Hier schlief er öfter als im Haus.

»Ich borge mir eine deiner Lauten«, sagte sie. »Ava braucht sie für ein Schulprojekt.«

Papa regte sich im Schlaf. Natascha seufzte und ging zu ihm, zog die abgenutzte Tagesdecke zu seiner Schulter hinauf.

Sie hob eine der fertigen Lauten aus dem Regal neben der Werkbank. Das Instrument, das sie ausgesucht hatte, war aus Ahornholz gebaut. Die Resonanzdecke hatte die Form eines Regentropfens, in dessen Mitte Papa ein von einem Gitterwerk bedecktes Loch geschnitten hatte, das man bei einer Laute Rosette nannte. Zupfte man an den Saiten, verstärkte die Rosette die so erzeugten Schallwellen. So machte man damit Musik.

Aber Natascha konnte das nicht. Die Laute spielen.

Ava auch nicht. Darya auch nicht.

Papa konnte es, obwohl er schon lange nicht mehr gespielt hatte.

Mama hatte ebenfalls Laute gespielt. Ihre schlanken Finger waren über die Saiten getanzt und sie hatte Volkslieder aus Russland gespielt, die die vierjährige Natascha tanzen ließen. Oder sie hatte es zumindest versucht, was Mama und Papa zum Lachen gebracht hatte.

Natascha trug die Laute vorsichtig und stützte sie auf dem angewinkelten Knie ab, während sie die Tür zur Werkstatt schloss. Es hatte aufgehört zu schneien, aber aus Gewohnheit schützte sie die Laute mit ihrem Mantel. Lauten waren empfindliche Instrumente.

In der Hofmitte blieb sie stehen. Auf dem verschneiten Weg zwischen Papas Werkstatt und dem Haus lag ein Stein. Nein, zwei Steine. Der untere Stein war groß, flach und rund wie ein Pfannkuchen. Der zweite Stein lag oben auf dem Pfannkuchenstein. Er war grau und hatte die Größe einer dicken Erdbeere. Zwischen den Steinen steckte ein zerknittertes Stück Papier. Der Wind ließ die Ränder flattern und enthüllte ein paar unkenntliche Worte.

Natascha bekam eine Gänsehaut.

Sie trat näher heran und ging in die Knie, achtete sorgfältig darauf, die Laute nicht zu beschädigen. Sie zog den Zettel hervor. Er war zu einem Viereck gefaltet. Auf der Oberseite stand in sauberer, ordentlicher Handschrift *Natascha* geschrieben.

8

Du weißt gar nicht, wie besonders Du bist.
Viele Leute wissen nicht, wie besonders Du bist.
Ich schon.
Und Du bist es.

Natascha las die Worte immer wieder. Fünfmal, sechsmal, siebenmal. Sie strich über die Falten im Papier. Sie las alles erneut.

Ich schon. Und Du bist es.

Sie kam sich entrückt vor, so wie wenn sie rechtzeitig aufwachte, um die Sonne über einer Welt aufgehen zu sehen, die still, ruhig und perfekt war.

Jemand hielt sie für etwas Besonderes.

Sie.

Natascha.

Aber ... wer?

Sie erhob sich und blickte sich um. Niemand war in Sicht. Es gab Fußabdrücke, aber die gab es überall. Gestern Nachmittag hatte Ava auf dem Hof getanzt. Papa ging drei- oder viermal täglich vom Haus zur Werkstatt. Die Tanten kamen ebenfalls aus den unterschiedlichsten Gründen heraus und herein.

Ein Stück weiter weg gab es noch mehr Fußabdrücke, eine graue, matschige Spur. Oft benutzten Kinder den Hof als Abkürzung zur Laurel Street, wo die Junior High war.

Zum Beispiel Benton. Benton kürzte den Schulweg durch Nataschas Hof ab und manchmal hatte sie Glück und konnte ihm den ganzen Weg dorthin folgen. Das hing vom Zufall ab, denn Benton konnte zu spät zur Schule kommen oder zu früh oder genau pünktlich. Sie konnte seinen Zeitplan nicht herausbekommen, weil er keinen Zeitplan hatte, und sie würde bestimmt nicht zur Stalkerin werden, die hinter Papas Werkstatt lauerte, bis sie Benton entdeckte und plötzlich auftauchte, um lässig die Worte hinzuwerfen: »Oh! Benton! Lass uns doch zusammen zur Schule gehen, ja?«

Das wäre gruselig.

Natascha blickte wieder auf den Zettel. Auf die Steine. Auf die Leere um sie herum.

Was war, wenn die Person, die die Botschaft hinterlassen hatte, gruselig war? Was, wenn er (oder sie) ein Stalker war?

Oder wenn ihr jemand einen Streich spielte? Sie dachte darüber nach. Es war so eine schöne Botschaft. Falls es ein Streich sein sollte, dann war er ziemlich gemein.

Sie faltete sie zusammen und steckte sie in die Tasche. Dann eilte sie mit der Laute ins Haus.

»Hier.« Sie stellte das Instrument neben der Tür an die Wand.

»Danke, Natascha«, sagte Tante Elena, die wieder in der Küche stand und Geschirr spülte. »So eine gute Idee.«

»Papa hat es erlaubt?«, fragte Ava.

»Für Papa geht das in Ordnung.« Natascha nahm ihren Rucksack, schlang ihn über die Schulter und ging wieder zur Tür.

»Willst du nicht auf deine Schwester warten?«, fragte Tante Elena.

Natascha warf Darya einen Blick zu. »Sie ist zu langsam.«

»Sie ist zu schnell«, sagte Darya.

Tante Elena schüttelte den Kopf. Vor Jahren waren Natascha und Darya immer zusammen zur Schule gegangen. Irgendwann hatten sie damit aufgehört. Der Anlass war kein schrecklicher Streit gewesen.

Sie hatten einfach unausgesprochen, jede für sich, beschlossen, dass es richtig war, damit aufzuhören.

Tante Elena fragte nicht, ob Natascha auf Ava warten wollte, denn die Sechstklässler fingen später mit dem Unterricht an als die Siebtklässler und Achtklässler.

Darya musterte Natascha. »Deine Wangen sind wirklich rot.«

Natascha berührte ihr Gesicht. »Ja ... Draußen ist es kalt. Okay. Bye.« Sie eilte aus dem Haus.

Unterwegs dachte sie über die Botschaft nach. Als sie die vom Schnee geräumten Bürgersteige der Laurel Street erreichte, hatte sie sich davon überzeugt, dass es jemand aus der Schule gewesen sein musste, der den Zettel für sie hinterlassen hatte. Jemand, der die Abkürzung hinter Papas Werkstatt nahm.

Jemand wie Benton, war die Antwort, die sich am deutlichsten Gehör verschaffen wollte.

Aber es war nicht Benton. Das war unmöglich. Warum hätte er ihr eine Botschaft hinterlassen sollen?! Außerdem: War es seine Schrift? Kannte sie seine Schrift überhaupt? Natürlich hatte sie sie schon mal gesehen, in der Schule. Aber man konnte seine Schrift auch verstellen.

»Du hast dir gewünscht, für jemanden etwas Besonderes zu sein«, sagte die Vogelfrau und erschien hinter dem Pfosten eines Straßenschilds.

Natascha schrie auf, dann schlug sie die Hand vor den Mund. Sie starrte den Pfosten an. Er war wie alle anderen Pfosten auch aus Stahl gemacht. Er war wie alle anderen Pfosten auch nur wenig breiter als ihr Unterarm. *Er war nicht groß genug, dass sich jemand dahinter verstecken konnte*. Nicht einmal eine so winzige Person wie die Vogelfrau.

Natascha nahm die Schultern zurück. »Viele nehmen diese Abkürzung«, behauptete sie. »Dave Smith, Dave Winters, Marissa Owens. Jeder von ihnen hätte den Zettel dort hinlegen können.«

»Welchen Zettel?«, sagte die Vogelfrau. Sie blinzelte mit ihren runden Augen.

Natascha grub die behandschuhten Finger in ihre Handfläche. Es ging die Vogelfrau nicht das Geringste an, wer den Zettel hinterlassen hatte – und Moment mal. Moment. Mal. Woher kannte sie ihren Wunsch???

Natascha verschränkte die Arme vor der Brust. »Wer *sind* Sie?«

Die Miene der Vogelfrau wurde sanfter. »Tschirp-tschirp. Süßes, törichtes Mädchen.«

»Haben *Sie* die Botschaft geschrieben?«, verlangte Natascha zu wissen.

»Mit absoluter Sicherheit nicht.« Die Vogelfrau kicherte. Sie streckte die Hand aus, als wollte sie Nataschas Gesicht streicheln. Natascha wich zurück.

Dabei stolperte sie und fiel auf den Hintern; ihr Rucksack löste sich und verteilte seinen Inhalt auf den Bürgersteig.

»Au!«

Die Vogelfrau gackerte leise, ging umständlich in die Hocke und fing an, Nataschas Besitztümer zurück in den Rucksack zu stopfen.

Natascha verspürte eine Beklemmung. Sie wollte der Vogelfrau befehlen, ihre Sachen nicht anzufassen. Außerdem wollte sie ihr sagen, dass Menschen nicht gackerten … sie schnalzten höchstens mit der Zunge, wenn sie aus welchem Grund auch immer das Bedürfnis dazu verspürten. Hätte Natascha zum Beispiel eine Geschichte geschrieben, hätte der Satz gelautet: »Die alte Frau schnalzte mit der Zunge, als sie sah, wie das Mädchen auf den Bürgersteig stürzte.« Eine normale Person würde so einen Satz sofort verstehen. Eine normale Person würde nie auf die Idee kommen, dass die alte Frau in Wirklichkeit gegackert hatte.

Natascha schloss die Augen und drückte die Handballen in die Augenhöhlen. Das eigentliche Problem war weder das Gackern noch das fremde Sachen Anfassen. Es war das Gefühlswirrwarr, das die Vogelfrau ausgelöst hatte. Natascha fand sie ärgerlich, ja, aber zweifellos auch faszinierend. Sie war geheimnisvoll und seltsam, und sie wusste Dinge, die sie nicht hätte wissen dürfen – wie zum Beispiel Nataschas Wunsch.

Oder das mit der Botschaft.

Oder Mama.

Natascha kam zu dem Schluss, dass es für alle Beteiligten am besten gewesen wäre, wenn die Vogelfrau einfach ... nun, verschwand und die Geheimnisse, die sie nicht hätte wissen dürfen, mit sich nahm.

»Bitte, gehen Sie.«

Natascha hörte die Vogelfrau seufzen. Sie hörte das Knacken steifer Gelenke und öffnete die Augen. Die Vogelfrau erhob sich mühsam. Sie trug die gleiche Pyjamahose wie zuvor, von ihren Schultern hing derselbe Schal.

Wenigstens steckt kein Vogel in ihrem Haar, dachte Natascha.

Nur dass ... *oh*. Der Spatz *war* da und kämpfte sich einen Weg durch die grauen Strähnen. Zuerst kam der Schnabel zum Vorschein, dann der Kopf und am Ende der dicke Körper und die kleinen Flügel. Er schüttelte sich und machte es sich bequem. Dann musterte er Natascha feindselig.

Ich mag dich auch nicht, dachte Natascha.

Augenblicklich schämte sie sich. Der Vogel war doch nur ein Vogel. Vielleicht hätte sie ihn ja doch gemocht, falls sie ihn näher kennenlernte. Sie wusste es nicht! Im Moment wusste sie gar nichts mehr!

Sie stand wieder auf und schob die Bücher und Hefte zurück in den Rucksack. Den Reißverschluss zog sie fest zu.

»Ich wünsche dir einen schönen Tag, Cupcake«, sagte die Vogelfrau. Sie hielt ein weißes, eng gefaltetes Rechteck. »Und die willst du doch bestimmt nicht vergessen, oder?«

Die Botschaft! Natascha riss sie ihr aus der Hand und eilte los. Sollte sie später entdecken, dass die Vogelfrau sie *doch* geschrieben hatte, würde sie sie in Fetzen reißen. Aber die Vogelfrau hatte behauptet, es nicht getan zu haben. Außerdem war sie *alt*. Zu alt und hinfällig, um einen Zettel in Nataschas Hof zu hinterlegen und dann herzueilen, irgendwie vor ihr in der Laurel Street aufzutauchen.

Natascha hatte mehrere Häuserblocks zurückgelegt, bevor sie langsamer wurde und sich erlaubte, erst einmal nachzusehen, ob die Botschaft keinen Schaden genommen hatte.

Sie entfaltete den Zettel.

Holte zischend Luft.

Das war nicht die Nachricht, die sie vor Papas Werkstatt gefunden hatte.

Es war eine neue.

9

Du weißt auch nicht, wie schön Du bist.
Du solltest öfters lächeln, Natascha. Wenn Du lächelst, strahlt Dein ganzes Gesicht.

Natascha las den Zettel zweimal. Dann wühlte sie in ihrer Tasche nach der anderen Botschaft herum, der ersten. Sie musste doch da sein. Es konnte doch nicht sein, dass sie sich verwandelt hatte und … Nein. Sie fand den Zettel mit der ersten Nachricht und schüttelte ihn auf. Ihr Blick huschte von einer Botschaft zur anderen. Sie überprüfte die Handschrift, die komischen kleinen *a*s und die mit einem sorgfältigen Punkt versehenen *i*s. Sie sah von einem Blatt zum anderen, bis sie sich von der Wahrheit überzeugt hatte:

Es waren zwei Botschaften, die beide an sie adressiert und beide gleichermaßen wunderbar waren.

»Hi, Natascha«, sagte jemand und sie zuckte zusammen. Es war Bentons bester Freund Stanley. In der grünen Daunenjacke, die vermutlich aus dem Sportgeschäft seiner Eltern stammte, sah er rund und dick aus.

Natascha drückte die Zettel aneinander und hielt sie verborgen in der Hand an der Seite.

»Hi, Stanley.« Ihre Beine fühlten sich wackelig an, und auch wenn sie Stanley mochte, hatte sie keine Lust auf eine Unterhaltung. In Gedanken befahl sie ihm, einfach weiterzugehen, wo auch immer er hinwollte.

Er tat es nicht. Er stand einfach da und lächelte unbehaglich. Sie beide lächelten unbehaglich, bis sich der Nebel aus Nataschas Hirn lüftete.

Richtig, die Schule, dachte sie.

Sie setzte sich wieder in Bewegung und Stanley ging neben ihr. Ihre Schritte waren gleich, also konnte Natascha ihn nicht vorbeigehen lassen oder ihn überholen, ohne dass es auffiel.

»Dein Mantel gefällt mir«, sagte er.

»Wirklich?« Ihr Mantel war blau, schlicht und aus Wolle.

Er nickte.

»Äh, deiner gefällt mir auch«, sagte sie.

Ihre Stiefel polterten über den Bürgersteig. Natascha wollte ihn nach Benton fragen, aber was sollte sie sagen? *Hey, Stanley, mag Benton mich?* Das war so typisch für die Junior High, und auch wenn Natascha dort Schülerin war, weigerte sie sich einfach, so würdelos zu sein.

Außerdem würde sie diese Worte niemals herausbekommen. Niemals, niemals, niemals.

Sie überlegte, ihn nach der Vogelfrau zu fragen, stieß dort aber auf das gleiche Problem.

Du weißt schon, die alte Frau, die »Tschirptschirp« sagt und gackert?, stellte sie sich vor zu sagen. *Die einen Vogel in der Frisur trägt?* Das war auch kein Knaller, wenn es um eine Unterhaltung ging.

Sie erreichten die Schule und ihre Wege trennten sich. Endlich entspannten sich Nataschas Schultern.

Beim Mittagessen sah sie Stanley erneut.

Wie gewöhnlich saß sie neben Molly und Stanley saß wie gewöhnlich neben Benton. Er trug den dicken grünen Mantel nicht mehr und sein einfaches blaues T-Shirt war zu groß für seine dünne Gestalt. Benton andererseits sah in seinem zufällig ausgesuchten OOTD unglaublich fantastisch aus. Sein T-Shirt war grau und wies auf der Vorderseite die Zeichnung von zwei alten Männern auf. Die alten Männer trugen Anzüge und Krawatten und ihre Mienen waren streng. Darunter stand in großen Buchstaben der Satz HASSER WERDEN HASSEN.

Bentons T-Shirt sah weich aus. Es saß nicht zu locker oder zu eng, und Natascha konnte sehen, dass er überall Muskeln hatte. Die nötigen Muskeln, um Botschaften zu schreiben? Das war albern. Aber die nötigen Muskeln, um von einem Ort zum anderen zu laufen und dann wieder zurück, ohne gesehen zu werden? Nun.

»Oh mein Gott«, sagte Molly. Sie schnipste mit den Fingern vor Nataschas Gesicht. »Natascha. Na*ta*scha!«

»Hä?«, machte Natascha.

»Du starrst Benton an«, sagte Molly. »Sogar mehr als gewöhnlich. Geh doch einfach zu ihm rüber und sag: ›Hey, heißer Knabe, Lust fischen zu gehen?‹«

»Fischen?«

»Oder Eislaufen! Oder Klettern!«

»Ausgezeichnete Ideen, aber nein, danke. Dennoch, eine tolle Ideensammlung.« Natascha nahm beide Daumen nach oben.

Molly musterte sie lange. »Du siehst so seltsam ... glücklich aus«, argwöhnte sie dann. »Irgendetwas geht hier vor, richtig?«

»Natürlich nicht«, sagte Natascha.

»Ja klar, *natürlich* nicht«, wiederholte Molly. »Was verheimlichst du mir?«

»Nichts!«

»Das ist deine Antwort? Ernsthaft? Denn ich kenne dich und du verbirgst etwas. Warum behältst du immer alles für dich?«

»Ich erzähle dir einen Haufen Sachen!«, protestierte Natascha. »Warum behältst *du* immer alles für *dich*?«

Molly legte den Kopf schief. »Dass Zara meine Gefühle verletzt hat, als sie meinte, ich sei zu laut? Dass ich meine Zähne bleichen lassen wollte, aber meine Mom das nicht erlaubt, also versuche ich nur mit den Lippen zu lächeln?«

»Du hast ein tolles Lächeln.« Nataschas Herz schlug etwas zu schnell. »Deine Zähne sind perfekt.«

»Dass es mich traurig macht, wenn du alles für dich behältst?«, ließ Molly nicht locker.

Natascha wurde von einer Erkenntnis getroffen, von der sie nicht wusste, wie sie damit umgehen sollte. In der Tat verheimlichte sie große Teile ihres Lebens vor Molly. Zum Beispiel die Botschaften. Warum hatte sie ihr nicht von den Botschaften erzählt?

»Molly ...«

Molly rieb sich die Stirn. Dann seufzte sie und stützte die Handflächen auf den Tisch. Sie beugte sich vor. »Hast du ein Problem damit, Nähe zuzulassen? Bist du darum so verschlossen?«

Natascha erstarrte. Plötzlich drohten ihr die Tränen zu kommen.

Molly errötete. »Egal. Vergiss, dass ich das gesagt habe. Ein Problem damit, Nähe zuzulassen.« Sie zögerte. »Aber wenn du mir jemals etwas erzählen willst ...«

Natascha fühlte sich entblößt. Was als eine ganz gewöhnliche Unterhaltung begonnen hatte, war nun auf einem völlig unbekannten Gebiet gelandet.

»Natascha?« Molly war ganz kleinlaut. »Bist du mir böse? Habe ich dich verärgert?«

»Nein!«

»Warum hast du dann die Augen so weit aufgerissen?«

Nataschas Herz klopfte. Sie holte tief Luft. »Da gibt es etwas, was ich dir eigentlich erzählen möchte, aber es ist so peinlich.«

»Ich mache bestimmt keine blöde Bemerkung deswegen. Ich verspreche es.«

»Eigentlich weißt du es ja schon. Es ist nur ... du hast recht. Ich bin etwas in Benton ...verknallt.«

Molly kreischte.

»Molly! *Pst!*«

»Das war mein Glückskreischen!«, protestierte Molly. »Du schwärmst für ihn und du hast es endlich zugegeben! Ich bin so stolz auf dich!« Sie beugte sich über den Tisch und tätschelte Nataschas Kopf. »Ist zwischen euch beiden irgendetwas, du weißt schon, *passiert?*«

»Eigentlich nicht.« Dabei hatte Natascha ihn zuvor im Geschichtsunterricht gefragt, welche Fragen sie durcharbeiten sollten, und er hatte gesagt: »Fünf bis zehn, und wenn du damit fertig bist, musst du weiter bis fünfzehn machen.«

»Oh«, hatte sie erwidert. »Danke.«

»Kein Problem.« Und bei seinem ungezwungenen Lächeln waren ihre Wangen ganz heiß geworden.

»Dann ist das unser nächster Schritt«, verkündete Molly. »Dafür zu *sorgen*, dass etwas passiert. *Ooh!* Du solltest zu ihm rübergehen!«

»Nie im Leben.«

»Du könntest ihm deinen Apfel geben.«

»Äh, nein.«

»Warum nicht? Du könntest ihm etwas zu essen bringen, denn Jungs lieben Essen, und er würde sich sofort in dich verlieben. Ihr beiden säht zusammen so süß aus! Aus euch würde … Nabenton werden!«

»Nabenton?«

»Nataben? Nenton? Nein, ich weiß!« Molly klatschte in die Hände. »Bentascha! Das ist perfekt!«

Natascha legte den Kopf schief und ließ die Bezeichnung auf sich wirken. *Bentascha.* Das klang gut. Das wollte sie auch sagen, als Molly plötzlich das Gesicht merkwürdig verzog.

Sie folgte Mollys Blick und ihr Herz sank.

Belinda Berry stand plaudernd neben Benton und wickelte dabei eine Haarsträhne um den Finger. Im Haarsträhnenwickeln war sie eine Expertin. Benton sagte etwas und klopfte auf die Stelle neben seinem Tablett und sie lachte. Dann zuckte sie mit den Schultern und schob sich auf den Tisch. Sie hockte auf der Kante und ließ die Beine baumeln.

»Das muss nicht unbedingt etwas bedeuten«, sagte Molly.

Benton ergriff Belindas Füße. Sie trug große flauschige Stiefel von der Sorte, wie Darya sie hasste. Ihre Beine waren nackt, ihr Rock war kurz. Sie war süß, überschäumend und *nett* – das war sie tatsächlich – und Natascha konnte nicht in einer Million Jahren mit ihr mithalten. Die Magie, die erforderlich sein würde, um das zu ermöglichen …

»Belinton«, sagte sie hoffnungslos.

»Nein«, stöhnte Molly. »Bentascha ist *so* viel besser.«

Ein Junge mit noch mehr Muskeln als Benton schlenderte auf ihn und Belinda zu. Das war Dave Smith. Er und Benton machten den Faustgruß, dann zerzauste er Belindas Haar. Dazu musste er die Hand ein Stück heben. Belinda lächelte und nahm die Hand. Sie rutschte vom Tisch und trat eng an seine Seite.

»Oh mein Gott«, flüsterte Molly. »Oh mein Gott!«

Dave legte den Arm um Belindas Schulter. Sie schob den Arm um seine Taille. Sie stellte sich auf die Zehen und ließ sich von ihm küssen, ein schneller und kurzer Kuss auf die Lippen.

»Bedave.« Molly grinste breit.

»Dalinda«, sagte Natascha.

Molly streckte die Hand in die Höhe. Natascha klatschte ab.

Ich wünsche mir, dass Klara nicht so traurig ist.
Ich wünsche mir, dass ich dafür sorgen kann,
dass sie sich besser fühlt.

Elena Kovrov, dreizehn Jahre alt

10

Eine Woche verging. Natascha erhielt keine weiteren Botschaften.

Eine weitere Woche verging und am Freitag sprach Nataschas Englischlehrerin im Unterricht von den »Iden des März«. Natascha wusste bereits, worum es dabei ging. Eine altmodische, hochgestochene Bezeichnung für den fünfzehnten März, was zufällig Avas Geburtstag war.

Morgen würde Ava zwölf, womit sie offiziell so alt wie Darya sein würde. Bis zu Daryas dreizehntem Geburtstag im August würden sie beide zwölf Jahre alt sein. Danach würden Darya und Natascha beide dreizehn sein. Bis zum November, wenn Natascha Geburtstag hatte.

Dergleichen war in Familien nicht üblich. Papa und Mama hatten drei kleine Mädchen kurz hintereinander bekommen, *bumm*, *bumm*, *bumm*. Für Natascha war das normal. Sie war daran gewöhnt. Sie kannte nichts anderes, da Darya vor ihrem ersten Geburtstag zur Welt gekommen war, und Ava war nicht mal ein ganzes Jahr später zum Rudel gestoßen.

»Ava kam zu früh«, lautete ihre übliche Antwort, wenn andere Kinder nach dem geringen Altersunterschied der drei Schwestern fragten. Ava war zu früh, winzig und perfekt zur Welt gekommen, morgen vor zwölf Jahren.

Als Natascha vom Englischunterricht zu ihrem Schrank ging, dachte sie über ihr Geburtstagsgeschenk nach. Es war eine goldene Kette mit einem mit Kristallsplittern versehenen Herz in der Mitte. Es glitzerte und funkelte, und damit war es perfekt für Ava.

Der Korridor war voller Kinder. Es roch nach Büchern und Pop-Tarts. Das Wetter draußen war düster, aber hier drin war alles hell und kuschelig. Jeder war fröhlich, Natascha eingeschlossen.

Sie erreichte ihren Schrank, öffnete das Schloss und zog. Die Tür ging nicht auf. Sie hämmerte mit der Faust dagegen. Trotzdem öffnete sich die Tür nicht. Benton sah, wie sie sich damit abmühte, schlenderte herbei und schlug dagegen. Die Tür sprang auf.

»Danke«, sagte Natascha.

»Kein Problem.« Benton wandte sich wieder zum Gehen.

»Aber ich habe auch dagegengeschlagen«, sagte sie in dem Versuch, ihn länger in ihrer Nähe zu halten. »Warum klappt das bei dir und nicht bei mir?«

Benton wandte sich ihr wieder zu. »Du musst die richtige Stelle treffen.«

»Das habe ich!«

»Und du musst wie ich sein. Ich bin eben ganz schön großartig.«

»Aber natürlich doch.« Natascha war vor Begeisterung ganz schwindelig. Sie flirteten. Vielleicht. Möglicherweise. Praktisch. Sie musste dagegen ankämpfen, nicht zu breit zu grinsen. »Wie konnte ich das nur vergessen?«

Benton grinste. Dann sah er beunruhigt aus. »Dir ist schon klar, dass ich nur Spaß mache?«

»Warte – du bist *nicht* großartig?«

»Nein, das bin ich schon, aber …«

Er geriet ins Stocken. Natascha behielt eine unschuldige Miene bei, aber innerlich flatterte sie wie unter Strom.

Er verschränkte die Arme über der Brust, lehnte

sich zurück gegen den Schrank und sagte: »Ah-ha. Ganz schön trickreich, Natascha Blok.«

Wie er die Worte in die Länge zog, war anbetungswürdig: *Gaanz. Schöön.*

Und die Art und Weise, auf die er ihren vollständigen Namen aussprach, ließ ihre Haut kribbeln.

»Das war witzig.« Benton nickte. »Das war gut.« Er musterte sie auf eine neue Weise. »In dir steckt mehr, als die Leute glauben, nicht wahr?«

»Benton!«, rief ein Junge ein Stück weiter den Korridor hinunter. »Wo bleibst du?«

»Alter, chill«, rief Benton zurück. Er wandte sich wieder an sie. »Nun, wir sehen uns, Natascha.« Und er lief los zu seinen Freunden.

Später am Nachmittag lag Natascha auf dem Bett und ließ den Augenblick Revue passieren. Sie versuchte zu begreifen, was er zu bedeuten hatte. Ob er überhaupt etwas zu bedeuten hatte.

Sie wollte unbedingt, dass er etwas bedeutete. Aber wenn man etwas *wollte*, konnte es dadurch geschehen? Denn an ihrem Wunschtag hatte ihr letzter Wunsch gelautet, für jemanden etwas Besonderes zu sein. Als etwas Besonderes betrachtet zu werden, obwohl sie nur sie selbst war.

Bentons Botschaften (so bezeichnete sie sie in ihren Gedanken, obwohl sie nicht mit Sicherheit wusste, dass er der Verfasser war) hatten ihr das Gefühl gegeben, etwas Besonderes zu sein. Auf jeden Fall! Und als er sie heute auf diese Weise angesehen hatte, hatte sie sich ebenfalls als etwas Besonderes gefühlt. Als er gesagt hatte, dass mehr in ihr steckte, als die Leute glaubten, hatte ihr Magen einen Satz gemacht.

Aber dann war er gegangen, ohne sich noch einmal umzudrehen. »Wir sehen uns«, hatte er gesagt, aber an »Wir sehen uns« war nichts besonders.

Und es blieb verwirrend. An ihrem Schrank hatte er noch mit ihr geflirtet, aber in der Mittagspause hatte er sie nicht zu sich gewunken, wie er es mit Belinda getan hatte. Er hatte nicht auf den Tisch, an dem er saß, geklopft und sie ermutigt, sich dort hinzusetzen, damit sie sich unterhalten konnten.

Außerdem! Wer sagte, dass die Botschaften tatsächlich von Benton stammten? Die Vorstellung gefiel ihr, und irgendwie hatte sich die Möglichkeit, dass Benton ihr heimlicher Verehrer war, in ihrem Herzen als Wahrheit festgesetzt. Aber wenn das nur Wunschdenken war?

Wunschdenken. Natürlich war es Wunschdenken. Sich etwas zu wünschen war Wunschdenken. Per Definition.

Natascha seufzte. Ehrlich gesagt konnte sie sich kaum vorstellen, jemals im kurzen Rock auf einem Esstisch zu sitzen. Aber vielleicht erforderte Wunschdenken ja, dass man Risiken einging. Vielleicht konnte sie dieses Mädchen sein, das von einem Jungen angebetet wurde, der ihre Füße nahm und sie dann spielerisch hin- und herschwenkte.

Oder auch nicht.

Sie starrte an die Decke ihres Zimmers, die eine schöne Decke mit vertrauten Rissen war, die sie im Laufe der Jahre zu allen möglichen Dingen geformt hatte. Das Profil eines alten Mannes. Eine Kapelle. Eine Ente.

Heute machte sie aus den Rissen ein Fragezeichen. Das war zwar weit hergeholt, aber sie brauchte es. Es gab so viele Dinge, die sie nicht wusste!

Für jemanden etwas Besonderes zu sein, das war am Wunschtag ihr dritter Wunsch gewesen. Bei dem Wunsch davor war es darum gegangen, geküsst zu werden, und laut den Regeln des Wunschtages musste sie selbst dafür sorgen, dass sich dieser Wunsch erfüllte.

Aber wie???

Wenn sie schon von jemandem geküsst werden wollte, dann von Benton. Aber was musste sie dafür tun? Im Korridor auf ihn zugehen, ihn an den Schultern fassen und ihm einen Schmatzer aufdrücken? Ihn in der Cafeteria aufspüren und sagen: »Hey, Benton, willst du knutschen?« Sich an seinem Schulweg verstecken und sich auf ihn stürzen, wenn er kam?

Nein, nein und nochmals nein, und ein ganz besonders großes Nein zu der Idee, ihm auf dem Schulweg aufzulauern. Wenn sie ihn ohne Vorwarnung ansprang, würde sie ihn zu Tode erschrecken. Sie würde sich selbst zu Tode erschrecken. Sie würden beide zu Boden stürzen, tot, und Füchse würden von ihren Leichen fressen.

Oder schlimmer noch, sie würde aus dem Versteck springen, mit den Händen herumfuchteln und wie der Schwarze Mann »Buuh!« schreien. Nicht, dass sie so etwas beabsichtigt hätte. Aber sie würde es aus Versehen tun, und zwar aus dem einfachen Grund, dass diese Idee ihrer Fantasie entsprungen war und nun dort für immer festsaß.

Nein. *Du wirst Benton nicht mit einem »Buh« erschrecken, Natascha*, befahl sie sich streng. *Verstanden?*

Sie veränderte die Position, nahm die Hände unter dem Kopf weg, breitet die Arme aus und hielt die Handflächen nach oben gerichtet. Sie versuchte alle Muskeln zu entspannen und sie »von den Knochen hinabgleiten zu lassen«, ein Satz, den sie von ihrer Sportlehrerin bei einer Yogastunde aufgeschnappt hatte.

Nahm man ihn wortwörtlich, war es ein schrecklicher Satz. Wundervoll schrecklich, was auch der Grund war, warum sie und Molly sich darauf gestürzt hatten. Beinahe einen ganzen Monat lang hatten sie bei jeder sich bietenden Gelegenheit die Muskeln von den Knochen hinabgleiten lassen.

»Tut mir leid, Mom, aber ich kann nicht«, hatte Molly aus dem Schlafzimmer gerufen, wenn ihre Mutter sie wieder nach unten bat, damit sie ihr benutztes Geschirr wegräumte. »Ich lasse gerade meine Muskeln von den Knochen gleiten!«

Oder sie und Natascha legten sich auf den Rasen auf dem Schulhof und breiteten Arme und Beine wie Sterne aus.

»Was gibt es Neues?«, hatte Natascha dann gefragt.

»Nichts, ich lass nur meine Muskeln von den Knochen hinabgleiten«, antwortete Molly. »Und bei dir?«

»Das Gleiche.«

Die Erinnerung ließ Natascha lächeln. Sie hätte Molly in diesem Augenblick anrufen können, wenn sie gewollt hätte. »Hey, Puppengesicht, gleiten dir die Knochen vom Körper?«, hätte sie sagen können. Moment. Nicht Knochen. Muskeln. »Gleiten deine Muskeln von den Knochen?«

Danach hätte sie sie um Rat bitten können. Sie hätte zwei Fliegen mit einer Klappe geschlagen. (Noch so ein schrecklicher Ausdruck, wenn man mal darüber nachdachte. Warum kam es darauf an, dass man mit wenigen Schlägen so viele Fliegen wie möglich umbrachte?) Aber sie hätte Molly fragen können, wie sie mit Benton weitermachen sollte. Und damit hätte sie ihr bewiesen, dass sie kein Problem mit Initimät, mit Nähe hatte. Dass sie sich ihr öffnete.

Außerdem schuldete sie ihr sowieso einen Anruf. Molly musste in der nächsten Woche wegen einer Familienangelegenheit verreisen, was bedeutete, dass sie das Frühlingsfest versäumen würde. Aber das war schon okay, denn ihre Eltern nahmen sie in ein großes Outletcenter mit, wo sie sich ein Kleid kaufen sollte. Für das Familienfest musste sie sich aufdonnern.

Die Bar Mitzvah ihres Cousins. Darum ging es. Molly hatte die ganze Woche über nichts anderes geredet und heute hatte sie beim Mittagessen gesagt: »Oh mein Gott, ich habe dir ja noch gar nicht erzählt, wie das Haus meines Onkels und meiner Tante aussieht. Was stimmt nicht mit mir?«

Dann war der Schulgong ertönt und sie hatte gestöhnt. »Erinnere mich daran, dass ich dir vom Haus meines Onkels und meiner Tante erzähle. Das ist fast ein richtiges Herrenhaus. Okay?«

Hm. Natascha rutschte wieder auf dem Bett herum. Sie hätte gern Näheres über das Haus von Mollys Onkel und Tante erfahren, aber vielleicht nicht im Augenblick.

Sie konnte ihr Notizbuch hervorholen. Dinge niederzuschreiben klärte ihren Verstand.

Oder sie konnte Liegestütze machen, laut ihrer Sportlehrerin eine ausgezeichnete Übung für den ganzen Körper.

Sie seufzte und wechselte die Position, streckte die Beine aus und schob die Zehen nach vorn. Sie richtete das Kissen unter ihrem Kopf, bis es richtig lag, und starrte weiterhin zur Decke.

11

Samstagabends war im Haus der Bloks Spieleabend. Diese Tradition hatte Tante Elena begründet und sie ließ sich auch die Spiele einfallen. Tante Elena hatte Natascha und Darya gesagt, dass das nur für Ava gedacht sei, weil sie die Jüngste war und gern spielte. Aber Natascha wusste, dass auch Tante Elena gern spielte.

In der Vergangenheit hatten sie Uno, Mensch ärgere dich nicht oder Monopoly gespielt, aber Monopoly war aus dem Verkehr gezogen worden, weil es so viel Zeit in Anspruch nahm und weil Darya zu verbissen spielte, wenn es darum ging, die Schlossallee und die Parkstraße zu ergattern.

Tante Elena ließ sich auch Spiele einfallen, die eigentlich gar keine waren. Spiele, die aus Aktivitäten bestanden, die alle zum Lachen bringen sollten. Vergangenen Monat hatte Tante Elena jeden gebeten, die Ellbogen nach vorn zu strecken (einen Ellbogen pro Person) und dann die Hand auf die Schulter zu legen (eine Hand pro Person, und zwar die Hand, die zu dem erhobenen Ellbogen gehörte).

Dann hatte Tante Elena eine Münze auf jeden erhobenen Ellbogen gelegt. Das Ziel des Spiels bestand darin, die Hand schnell genug nach unten schnellen zu lassen, um das fallende Geldstück zu fangen.

Tante Veras Münze landete immer klirrend am Boden. »Meine Ellbogen sind zu spitz!«, beschwerte sie sich.

Darya meisterte den Trick schnell. Sie legte ein Geldstück auf den Ellbogen, führte die Hand anmutig nach unten, drehte und öffnete sie. »Geschafft!«, rief sie und präsentierte die aufgefangene Münze.

Ava, Tante Elena und Natascha waren ebenfalls gut darin. Zusammen mit Darya fügten sie noch eine weitere Münze hinzu, um die Herausforderung schwieriger zu machen. Zwei Geldstücke. Drei Geldstücke. Vier Geldstücke, die ordentlich oben auf ihren Ellbogen balancierten und dann gefangen wurden, wenn sie die Hände nach vorn schnellen ließen. Oder klirrend am Boden landeten. Beides passierte.

Natascha glaubte, dass Papa bestimmt gut darin gewesen wäre, denn er war geschickt mit den Händen. Aber auch wenn er manchmal ungefähr zehn Minuten zusah, spielte er nicht mit.

»Nur ein Mal, Papa«, bettelte Ava. »Versuch es ein Mal. Komm schon.«

»Ich bin zu alt für Spiele«, sagte er. Dann lächelte er flüchtig, zerzauste Ava das Haar und kehrte zurück in die Werkstatt.

An jenem Abend war Tante Elena die große Gewinnerin gewesen, die am Ende zwanzig Geldstücke auf dem Ellbogen balanciert und jedes einzelne davon gefangen hatte.

»Beeindruckend«, hatte Natascha gesagt.

»Vielen Dank«, hatte Tante Elena mit geröteten Wangen erwidert; ein paar Strähnen hatten sich aus ihrem Pferdeschwanz gelöst.

Für diesen Abend hatte sich Tante Elena für den Geburtstag ein Spiel einfallen lassen, das vor allem Ava gefallen würde. Es hatte bereits ihr Lieblingsabendessen gegeben, Spaghetti mit Fleischbällchen. Die anderen sangen für sie, aßen Kuchen, übergaben die Geschenke und Ava strahlte über das ganze Gesicht.

»Nächstes Jahr werde ich dreizehn«, sagte sie.

»Aber nicht, bevor ich dreizehn werde«, erwiderte Darya. »Ich werde vor dir dreizehn.«

»Pah!«, sagte Ava.

»Aber seit heute Abend bist du zwölf, und das ist auch cool«, meinte Natascha. »Mensch, Darya, kannst du Ava diesen Abend nicht gönnen?«

Jetzt, wo das Geschirr abgeräumt war, versammelte Tante Elena alle um den Küchentisch und bat sie, Platz zu nehmen.

»Pfefferminztaler.« Ava betrachtete die große Keramikschüssel voller in funkelnde Folie verpackter Pfefferminztaler. »Lecker. Sind die für meinen Geburtstag?«

Tante Elena blickte sich um. »Wo ist Nate?« Sie öffnete die Hintertür und seufzte, als sie das Licht aus Papas Werkstatt fallen sah. »Nate?«, rief sie. »Na-ate!«

»Spielen wir doch einfach«, sagte Darya. »Ohne Papa.«

»Wie geht das Spiel denn?«, wollte Ava wissen.

»Ja, Elena«, sagte Tante Vera. Sie ging an Tante Elena vorbei und schloss die Tür. »Klär uns auf.«

Tante Elena wandte sich wieder dem Tisch zu. Natascha entdeckte in ihrer Miene kurz Traurigkeit, bevor sie sie abschüttelte, lächelte und sich setzte.

»Es geht nicht darum, sie zu essen«, sagte sie und schlug Avas Hand von der Schüssel fort.

Ava protestierte lautstark. Sie trug ihre neue

Halskette, die mit dem Herz, die Natascha ihr geschenkt hatte. Sie sah hübsch aus.

»Jedenfalls nicht sofort.« Tante Elena nahm einen Pfefferminztaler und wickelte ihn aus. Er hatte ungefähr die gleiche Größe wie eine Münze. »Das Ziel« – sie hob das Gesicht zur Decke und legte die Süßigkeit auf die Stirn – »besteht darin, ihn in den Mund zu bekommen, ohne die Hände zu benutzen. *Dann* könnt ihr ihn essen.«

Als sie sprach, ließ die Bewegung ihres Mundes das Pfefferminz von ihrer Stirn rutschen. Es landete auf dem Tisch und sie lachte. Sie versuchte es erneut, und durch viel würdeloses Grimassenschneiden gelang es ihr, den Taler bis zu ihrer Nasenspitze zu befördern, wo er erneut herunterfiel.

Alle lachten.

Die Schokolade fing an zu schmelzen, und als Tante Elena das Pfefferminz zum dritten Mal auf die Stirn legte, klebten ihre Finger. Sie verzog das Gesicht, um den Taler zu bewegen, und als sie ihn dieses Mal Zentimeter für Zentimeter in Richtung Mund beförderte, hinterließ er eine Schokoladenspur. Aber indem sie den Kopf schräg hielt, gelang es ihr, das Pfefferminz auf die Wange zu befördern und von dort gerade noch so eben in ihren Mund.

»Ja!« Sie stieß die Faust in die Luft. Sie kaute, schluckte und grinste. »Ein Punkt.«

»Ich will es versuchen.« Ava schnappte sich ein Pfefferminz.

Natascha und Darya bedienten sich ebenfalls. Tante Vera auch, allerdings wickelte sie den Taler einfach nur aus und warf ihn sich in den Mund.

»Hey! Du mogelst!«, rief Ava.

»Vera, das war sehr ungezogen«, schalt Tante Elena sie. »Hast du das verstanden oder muss ich dir eine Auszeit verordnen?«

Tante Vera verdrehte die Augen. »Du hast Schokolade an der Wange.«

Natascha kicherte. In so einer Stimmung waren ihre Tanten lustig. Neben ihr rümpfte Ava wie verrückt die Nase. Sie versuchte den Pfad des Talers zu verfolgen, wodurch sie schielte.

Natascha warf Darya einen Blick zu und sie teilten ein Lächeln. Dann senkten sie hastig den Blick – beide. Dennoch, Natascha fühlte sich glücklich.

Nach mehreren Versuchen beförderte Ava ihre Schokolade in den Mund. Sie klatschte jeden ab und sagte: »Ja!«, genau wie Tante Elena es getan hatte. Und wie ihre Tante hatte sie überall Schokolade im Gesicht.

Sie schnappte sich ein zweites Pfefferminz, wickelte es aus und sagte: »Silas könnte das nicht gut.« Sie hielt inne und legte den Kopf schief. »Oder vielleicht doch. Könnte er es?«

»Wer ist Silas?«, fragte Natascha.

»Ein Junge in meiner Klasse. Er geht auch bei Ms J zur Nachhilfe, aber er mag es gar nicht, wenn sie es laut sagt.«

»Wenn sie was laut sagt?«, fragte Darya.

»›Silas, ist es nicht Zeit für deine Nachhilfe?‹«, äffte Ava in einem strengen Tonfall nach, der zu viel Ähnlichkeit mit Tante Veras hatte. Sie verfiel wieder in ihre normale Stimme. »Er mag es nicht, dass andere es erfahren. Ich habe ihm gesagt, dass doch nichts dabei ist, aber …«

Sie zuckte mit den Schultern und leckte sich Schokolade von den Fingern. »Jedenfalls hat er einen so festen Griff, dass ich seine Finger einfach nicht aufbekomme, wenn er mich einmal festhält.«

Einen Moment lang sagte keiner etwas.

Dann machte Natascha den Anfang. »Warum hält er dich fest?«

»Weil er mich mag?! Und übrigens gibt es eine Sache an mir, die *ich nicht mag*, und das ist, dass Silas in der Pause immer mit mir spielen will, aber Melody und Alvinia auch. Das wollen viele. Aber Alvinia will mich ganz für sich allein haben, und ich weiß nicht, was ich tun soll, denn ich möchte niemanden verletzen.«

»Oh«, sagte Natascha. Sie runzelte die Stirn. Hatte sie in der sechsten Klasse auch solche Probleme auf dem Schulhof gehabt? Nein, da sie für gewöhnlich las. Sie hatte die Erlaubnis bekommen, die Pause in der Schulbibliothek zu verbringen. Und an den Tagen, an denen sie es nicht getan hatte, war sie zusammen mit Molly um den Spielplatz herumspaziert und hatte zu ihrem Geplauder gelacht.

»Kannst du denn nicht mit ihnen allen spielen? Oder abwechselnd?«

»Hast du kein Wort von dem verstanden, was sie gesagt hat?«, fragte Darya scharf. »*Nein*. Kann sie nicht.«

»Darya, nicht in diesem Tonfall«, warnte Tante Elena.

Ava sah Natascha freundlich an. Sie tätschelte ihre Hand. »Schon okay. Eigentlich wollte ich nur damit sagen, dass alle es so toll finden, wenn man beliebt ist, aber manchmal finde ich das anstrengend.«

»*Ja*, Natascha«, sagte Darya. Sie wandte sich Ava zu. »Ich verstehe das, denn ich bin auch beliebt. Natascha weiß einfach nicht, wie das ist.«

»*Darya*«, fauchten Tante Elena und Tante Vera wie aus einem Mund.

Im Gegensatz zu ihren Tanten störte sich Natascha nicht an der Bemerkung. Sie schmerzte etwas und Darya verhielt sich wie eine blöde Kuh, aber vermutlich hielt sie es einfach nur für witzig.

Natascha war eben nicht beliebt. Und weiter? Jeder war anders, Ava und Darya eingeschlossen. Sie waren beide beliebt, wenn auch nicht auf die gleiche Weise. Darya hätte sich vermutlich niemals auf die Art Freunde eingelassen, die Ava hatte. Und umgekehrt galt das genauso.

»Außerdem«, sagte Ava. Das Pfefferminz fiel ihr vom Gesicht und sie stöhnte. Sie bückte sich, um es aufzuheben. »Manchmal macht mich Alvinia wirklich böse, denn gestern habe ich ihr gesagt, dass ich mit ihr spielen werde, aber dass wir Melody mitmachen lassen müssten, denn das wäre sonst gemein. Und ich wollte so kurz vor meinem Geburtstag wirklich nicht gemein sein. Und Alvinia fing an zu heulen, aber in Wirklichkeit tat sie nur so. Und dann lief sie zu Ms Gupta und behauptete, von einem Schmetterling gebissen worden zu sein! Und Ms Gupta ließ sie ins Lehrerzimmer gehen, um eine kalte Kompresse zu holen.«

»Wow«, sagte Darya. Sie fing ihr Pfefferminz, als es von ihrer Stirn fiel, und aß es einfach.

»So ein Quatsch«, sagte Natascha. »Schmetterlinge beißen doch nicht.«

»Ich weiß! Außerdem gab es da gar keine Schmetterlinge! Im Grunde bekam sie eine kalte Kompresse für nichts und wieder nichts, und jetzt erzählt sie allen, wie gruselig Schmetterlinge sind!«

»Schmetterlinge sind nicht gruselig«, widersprach

Natascha. Dass diese Alvinia etwas anderes behauptete, war ziemlich empörend.

»Natürlich sind Schmetterlinge nicht gruselig«, sagte Tante Elena. »Meine Großmutter, also eure Urgroßmutter, hat gesagt, dass Schmetterlinge für Wiedergeburt stehen.«

»Und Wiedergeburt ist nicht gruselig?«, meinte Darya. »Halloo, Zombies?«

»Unsere Großmutter hat auch gesagt, man solle niemals eine leere Flasche auf der Küchentheke stehen lassen«, erwiderte Tante Vera schelmisch. »Andernfalls wäre sie bald mit Tränen gefüllt.«

Darüber dachte jeder eine Weile nach.

»Wie kommen die Tränen denn in die Flasche?«, wollte Ava wissen.

»Man müsste direkt hineinweinen«, sagte Darya. »Oder die Flasche zum Abwischen als Kleenex benutzen.«

»Nein!«, sagte Ava.

»Oder Alvinia in einen Raum mit vielen Schmetterlingen stecken und die Flasche ebenfalls dorthin stellen«, fuhr Darya fort. »Das könnte ein Test sein. Wenn Alvinia tatsächlich vor Schmetterlingen Angst hat, würde sie weinen, oder? Falls sie die Flasche mit Tränen füllt, könnte sie es beweisen.«

»Im Winter gibt es doch gar keine Schmetterlinge!«, sagte Ava. »Daher weiß ich, dass sie von gar keinem gebissen wurde, weil es zu kalt ist.« Verärgert schnaufte sie. »Aber ich weiß nicht, was Schmetterlinge tun, wenn es so kalt ist. Wo gehen sie hin?«

»Nach Frankreich«, antwortete Darya.

»Einige fliegen an wärmere Orte«, erklärte Tante Elena. »Andere halten Winterschlaf.«

»Schmetterlinge halten Winterschlaf?«

»Sie verschwinden an die behaglichsten Stellen, die sie finden können«, sagte Tante Elena. »An Bäumen hinter der losen Rinde oder in einem verfaulenden Baumstamm. Dort bleiben sie bis zum Frühlingsanfang, dann wachen sie auf.«

Tante Elena warf Tante Vera einen Blick zu. »Wenn man mal darüber nachdenkt, ist das wirklich reine Magie.«

»Wenn du es sagst«, meinte Tante Vera.

»Das sage ich«, erwiderte Tante Elena.

»Hat Mama das auch?«, meldete sich Ava zu Wort.

»Was meinst du?«, fragte Tante Elena. »Was soll Klara getan haben?«

Ava wurde es sichtlich unbehaglich zumute. »Nun, war sie auf deiner Seite oder auf Tante Veras? Was die Schmetterlinge angeht. Hat sie ... du weißt schon ...«

Sie vollendete ihren Satz nicht, aber das brauchte sie auch nicht. Jedenfalls nicht für Natascha.

Hat Mama geglaubt, dass Schmetterlinge etwas Magisches sind? Das wollte Ava wissen.

»Egal«, machte Ava schließlich.

In Natascha regte sich der Hauch einer Erinnerung. Sie bemühte sich, sie festzuhalten, aber sie war bereits fortgeflattert.

12

Es gab einen Song von Johnny Cash, der Natascha gefiel. Papa sang ihn und begleitete sich dabei auf der Laute. Er war zwar langsam und melancholisch, aber auf genau die richtige Weise melancholisch – obwohl Natascha vermutete, dass diese Beschreibung für die meisten Leute keinen Sinn ergeben würde.

»Denn es gibt etwas an einem Sonntag, das einen Körper dazu bringt, sich allein zu fühlen.« Sie liebte diese Zeile. Auch sie hatte sich an diesem Morgen allein gefühlt, als sie aufgewacht war. Alles war still. Die verschneite Morgenlandschaft draußen war unendlich. Aus den Schornsteinen der Nachbarhäuser stieg Rauch, und das war das einzige Zeichen, dass es noch andere Menschen auf der Welt gab, die ihren eigenen Sonntagmorgen erlebten.

Natascha schaute lange aus dem Fenster. Irgendwann hörte sie, wie sich Ava regte. Sie trat an die Wand, die ihre Zimmer voneinander trennte. Sie konnte Ava summen hören. Ab und an fügte ihre Schwester ein Wort hinzu. Soweit sie es mitbekam, hatten die Worte etwas mit ihrer Haarbürste zu tun.

Avas Lied hatte etwas Beruhigendes. Sie war jetzt zwölf, aber sie war noch immer Ava.

Leise öffnete Natascha die Tür und trat auf den Korridor hinaus. Sie schlich an Avas Tür vorbei, dann an Daryas. Darya schlief noch tief und fest. Daran hatte Natascha nicht den geringsten Zweifel. Es war fast unmöglich, sie an Werktagen zu wecken, und am Wochenende blieb sie bis mittags im Bett, wenn die Tanten sie gewähren ließen.

Die Zimmer der Tanten befanden sich am Ende des Korridors. Tante Elena war in das Gästezimmer eingezogen und Tante Vera hatte Mamas und Papas Schlafzimmer übernommen. Dabei hatte sie es keineswegs an sich gerissen; Papa setzte einfach keinen Fuß mehr in das Zimmer. Er schlief ja in seiner Werkstatt oder unten auf dem Sofa.

Tante Veras Tür stand offen. Ihr Bett war ordentlich gemacht und in der Luft hing der Zitrusduft ihres Shampoos, was bedeutete, dass sie bereits geduscht hatte. Bald würde der Geruch von Eiern und Schinken das Haus füllen. Tante Vera glaubte fest an die Kraft eines herzhaften Frühstücks.

Unter Tante Elenas Tür schimmerte Licht hindurch, also klopfte Natascha.

»Ja? Herein!«, rief Tante Elena.

Ihr Bett war zerwühlt. Sie selbst stand im Badezimmer und machte sich Locken. »Oh, Natascha.« Ihre Wangen röteten sich etwas. »Du musst mich für so albern halten.«

»Warum?«

»Mit Frisuren herumzuspielen. Du weißt schon.« Ihre Augen hellten sich auf. »Soll ich mich auch um dein Haar kümmern?«

»Nein, danke«, sagte Natascha und Tante Elena lachte.

»Vielleicht eines Tages«, sagte sie.

»Das bezweifle ich.«

»Dann setz dich und unterhalte dich mit mir.« Tante Elena wandte sich wieder dem Spiegel zu.

Natascha hockte sich auf den Badewannenrand. Sie sah zu, wie ihre Tante eine Strähne ihres braunen Haares in den Lockenstab klemmte und aufrollte. Dann zählte sie bis zehn – Natascha konnte sehen, wie sich ihre Lippen bewegten – und zog den Lockenstab frei. Eine schimmernde Spirale hüpfte gegen ihr Schlüsselbein.

»Keine Sorge, ich kämme das wieder aus. Am Ende sind es Wellen.«

»Okay«, sagte Natascha, obwohl es sie nicht interessiert hatte. »Es sieht hübsch aus.«

Tante Elena lächelte ihr im Spiegel zu. »Findest du? Wirklich?«

Sie nickte. Tante Elena war hübsch. Ihr Haar war ein paar Schattierungen heller als Nataschas und sie teilte Avas und Daryas zierliche Züge. Ava und Darya gerieten beide nach Mamas Seite der Familie (die auch Tante Elenas Seite der Familie war), während Natascha mit ihrem ernsten Blick und der etwas dunkleren Färbung mehr nach Papa kam.

»Darf ich dir eine Frage stellen?«, begann Natascha.

»Aber natürlich.«

»Es hat mit der Vogelfrau zu tun.«

Im Spiegel sah sie, wie sich Tante Elenas Augenbrauen hoben.

»Ava hat mich auf den Gedanken gebracht«, fuhr Natascha fort. Sie entdeckte, dass sie die Finger verkrampfte, und zwang sich, damit aufzuhören. »Weil es so kalt ist? Und die Schmetterlinge? Und alle …« Sie deutete in Richtung von Tante Elenas Schlafzimmerfenster, das einen ähnlichen Ausblick wie ihres zeigte. »Bei diesem Wetter bleiben die meisten zu Hause.«

Tante Elena verwandelte die nächste Strähne in Locken.

»Es ist nur … wo geht die Vogelfrau hin? Wo wohnt sie? Woher bekommt sie ihr Essen?« Wieder gruben sich Nataschas Fingernägel in die Handfläche. »Was ist mit ihr?«

»Natascha, da habe ich für dich keine Antwort«, sagte Tante Elena. »Das habe ich mich auch schon gefragt, und zwar oft.«

»Also das hilft mir nicht weiter«, sagte Natascha. Dann schlug sie die Hand vor den Mund. »Tut mir leid.«

»Schon okay. Du hast recht, das ist nicht hilfreich.«

»Sie ist so seltsam«, meinte Natascha.

Tante Elena nickte.

»Sie trägt Pyjamahosen. Lässt einen Vogel in ihren Haaren leben!«

Tante Elena zuckte mit den Schultern. »Die meisten Leute halten sie für verrückt.«

»Du auch?«

Tante Elena musterte ihr Spiegelbild. Sie schüttelte das Haar, um zu sehen, ob es noch ein paar nicht gelockte Strähnen gab. Als sie sie fand, zog sie sie hervor und lockte eine nach der anderen.

»Als ich neun Jahre alt war, stieg ich zum Willow Hill hinauf.« Sie biss sich auf die Unterlippe. »Eigentlich hat diese Geschichte gar nichts damit zu tun, ob die Vogelfrau verrückt ist oder nicht. Oder vielleicht doch. Ich weiß es nicht.«

»Erzähl.«

»Nun.« Tante Elena legte den Lockenstab zur Seite und zog ihn aus dem Strom. Sie wandte sich Natascha zu. Ihr Haar war nun eine Lockenpracht.

»Ich war also neun und ich sah die Vogelfrau oben auf Willow Hill. Sie suchte sich einen Weg durch die Äste des Weidenbaums. Du weißt, welchen ich meine.«

Natascha nickte. *Ihre* große Weide.

»Rein und raus, rein und raus, wie sich eine Nadel ihren Weg durch den Stoff bahnt. Ich weiß noch, dass ich dachte, es sah aus, als würde sie Saatgut verteilen, und ...«

»Und was?«

»Ich fragte, ob ich helfen könnte«, sagte Tante Elena verlegen.

»Oh.« Das Bild, wie sich Tante Elena als kleines Mädchen schüchtern der Vogelfrau näherte, berührte Natascha.

»Ich fragte also, ob ich helfen könnte, und die Vogelfrau sagte etwas wie: ›Hast ja lange genug dafür gebraucht, oder?‹« Tante Elena hob die Brauen. »Dann gab sie mir einen kleinen Lederbeutel. Aber statt mit Saatgut war er mit Marshmallows gefüllt.«

»Marshmallows!«

»Es ist wahr. Vera hat mir das nie geglaubt, aber deine Mutter schon.«

Natascha schluckte. Wenn Tante Elena neun gewesen war, musste ihre Mutter zehn gewesen sein. Zwei Jahre jünger als Ava jetzt.

»Ich fing also an, sie auf dem Boden zu verteilen, aber die Vogelfrau legte ihre Hand auf die meine. ›Du isst‹, sagte sie zu mir. ›Nicht für die Vögel. Für dich.‹«

»War ihre Hand faltig?«, fragte Natascha. Sie erinnerte sich an den Tag, an dem die Vogelfrau ihr die zweite Botschaft gegeben hatte. Ihre Knöchel waren rot gewesen, die Finger wie Stöcke und krumm. Ihre Haut war so dünn wie Krepppapier gewesen.

»Komische Frage. Ich glaube, ihre Hände waren schon immer faltig«, meinte Tante Elena.

»Sie können nicht immer schon faltig gewesen sein. Irgendwann muss sie selbst ein Mädchen gewesen sein.«

Tante Elena schürzte die Lippen. »Kannst du sie dir als Mädchen vorstellen?«

Natascha versuchte es, aber die Vogelfrau weigerte sich in ihrer Vorstellung, jung zu werden. Für sie gab es keine Bild, das sich verjüngte.

Sie riss sich zusammen.

»Nein, ich kann mir die Vogelfrau nicht als Mädchen vorstellen.« Sie räusperte sich. Ihre Stimme klang rostig. »Hast du die Marshmallows gegessen?«

»Ja«, sagte Tante Elena. Ihre Augen funkelten. »Ich weiß, ich weiß, niemals von Fremden Süßigkeiten annehmen. Aber die Vogelfrau ist ja eigentlich keine Fremde ...«

»Nur seltsam«, vollendete Natascha den Satz.

»Die Dinger waren leichter als Zuckerwatte«, sagte Tante Elena. »Sie waren *außergewöhnlich*. Sie schmolzen förmlich in meinem Mund und ich fühlte mich ebenfalls leichter als Zuckerwatte. So leicht, dass ich hätte fliegen können! Das konnte ich zwar nicht – und ja, ich habe es versucht –, aber mein Leben war eine Woche lang wie verzaubert. Ich durfte unseren Klassenhamster füttern. Meine Schnürsenkel gingen nie auf, meine Haare waren nie verfilzt. Auf dem Bürgersteig fand ich Münzen und ein blaues Glasei. Und in dieser Woche wurde niemand wegen irgendetwas böse auf mich, nicht einmal Vera.«

Tante Elena trat näher. Sie steckte eine Haarsträhne hinter Nataschas Ohr. »Und deine Mutter und ich? Wir bauten das beste Kartenhaus in der Geschichte der Kartenhäuser.«

Natascha lächelte unsicher. Sie hatte so viele Fragen über ihre Mutter, aber kam ihr Name ins Spiel, wurde sie unweigerlich nervös.

Ihre Tante setzte sich neben sie auf den Wannenrand. »Weißt du, wenn es um Kartenhäuser ging, war deine Mutter immer gut. Klara und ich veranstalteten Wettbewerbe und meine Bauten stürzten immer vor den ihren ein.« Sie ergriff Nataschas Hand. »Sie nahm das sehr ernst. Sie baute ihre Häuser so, dass sie hielten.«

Natascha verspürte Schwermut. *Bis es darauf ankam*, dachte sie.

»Was meintest du?«

Natascha blinzelte. Hatte sie die Worte laut ausgesprochen? »Nichts. Egal. Keine Ahnung.«

Tante Elena betrachtete sie forschend und Natascha zwang sich wieder zu ihrem steifen Lächeln.

Ich lächle, siehst du?, dachte sie, achtete aber darauf, dass ihre Lippen fest zusammengedrückt waren, um sicherzugehen, dass ihnen diesmal keine Worte entschlüpften. *Lalala, alles ist gut. Weiter mit der Geschichte, nur Mut – klingt das nicht nett?*

»Natascha. Liebes.«

»Erzähl mir den Rest«, sagte Natascha fröhlich. *Und nenn mich nicht Liebes*, flehte sie innerlich. *Vielleicht später, aber nicht in diesem Augenblick, denn ich habe schon einen Kloß im Hals.*

Tante Elena wurde ganz sanft, was dazu führte, dass Natascha am liebsten die Flucht ergriffen hätte.

»Nun ja«, sagte sie. »Klara und ich bauten ein zweiundzwanzig Stockwerke hohes Kartenhaus.«

»Noch mehr als die zwanzig Geldstücke, die du auf dem Ellbogen balanciert hast.«

Tante Elena lachte. »Balanciert und gefangen, nicht zu vergessen.«

Sie saßen stumm da, aber die Gefahr, unbeabsichtigt weinen zu müssen, war vorüber. Natascha entzog Tante Elena sanft ihre Hand und legte beide Handflächen auf die Oberschenkel.

Sie dachte über Tante Elena und die Vogelfrau nach. Sie dachte über Mama und die Vogelfrau nach.

Ich hatte deine Mutter ziemlich gern, weißt du, hatte die Vogelfrau gesagt. Was hatte sie damit gemeint? Dass sie Mama gekannt hatte? Und wenn dem so war, auf welche Weise? Auf eine Marshmallow-Weise oder hatte es eine tiefere Verbindung gegeben?

Obwohl auch sie ein törichtes Mädchen war, hatte die Vogelfrau ebenfalls gesagt.

Was hatte Mama denn so Unkluges getan?

Natascha wollte ihrer Tante diese Frage nicht stellen. Nicht in diesem Augenblick. Vielleicht würde sie die Vogelfrau fragen, wenn und falls sie wieder mit ihr zusammenstieß. Moment, streich das. Sie würde sie fragen, wenn und falls sie ihr wieder *begegnete*. Keine Zusammenstöße mehr, bitte.

Aber eine letzte Frage hatte sie an ihre Tante. Sie wandte ihr den Kopf zu. »Tante Elena?«

»Hm?«

»Gestern Abend, als wir über die Schmetterlinge sprachen …«

Tante Elena wartete. Ihr Blick war ruhig und freundlich.

»*Hat* Mama daran geglaubt?«

»Dass sie etwas Magisches sind?«

Natascha nickte.

»Das hat sie«, sagte Tante Elena mit voller Überzeugung. »Klara hat geglaubt, dass in allem Magie lag.«

13

An diesem Nachmittag machte Natascha einen Spaziergang am Ufer des zugefrorenen Sees im Stadtpark. Der Wind, der über das Eis kam, schnitt durch Hut, Schal, Mantel und Handschuhe, aber das war es wert, denn zu Hause wäre sie durchgedreht. Sie musste sich bewegen.

Vor zwei Tagen, am Freitag, hatte Benton gegen ihre Schranktür geschlagen und sie geöffnet. An diesem Tag hatte sie auf ihrem Bett gelegen und über ihren dritten Wunsch nachgedacht – für jemanden etwas Besonderes zu sein. Wie auch über ihren zweiten Wunsch vom Wunschtag – geküsst zu werden.

Zu ihrem ersten Wunsch am Wunschtag, nämlich das Mama zurückkehrte, hielt sie Abstand.

Denn das war unmöglich.

Und wenn es das doch nicht war? Was war, wenn sie wie ihre Mutter glaubte, dass in allem Magie lag? Wenn Magie wirklich existierte, wäre da nicht *alles* möglich gewesen?

Als Tante Elena neun Jahre alt gewesen war, hatte die Vogelfrau ihr magische Marshmallows gegeben und sie hatte zusammen mit Mama aus Spielkarten ein zweiundzwanzigstöckiges Haus gebaut.

Vier Jahre später hatte Tante Elena ihren Wunschtag gefeiert. Sie hatte niemals jemandem verraten, was sie sich gewünscht hatte (und Natascha hatte sich große Mühe gegeben, sie dazu zu überreden, genau wie Darya und Ava), aber sie hatte geschworen, dass ihre Wünsche alle wahr geworden waren.

Auch Tante Vera war einst dreizehn gewesen. Wie jedes andere Mädchen in Willow Hill hatte sie einen Wunschtag gehabt, aber genau wie Tante Elena hatte sie sich geweigert zu verraten, was sie sich gewünscht hatte. Als Erwachsene lehnte sie die Tradition des Wunschtags völlig ab. Vehement. Lautstark. Fast schon wütend.

Aber vor langer Zeit hatte Natascha etwas mitbekommen, das nicht für ihre Ohren bestimmt gewesen war. Es war nach Mamas Verschwinden gewesen. Die Tanten hatten Tomaten gepflückt und Natascha hatte helfen sollen, war aber in der warmen Sonne eingeschlafen. Benommen war sie aufgewacht und hatte Tante Vera sagen hören: »Das war nur ein Zufall.«

»Das glaube ich keinen Moment lang«, hatte Tante Elena erwidert. »Am Tag nach deinem Wunschtag, genau am nächsten Tag, hat sich deine Gesichtshaut zufällig gesäubert? Ohne auch nur einen Pickel zurückzulassen?«

In diesem Augenblick hatte Natascha einfach nur zugehört. Später hatte sie gründlicher darüber nachgedacht. Tante Vera hatte sich einen sauberen Teint gewünscht? Einen Wunsch für eine so triviale Sache zu verschwenden! Dann hatte sie die alten Fotoalben durchgeblättert, wo sie ein Foto von Tante Vera als junges Mädchen gefunden hatte. Ihr Gesicht war rot, schuppig und mit Pickelnarben übersät gewesen, und Natascha hatte sich für ihre Gedanken geschämt.

Aber an diesem Tag im Garten hatte sich Tante Elena sofort auf ein neues Thema gestürzt. »Und was ist mit Roy?«, hatte sie gesagt. »Willst du auch behaupten, dass Roy ein Zufall war?«

»Roy?«, hatte Natascha laut gesagt.

Tante Vera hatte aufgestöhnt und Tante Elena hatte Natascha hinter dem Baum hervorgezogen, wo sie geschlafen hatte, und sie ausgeschimpft, weil sie gelauscht hatte.

»Aber das habe ich nicht!«, hatte Natascha protestiert. »Tante Vera, wer ist Roy?«

Tante Vera war knallrot geworden. »Wir waren jung«, hatte sie mit angespannter Stimme gesagt. »Es war eine Jugendliebe. Und jetzt reicht es *endgültig*.«

Draußen am See senkte Natascha den Kopf schützend vor der Kälte. Sie kramte in ihrem Gedächtnis herum, aber ihr allgemeines Wissen über die Magie des Wunschtags war spärlich.

Tessa Clarke, die zwei Jahre älter als sie war, hatte sich angeblich gewünscht, dass ihre Mutter den verlorenen Ehering fand. Und angeblich war es ihr geglückt.

Ein Mädchen namens Ruby, das lange nicht mehr in Willow Hill lebte, hatte einen ihrer Wünsche dazu benutzt, einen Job in einer großen Stadt zu finden. Sie war jetzt Journalistin in New York.

Um die Magie des Wunschtags zu verstärken, sollte man angeblich einen purpurnen Kiesel finden und in der rechten Hand halten, während man seinen Wunsch äußerte.

Oder man sollte einen purpurnen Kiesel finden und ihn in der *linken* Hand halten, während man seinen Wunsch äußerte.

Oder man sollte einen purpurnen Kiesel finden und ihn verschlucken und sich dann mit aller Macht wünschen, dass man nicht erstickte.

Irgendwann wurden die Überlieferungen, die sich um die Magie des Wunschtags drehten, lächerlich.

Papa hatte sich einmal mit ihr über den Wunschtag unterhalten. Es war eine der seltenen Gelegenheiten nach Mamas Verschwinden gewesen, bei denen Natascha wirklich das Gefühl gehabt hatte, dass er wahrhaftig *da* gewesen war und nicht irgendwo in seinen Gedanken versunken.

Sie hatten vor der Werkstatt Unkraut gejätet. Sie war acht Jahre alt gewesen. Sie wusste, dass sie acht Jahre alt gewesen war, weil sie da die zweite Klasse besucht hatte, und in der zweiten Klasse hatte man ihnen etwas über die griechischen Götter und Göttinnen beigebracht.

»Ms Florian hat gesagt, dass der Götterchef Zeus heißt und er jemanden in eine *Ziege* verwandelt hat«, hatte sie gesagt. »Ich fände es ganz *schrecklich*, wenn mich jemand in eine Ziege verwandeln würde.«

Papa kicherte und versicherte ihr, dass das kaum passieren würde.

Damals war er noch nicht so abwesend gewesen. Seine Hoffnung, dass Mama auf magische Weise zurückkehren würde, war noch stärker gewesen als heute.

»Ich könnte mir an meinem Wunschtag wünschen, mich in eine Ziege zu verwandeln«, sagte Natascha, »aber das werde ich nicht.«

»Gut«, erwiderte Papa.

»Oder ich könnte Darya in eine Ziege verwandeln! Oder Tante Vera!«

»Glaubst du, eine Ziege könnte so gute Pfannkuchen machen wie Tante Vera? Und die Wäsche – sie würde sie fressen statt zusammenlegen.«

Natascha lachte. Und da sie eine seltene Gelegenheit spürte, überhäufte sie ihn mit Fragen.

»Gehen die Wünsche vom Wunschtag wirklich in Erfüllung?«

»Das kommt darauf an, wen du fragst.«

»Hat wirklich jemand aus unserer Familie die Magie des Wunschtages nach Willow Hill gebracht? Glaubst du an Magie?«

»Hm. Ich glaube schon – aber verrate das nicht deiner Tante Vera.«

»Mache ich nicht.«

»Aber ich weiß nicht, ob die Magie mit einer bestimmten Person begann. Ich weiß, dass die mütterliche Seite unserer Familie ein größeres Talent für Magie zu haben scheint als die meisten anderen.«

»Wirklich?«

Papa musterte sie. »Deine Mutter war von Magie erfüllt. Manchmal strahlte sie förmlich davon.«

Natascha hatte nicht die geringste Ahnung, was mit *erfüllt* oder *strahlen* gemeint war. Aber sie stellte schnell die nächste Frage, weil Papas Augen feucht schimmerten. Wenn er zu traurig wurde, schwieg er.

»Und was ist mit Jungs? Warum haben Jungs keinen Wunschtag?«

Papa ließ sich Zeit für seine Antwort; er wartete so lange, dass Natascha sich schon sorgte, er würde nichts sagen. Aber nach mehreren Minuten tat er es doch. »Willow Hill wurde 1766 gegründet. Hier sind Generationen von Kindern aufgewachsen.«

Natascha nickte.

»Soweit ich weiß, haben einst auch Jungen ihren Wunschtag gefeiert.«

»Warum einst?«

Papa sah sie an. »Deine Urgroßmutter hatte einen Cousin, der im Sägewerk beinahe eine Hand verloren hätte.«

»Oh.« Sie begriff nicht.

»Er verlor zwei Finger. Sein Handgelenk wurde auch zerschnitten. Fast wäre er verblutet, aber der Arzt kauterisierte seine Wunden und rettete ihm das Leben.«

Natascha verstaute *kauterisiert* zusammen mit den anderen neuen Worten in ihrem Gedächtnis.

»Aber etwas war seltsam«, fuhr Papa fort. »Er war gerade dreizehn geworden, also war sein Wunschtag nicht mehr fern. Und nach seinem Wunschtag heilte seine Hand viel schneller, als der Arzt erwartet hatte.«

»Aber Papa«, sagte Natascha enttäuscht. Eine Hand, die im Sägewerk verstümmelt wurde, das war aufregend. Dass die Wunden heilten? Das war alltäglich.

»Seine ... Finger wuchsen zurück«, sagte Papa leise.

Natascha holte zischend Luft. »Oh.«

»Das ist die einzige Geschichte über einen Jungen und Magie, die ich je gehört habe – aber vergiss nicht, er war kein normaler Junge aus der Stadt.«

»Er war besonders. Weil er zu unserer Familie gehörte.«

»Die Wünsche, die die meisten Jungen hatten, erfüllten sich nicht. Aber bei den Mädchen war das anders, selbst bei jenen, die nicht zu deiner Blutlinie gehörten.«

Meine Blutlinie, wiederholte Natascha stumm. Bei den Worten schien sich ihr Verstand zu dehnen wie Toffee.

Papa zuckte mit den Schultern. »Was ich glaube? Nach einer Weile haben die Jungen aufgegeben. Und nach noch längerer Zeit haben die Jungen vergessen, dass sie aufgegeben hatten. Sie vergaßen, dass sie je mit der Tradition zu tun hatten.«

»Die Jungs in meiner Klasse machen sich alle über den Wunschtag lustig«, sagte Natascha.

»Nun, natürlich machen sie das, ist doch nur logisch«, hatte Papa erwidert, und das war das Letzte, was er je dazu zugesagt hatte.

Natascha ging den Weg am See weiter. Ihre Nase hatte diesen ekligen Punkt erreicht, an dem sie zu tropfen begann und man nicht anders konnte, als sie mit dem Handschuhrücken abzuwischen.

Sie dachte an Mama und wie sehr Papa sie vermisste. Und wenn Mama an dem Tag ihres Verschwindens auf den Kopf gefallen war? Wenn sie unter Amnesie litt und man sie in ein Krankenhaus außerhalb von Willow Hill gebracht hatte? Hätte sich Mama nicht länger an ihren Namen erinnern können, hätte man im Krankenhaus nicht gewusst, wen man benachrichtigen musste.

Und vielleicht hatte sich Mama im Laufe der Zeit von der Kopfverletzung erholt, aber die Amnesie war geblieben.

Und dann waren die Erinnerungen ganz langsam zurückgekehrt, Stück für Stück. Ihr altes Leben lauerte so gerade eben außer Reichweite, und dann kam alles plötzlich und unvermutet wieder zusammen, so wie Peter Pan seinen Schatten wiedererlangte.

»Es war alles nur ein Missverständnis«, würde sie sagen, wenn sie vor ihrer Tür stand. »Natascha, was bist du groß geworden! Darya, dein Haar ist so schön – wo hast du gelernt, eine Hochfrisur zu machen? Und Ava, die kleine Ava … ach, mein Schatz, ich habe dich vermisst. Ich habe euch alle so sehr vermisst!«

Alle würden weinen. Jeder würde den anderen umarmen. Tante Vera und Tante Elena würden ihre Schwester mit offenen Armen willkommen heißen. Und dann …

Papa würde müde von der Arbeit aus der Werkstatt kommen.

Alle würden verstummen. Und dann, wie aufs Stichwort, würden die Tanten und die Kinder auseinandergehen und Mama ins Licht treten lassen. Aber Ava würde weiterhin ihre Hand halten. Vielleicht.

Papa würde ein Schluchzen von sich geben und »Klara!« sagen. Er würde zu ihr stürzen und sie fest umarmen. Ganz fest, fest, fest. Alle würden noch mehr weinen, aber das würde sich in Lachen *und* Tränen verwandeln. Tränen des Glücks. Papa würde Mama nicht loslassen. Er würde nicht aufhören, sie anzusehen, keine Sekunde lang, und in seinen Augen würde Liebe leuchten.

Aber das wird alles nicht passieren, wies sich Natascha zurecht.

Sorgfältig suchte sie sich ihre Schritte. Manchmal durchbrach ihr Stiefel eine dünne Eiskruste oben auf dem Schnee und sie rutschte, stürzte aber nicht.

Das wird nicht passieren, sagte sie sich, diesmal

noch energischer. Sie versuchte die Hoffnung zu verdrängen.

Als das nicht funktionierte, schlug sie eine andere Taktik ein.

Was wäre, wenn Mama zurückkäme – das würde sie nicht, aber einfach mal angenommen – und ihrer Rückkehr würden *keine* Umarmungen, Lachen und Glückstränen folgen?

Im Englischunterricht hatte Natascha eine schreckliche Geschichte über eine mumifizierte Affenpfote gelesen, die dem jeweiligen Besitzer drei Wünsche gewährte. Ein Mann schnappte sie sich aus dem Feuer, in das der Vorbesitzer sie hineingeworfen hatte. Er wünschte sich zweihundert britische Pfund.

Ein paar Stunden später fanden der Mann und seine Frau heraus, dass ihr Sohn in der Fabrik, in der arbeitete, getötet worden war. Er war in eine Maschine gefallen, die Dinge zermahlte (was gar kein so großer Unterschied zu dem Sägewerk war, von dem Papa ihr erzählt hatte, wenn man einmal darüber nachdachte). Auf jeden Fall, der Mann und seine Frau erhielten eine Entschädigung – zweihundert Pfund.

Der Mann und die Frau beerdigten ihren Sohn und versuchten mit ihrem Leben weiterzumachen. Aber die Frau konnte das einfach nicht, und so nahm sie die Affenpfote eine Woche später und wünschte sich von ganzem Herzen, dass ihr Sohn wieder lebte. Eines Abends hörte das Paar Geräusche vor dem Haus. Kriechende, krabbelnde, schlurfende Geräusche. Feuchte, abgerissene Atemzüge. Die Frau sprang vom Sofa auf, und als sie ein dumpfes Pochen an der Tür hörte, rannte sie darauf zu, um sie zu entriegeln.

Aber der Mann. Er wusste Bescheid. Er hatte vor der Beerdigung die Leiche seines Sohnes gesehen. Und er wusste auch, was mit Leichen geschah, nachdem man sie begraben hatte. Ihr Sohn hatte tagelang im Boden gelegen.

Der Mann entriss seiner Frau die Affenpfote und machte stumm den dritten und letzten Wunsch. Die Frau erreichte die Tür und riss sie auf, aber dort stand niemand.

»Ich kapiere es nicht«, hatte sich Nataschas Mitschülerin Catie Trimble beschwert. »Das ist das Ende der Geschichte? Was war denn der letzte Wunsch?«

Natascha hatte keine Erklärung gebraucht. Auch Stanley nicht, der in Nataschas Englischkurs war.

»Denk darüber nach«, sagte er. »Der Junge war gestorben.«

»Ja, aber seine Mom wünschte ihn ins Leben zurück!«

»Und ihr Wunsch hatte sich erfüllt«, erklärte Stanley geduldig. »Er kehrte ins Leben zurück.«

»Was doch eine gute Sache war«, beharrte Catie. »Ich kapiere es noch immer nicht.«

Ms Woodward am Lehrertisch mischte sich nicht ein.

»Es war keine gute Sache, weil der Junge bereits begraben worden war«, sagte Stanley. »Es war sein Körper, der zurück ins Leben kam.«

»Oh!«, rief ein Junge namens Erich. »Er war verfault!«

»Vermutlich wimmelte er vor Maden«, sagte ein anderer Schüler fröhlich. »Außerdem stinken Leichen, wenn sie verwesen. So richtig schlimm.«

Catie wurde ganz blass und beschuldigte die Jungs, gemein zu sein. Dass sie sich über *alle* Wünsche lustig machten, indem sie sie als etwas Dummes und Widerliches bezeichneten. Und war das nicht Religionsfreiheit, an Wünsche zu glauben, oder zumindest irgendwie das Gegenteil davon? Sie durfte so lange an Wünsche glauben, wie sie wollte, rief sie, und Stanley und Erich durften sich nicht über sie lustig machen, nur weil sie einen Wunschtag hatte und die Jungen nicht!

In diesem Augenblick schritt Ms Woodward ein. Es war Zeit weiterzumachen. Catie schniefte den Rest der Stunde und starrte jeden, der sie ansah, mit roten Augen böse an.

Unwillkürlich hatte sich Natascha gefragt, ob sie

wohl schon ihren Wunschtag gehabt hatte, und falls ja, was sie sich gewünscht hatte.

Ein paar Wochen später gab ihnen Ms Woodward ein Gedicht zu lesen. »Der Jüngste Tag«. Das Gedicht ließ einen frösteln, aber auf eine gute Weise. Es ging darum, dass das Leben größer und unberechenbarer war, als jedermann verstehen konnte. Irgendwie.

Die letzte Zeile brannte sich in Nataschas Hirn ein. »Welch unreines Tier, dessen Zeit nun gekommen ist, schleppt sich Bethlehem entgegen, um geboren zu werden?«

Catie Trimble hatte sich auch über »Der Jüngste Tag« beschwert. Wie viele der Schüler. »Warum müssen wir dieses Zeugs lesen? Das ist so *laaangweilig*« und »Was nutzt uns das in der realen Welt? Gar nichts, das nutzt es uns.« Wie ein Kanon war das durch die Klasse gehallt.

Stanley hatte ein paarmal die Hand gehoben und versucht, über reale Dinge zu sprechen, was das Gedicht seiner Meinung nach bedeutete und dass ihm der Klang mancher Sätze gefiel. Man hatte ihn abgeschossen und Natascha hatte stumm dort gesessen.

Sie hätte etwas sagen sollen. Das unreine Tier hatte sie erschaudern lassen, aber deswegen mochte sie das Gedicht noch mehr, weil es bedeutete, dass es funktionierte. Sollte sie es jemals schaffen, dass Leser erschauderten, weinten oder laut lachten, wäre das großartig.

Aber Geschichten und Gedichte waren nicht echt. Sie waren erfunden.

Falls Mama sich nach all diesen Jahren also nach Hause schleppte, dachte sie jetzt …

Falls Mama tot war und Nataschas Wunsch sie zurück ins Leben holte …

Natascha erreichte die Steinbank, die auf der Hälfte des Weges stand. Sie war zugeschneit, und Natascha stellte sich vor, dass eine Frau darunterlag, die Füße am einen Ende, den Kopf am anderen. Ihre Hände würden über ihrer Brust gefaltet sein und ihr Ausdruck würde …

Ach, um Gottes willen, rügte sich Natascha unwillig. *Ihr Ausdruck würde friedlich sein, okay? Kannst du aufhören, so morbide zu sein, bitte?*

Sie ging zwei oder drei Meter weiter. Sie schaute auf den See hinaus, der vor zwei Wintern ein kleines Kind verschlungen hatte. Das Kind war aufs Eis hinausgelaufen, das unter seinem Gewicht eingebrochen war.

Natascha wickelte den Schal enger. Ihre Gedanken flogen von einem zum anderen. Sie hoffte, dass die Vogelfrau tatsächlich eine Möglichkeit hatte, im Warmen zu sein. Sie hoffte, dass sie ein Zuhause hatte, in welcher Form auch immer.

»Natascha!«, rief Darya.

Natascha blinzelte. Sie beschattete die Augen mit der Hand vor der Sonne und schaute sich um.

»Na*ta*scha!«

Sie entdeckte Darya bei den Bäumen. Sie trug einen hellroten Mantel und ein Stirnrunzeln. *Wie das kleine Rotkäppchen*, dachte Natascha. *Die mürrische Version.*

»Zeit zum Essen«, rief ihre Schwester und stapfte näher heran. »Tante Vera hat mich geschickt, um dich zu holen.«

Natascha verspürte ein seltsames Gefühl, als befände sie sich im freien Fall. Es ähnelte den anderen Sprüngen aus der Wirklichkeit heraus, die sie kürzlich erlebt hatte. Es konnte unmöglich Essenszeit sein. So lange konnte sie nicht schon hier draußen sein. Sie blickte zum Horizont und Erleichterung durchströmte sie.

»Du bist so blöd«, sagte sie deshalb. »Die Sonne geht gerade erst unter.«

Darya suchte sich einen Weg durch die letzten Meter hohen Schnees, die sie voneinander trennten. Darya hatte nicht den Weg benutzt. Stattdessen hatte sie offenbar eine Abkürzung durch den Wald hinter ihrem Haus genommen. Sie stemmte die Hände in die Hüften; ihr Körper warf hinter ihr einen harten Schatten.

»Und wenn schon«, sagte sie. »Es ist Zeit, dass du dabei hilfst, das Abendessen zu machen. Tante Vera will, dass du Kartoffeln schälst.«

»Warum kannst du nicht die Kartoffeln schälen? Oder Ava?« Sie zeigte auf Daryas Füße. »Und Flipflops? Echt jetzt?«

»Stiefel sind für Weicheier.« Ihre Flipflops waren silbern mit schmalen Riemen. Technisch gesehen waren das wohl Schuhe, dachte Natascha. Sie drückten den Schnee auf die gleiche Weise zusammen wie ihre stabilen Stiefel.

Aber Nataschas Stiefel *bedeckten die Füße.*

Außerdem trug Darya eine Skinny-Jeans, und der Schnee reichte bis zur Mitte ihrer Waden. Der feuchte Denim klebte an ihren Beinen und ihre Füße sahen bemitleidenswert angelaufen aus. Ihre Zehennägel waren blau lackiert, was wiederum passte.

»Du wirst dir Erfrierungen holen«, meinte Nataschа.

Darya zuckte mit den Schultern. Ihr musste eiskalt sein, aber wenn sie sich das nicht anmerken lassen wollte, würde sie das auch nicht tun.

Außerdem war sie schön. Das war sie wirklich. Nataschas Gesicht hatte sich vor Kälte rot verfärbt, aber die Wangen ihrer Schwester glühten richtig und ihr rotes Haar schimmerte kupfernfarben und golden. Selbst mit in Falten gelegter Stirn sah sie hübscher aus, als es Natascha jemals gelingen würde.

Wenn sie mit Molly darüber sprach, wurde diese nicht müde, zu schwören, dass Natascha falschlag, was die unerreichbare Schönheit ihrer Schwester anging. Sie hatte recht mit der Beliebtheit, das gestand Molly ein, aber das spielte keine Rolle, denn schließlich wollte Natascha gar nicht beliebt sein, oder?

»Ich will auch nicht hübsch sein«, hatte Natascha gelogen. »Es ist nicht mein Job, hübsch zu sein.«

»Niemand hat behauptet, dass es dein Job wäre«, hatte Molly erwidert. Diese Diskussion hatten sie spät an einem Sommerabend geführt, nachdem sie einen Film gesehen hatten, in dem das schöne Mädchen (natürlich) den attraktiven Typen gekriegt hatte. Molly hatte sie mit einer Mischung aus Verzweiflung und Zuneigung angesehen. »Du kannst hübsch und alles andere sein, was du sein willst.«

»Molly. Darüber mache ich mir keine Sorgen. Es ist mir wirklich egal.«

»Ich sage ja nicht, dass du das tust. Ich sage nur, dass du hübsch bist. Darya ist auffälliger, und sie weiß, wie sie das benutzen kann. Und Ava ist Ava, also ... « Sie hatte mit den Schultern gezuckt und Nataschas Herz war aufgegangen. Ava war eine süße, leuchtende Sternschnuppe. Sie war froh gewesen, dass auch Molly das anerkannte.

»Aber Natascha.« Molly hatte ihre Hände auf Nataschas Schultern gelegt.

»Ja, Molly?« Natascha hatte ihr die Hände auf die Schultern gelegt.

»Du. Bist. Absolut. Hinreißend. Darya ist Feuer und Flamme. Du bist dunkel und geheimnisvoll. Beides ist gut.«

Mollys Worte waren wirklich nett gewesen. Natascha hatte schon seit Ewigkeiten nicht mehr daran gedacht. Jetzt musste sie darüber lächeln.

»Was?«, machte Darya.

Natascha schüttelte den Kopf, als sie bemerkte, dass ihre Schwester noch immer hier vor ihr stand. »Nichts.«

»Okay, toll«, sagte Darya. »Also, was soll ich machen? Zurückgehen und Tante Vera sagen, sie soll ihre verdammten Kartoffeln selbst schälen?«

Natascha lachte, als sie sich vorstellte, wie das ablaufen würde. Ihr Blick wanderte zur Seite, zu der steinernen Bank, die dort im Schnee versank.

Schnell ging sie hinüber. Oben auf dem Schneehaufen lag ein Zettel in einer Mulde. Er war zu einem Quadrat gefaltet. Darauf stand *Natascha* geschrieben, genau wie bei den anderen.

Beschwert war er mit einer blauen Murmel von der Größe eines kleinen Hühnereies.

14

Natascha schnappte sich Murmel und Zettel und stopfte beides in die Manteltasche.

Darya sah misstrauisch herüber. »Was war das?«

»Was war was?«

»Du. Die sich etwas von der Bank geschnappt hat.«

»Ich weiß nicht, wovon du sprichst.« Natascha pflügte durch den Schnee und benutzte die Fußabdrücke, die sie zuvor gemacht hatte.

Darya beeilte sich, sie einzuholen, obwohl sie hinter ihr blieb, statt an ihrer Seite zu gehen.

»Es war blau«, beharrte Darya. »Was du dir da geschnappt hast.«

Natascha fühlte Daryas Hand an ihrem Mantel,

wie sie an ihrer Tasche herumfummelte, und sie fuhr herum und schlug sie weg.

»Hör auf oder ...!«

Darya wich zurück. Sie sah verletzt aus. »Hör auf oder was?«

Natascha starrte sie finster an. Darya starrte zurück. Sie ballte die Fäuste, und Natascha wurde sich bewusst, dass sie das Gleiche tat.

Sie atmete aus. Versuchte, ihre Haltung zu entspannen, ihre Finger. Atmete langsam ein, eins-zwei-drei-vier, dann atmete sie im gleichen Rhythmus aus. Auf keinen Fall wollte sie Darya etwas geben, das sie noch neugieriger machte. Wenn ihre Schwester glaubte, dass etwas vorging, von dem sie nichts wusste, war sie so entschlossen wie ein Hund, der seinen Knochen verteidigte.

»Es war ein Stück Müll.«

»Nein, war es nicht.«

»Doch.«

»Dann zeig es mir.«

Natascha ging weiter, ihre Gedanken rasten. Sie würde Darya den Zettel nicht zeigen. Der Zettel gehörte ihr. Zum ersten Mal seit sehr langer Zeit war sie diejenige, die man als etwas Besonderes betrachtete.

Darya folgte ihr eilig. Die Flipflops klatschten gegen ihre Fersen, und Natascha wusste, dass sie das Geräusch so laut und nervtötend wie möglich machte. *Klatsch, klatsch, klatsch.*

Sie hoffte, dass Darya ausrutschte. Sie hoffte, dass sie sich Erfrierungen holte – nein, tat sie nicht. Jedenfalls nicht ernsthaft.

Es juckte ihr in den Fingern, sie wieder zur Faust zu ballen.

Sie versuchte ihren Trick. Einen Trick, der manchmal half, wenn man das Gefühl hatte, die Kontrolle zu verlieren. Sie stellte sich vor, über ihrem Körper zu schweben und die Szene von oben zu betrachten. Zwei Mädchen rannten durch den Schnee. Das eine hütete ein Geheimnis, das andere wollte um jeden Preis herausfinden, was es war. Wäre dies eine Geschichte gewesen … wären die beiden Mädchen Charaktere in einem Roman gewesen … was geschähe als Nächstes? Wie würde das erste Mädchen die Situation zu seinem Vorteil wenden?

Natascha holte sich in die Realität zurück. Sie lächelte freundlich, obwohl Darya hinter ihr stand und nur ihren Hinterkopf sehen konnte.

»Du hast recht. Es war kein Müll.« Sie lachte auf. »Woher weißt du so etwas immer? Hat dich jemals jemand reinlegen können, in deinem ganzen Leben?«

»Nein«, sagte Darya atemlos.

Schnee knirschte. Natascha sah über die Schulter.

»Deine armen Füße. Willst du wenigstens meine Socken anziehen?«

Sie hob einen Fuß, hüpfte, um das Gleichgewicht zu bewahren, und zog den Stiefel aus. Sie streifte den Socken ab und zog den Stiefel wieder an. Das alles wiederholte sie bei dem anderen Fuß. Dabei stützte sie sich auf Daryas Schulter, um das Gleichgewicht zu halten. Ihre Schwester wehrte sich nicht dagegen.

»Hier.« Natascha hielt ihr die warmen, trockenen Socken hin, die mit Einhörnern verziert waren. *Coolen* Einhörnern, wie sie Molly gegenüber versichert hatte, als die sie gesehen hatte. »Was immer du sagst«, hatte ihre Freundin erwidert.

Darya zögerte, dann nahm sie die Socken. Sie lehnte sich gegen Natascha und zog sie an. Sie quetschte den Stoff zwischen ihren großen Zeh und den zweiten Zeh, damit die Socken Flipflop-kompatibel waren.

»Danke.«

Natascha zog die Murmel aus der Tasche, ließ die Botschaft aber dort stecken. Sie hielt sie hoch. »Sie gehört Benton.«

»Warum hast du sie? Ist das eine Murmel?«

Sie nickte.

»Du hast Benton eine Murmel gestohlen.«

»Ausgeliehen.«

»Warum?«

»Keine Ahnung. Einfach so?«

»Warum hatte er überhaupt eine Murmel dabei?«

»Weil Jungs die ganze Welt in ihren Taschen mit sich herumschleppen? Ich weiß es nicht. Einmal, da brauchte ein Lehrer eine Zange und Benton zog eine aus seiner Jeans.« Das war sogar die Wahrheit. »Er hatte eine Zange in der Tasche.«

»Merkwürdig«, sagte Darya.

Natascha blickte sich um und entdeckte Papas Werkstatt und direkt dahinter ihr Haus. Kartoffeln, Tante Vera, Hausaufgaben ... und eine Botschaft in ihrer Tasche, die bettelte, gelesen zu werden.

Sie schloss die Finger um die Murmel und steckte sie zurück zu dem Stück Papier.

»Bist du in ihn verknallt?«, wollte Darya wissen.

»In wen?« Natascha hoffte, sich etwas Zeit erkaufen zu können.

Darya legte den Kopf schief.

Natascha schluckte. Das war die Stelle, an der ihr Austausch beendet war. Sie war in Benton verknallt, aber das war ihre Angelegenheit. Nicht Daryas.

Andererseits war das nicht seine Murmel und ihre Schwester hatte nicht die geringste Ahnung von der Botschaft. Die sie ebenfalls nichts anging.

Also, was sollte sie tun? Behauptete sie, nicht in

Benton verknallt zu sein, würde Darya wissen, dass sie log. Warum sonst sollte sie eine verdammte Murmel von ihm mit sich herumtragen? Eine solche Kleinigkeit konnte die ganze Geschichte zum Einsturz bringen. Darya würde sie wieder bedrängen, um zu erfahren, was sie *wirklich* in der Tasche hatte. Sie würde sich auf sie stürzen und mit ihren spitzen Ellbogen drangsalieren, bis sie entweder den Zettel in der Hand hielt oder Nataschas Rippen gebrochen hatte. Oder beides.

»Ich schätze schon«, sagte sie zögernd.

»Du bist in Benton verknallt«, stellte Darya fest. »*Du*. Du bist in Benton verknallt!«

»Du musst es nicht der ganzen Welt verkünden«, sagte Natascha.

Darya breitete die Arme aus und sah sich um. »Ja, das wird die Eichhörnchen brennend interessieren, falls dort überhaupt welche sind. Vermutlich trinken sie gerade Tee in ihren kleinen … Eichhörnchenlöchern.«

Ruckartig blieb sie stehen, was Natascha überraschte, grinste breit und nahm ihre Hände.

»Natascha!«, rief sie aus. »Du bist in Benton verknallt! Das ist großartig!«

»Ist es das?« Darya wollte nett sein und Natascha fühlte sich schuldig. Sollte sie mehr Dinge mit ihrer jüngeren Schwester teilen? Und würde Darya in diesem Fall auch Dinge mit ihr teilen? Wären sie dann bessere Schwestern?

Das Haus war viereinhalb Meter entfernt. Dort eingetroffen, würde sie ihrer Tante verkünden, dass sie noch schnell in ihr Zimmer laufen musste, bevor sie beim Abendessen half. Oder dass sie zur Toilette musste.

Alles, was ihr eine Minute erkaufte – eine einzige Minute! Mehr brauchte sie nicht, um die Botschaft zu lesen. Allein.

Darya riss die Hintertür auf und zog Natascha mit sich ins Haus. »Ich habe sie gefunden!«, verkündete sie.

Tante Vera wandte sich vom Ofen ab. »Ja, das sehe ich. Lass mich raten – sie war mit Emily zusammen und schmiedete alle möglichen Pläne für die Tanzparty.«

»Was?«, sagte Darya.

Natascha hatte das Gefühl, die Welt würde sich von oben nach unten drehen.

»Wer ist *Emily*?«, fragte Darya. »Und Natascha geht zu keinem Tanz.«

Tante Vera stand wie erstarrt da. »Sie ... ich ... habe ich Emily gesagt? Ich kenne gar keine Emily.«

»Dann lass die Wodkaflasche in Ruhe, denn du bist zu jung, um einen auf alt und gescheitert zu machen«, sagte Darya. »Und du schwitzt. Wenn dein

Schweiß in die Suppe tropft, esse ich sie jedenfalls nicht.«

»Darya«, rief Vera regelrecht erschrocken.

»Hi, Natascha.« Ava hüpfte in die Küche. Sie setzte sich an den Tisch und warf ihren Malblock und ein paar Stifte vor sich. »Ich mache Pläne für mein Traumhaus. Willst du sie sehen?«

Tante Elena folgte Ava mit einem Stapel sauber gefalteter Abwaschtücher. »Vera, um Himmels willen, du siehst aus, als würdest du gleich in Ohnmacht fallen.«

Tante Vera kam aus ihrer Trance. Sie blinzelte. »Vielleicht tue ich das auch. Vielleicht solltest *du* am heißen Herd stehen, während *ich* eine blöde Soap Opera sehe und dabei die Wäsche zusammenlege.« Sie richtete ihre Aufmerksamkeit wieder auf Darya. »Und ich trinke *keinen* Wodka, junge Dame.«

Tante Elenas Blick fiel auf Darya und Natascha. Sie starrte Daryas Füße an. »Darya! Du hast draußen im Schnee keine ... Flipflops getragen. Sag mir, dass du draußen im Schnee keine Flipflops getragen hast!«

Darya lächelte Tante Elena an. »Okay. Ich habe keine Flipflops im Schnee getragen.«

Tante Elena zeigte auf die Treppe. »Geh dich umziehen. Sofort. Und steck deine Füße in heißes Wasser.«

»Bevor ich mich umziehe oder danach?«

»Du auch, Natascha«, fuhr Tante Elena fort. »Raus aus diesen Stiefeln und deinem Mantel. Pack alles in die Abstellkammer.«

»Und dann komm sofort zurück«, ergänzte Tante Vera. »Ohne geschälte Kartoffeln kann ich keinen Kartoffelbrei machen, oder?«

»Nein«, sagte Natascha. »Ich meine, ja. Ja zu den Kartoffeln, ja zur Abstellkammer. Ja zu den Ja-Sachen und nein zu den Nein-Sachen.«

Ava sah sie merkwürdig an. »Natascha, was ist los? Musst du auf Toilette?«

Wärme stieg in Nataschas Wangen auf.

Darya schälte sich die nassen Socken von den Füßen, und Tante Elena schimpfte, weil sie Flecken auf den Boden machte.

»Du hast mir doch befohlen, sie auszuziehen!«, protestierte Darya.

»In der Abstellkammer!«, rief Tante Elena aus.

Natascha verdrückte sich. Sie zog die Stiefel aus wie ein braves Mädchen. Zog den Mantel aus und hängte ihn dorthin, wo er hingehörte. *So* ein braves Mädchen. Auf Zehenspitzen ging sie zur Treppe, eilte in ihr Zimmer und schloss die Tür ab.

Dann hockte sie sich auf die Bettkante und öffnete die linke Hand. Die blaue Glasmurmel war wie ein Stück des Himmels. Sie öffnete die rechte Hand. Der

Zettel fühlte sich feucht an. Er war auf die gleiche Weise gefaltet wie die anderen zuvor und wies dieselbe Schrift auf.

15

Natascha hatte genau Zeit, die Botschaft ein Mal zu lesen, bevor Darya triumphierend ins Zimmer stürmte. Sie schwenkte einen Dietrich.

»Ah-ha!«, frohlockte sie. »Ich wette, diesen Trick hast du vergessen, oder?«

»Darya!« Natascha drückte die Botschaft an die Brust. »Was soll das? Raus hier!«

Darya ließ sich neben sie aufs Bett fallen. »Du vertraust mir manchmal nicht ganz, stimmt's?«

»Willst du mich veralbern?« Natascha hielt den Zettel weiter an die Brust gedrückt. Sie wollte ihn anderswo verstauen, sich daraufsetzen, ihn verstecken oder in die Tasche schieben. Auf keinen Fall sollte Darya ihn entdecken.

»*Du bist gerade in mein Zimmer eingebrochen.* Warum in aller Welt sollte ich *dir* vertrauen?«

Darya warf einen Blick auf den Zettel. Dann sah sie Natascha an.

Natascha schob das Papier unter den Oberschenkel. »Geh. Weg.«

Darya lehnte sich zurück auf ihre Unterarme. Sie streckte die Beine aus und wackelte mit den Zehen, die jetzt in blauen Socken mit Pinguinen steckten. »Ich habe mir noch ein Paar deiner Socken aus der Abstellkammer geholt. Die sind süß. Darf ich sie behalten?«

»Darya ...« Nataschas Stimme wurde so hoch, als würde sie gleich weinen. Das überraschte sie selbst.

Und Darya auch. Sie setzte sich auf. »Was ist denn los? Jetzt mal im Ernst.«

Natascha schüttelte den Kopf. Alles erschien zu groß. Zu überwältigend. Schließlich faltete sie den Zettel mit energischen, wütenden Bewegungen wieder zusammen und gab ihn ihrer Schwester. *Gut. Warum nicht?*

Darya starrte sie einen langen Augenblick an. Natascha brachte kein Wort hervor.

Darya legte den Zettel zwischen ihnen aufs Bett. Sie öffnete ihn nicht. »Natascha, ich will dir keinen reinwürgen. Aber ich bin deine *Schwester*. Zählt das für dich gar nichts?«

Natascha zuckte mit den Schultern. Als sie jünger gewesen waren, hatte Darya sie vergöttert. Und sie war im Gegenzug eine *richtig gute* große Schwester gewesen. Natascha hatte sie in alles miteinbezogen. Sie hatte auf sie aufgepasst und sie hatte sie *nie* verspottet, jedenfalls nicht auf gemeine Art und Weise.

Trotzdem hatten sie sich voneinander entfernt. Irgendwann hatte Darya mehr als nur Nataschas bewundernde kleine Schwester sein wollen. Sie hatte eine eigene Person sein wollen – was für eine Frechheit, oder? Natascha hatte gewusst, dass ihre Reaktion lächerlich war, aber sie hatte sich zurückgewiesen gefühlt. Darya hatte ihren eigenen Freundeskreis gefunden. Vielleicht mochte sie ihre Freunde inzwischen sogar mehr, als sie Natascha mochte.

Also hatte sich Natascha auch von ihr entfernt. Das war eine Sache der Selbstachtung. Zu Hause schenkte sie Ava mehr Aufmerksamkeit als Darya, und als ihre Schwester das angesprochen hatte, tat sie so, als wüsste sie nicht, wovon sie da sprach.

»Wir können sie nicht ausschließen, nur weil sie kleiner ist«, hatte sie zu Darya gesagt.

»Das will ich doch auch gar nicht!«, hatte Darya erwidert. »Ich … es ist nur, dass ich *uns* vermisse. Du nicht?«

»Ich stehe genau hier«, hatte Natascha kühl gesagt. »*Ich* bin nirgendwohin gegangen.«

Die Miene ihrer Schwester war in sich zusammengefallen und Natascha hatte mit den Schultern gezuckt und sich abgewandt.

»Hey, Ava«, hatte sie gerufen. »Willst du ›Mau-Mau‹ spielen?«

Genau das hatte *Natascha* getan. Zum ersten Mal in ihrem Leben hatte sie Daryas Gefühle mit voller Absicht verletzt.

Die Entfremdung der beiden Schwestern hatte noch viele andere Gründe. Und sie ließen beide zu, dass sie wuchs. Aber als Natascha Darya jetzt ansah, verspürte sie ein tiefes Bedauern.

Eine Träne lief ihr die Wange hinunter, sogleich gefolgt von der nächsten.

»Natascha, *psst*«, sagte Darya, legte ihr den Arm um die Schultern und zog sie an sich. Sie streichelte ihr übers Haar.

»Ist etwas Schlimmes passiert?«, fragte sie. »Hat es etwas mit Benton zu tun? Hast du ihm wirklich seine Murmel gestohlen?«

Natascha lachte leise. »Sie gehört ihm nicht. Oder vielleicht doch, ich weiß es nicht. Ich weiß gar nicht, wem sie gehört.« Sie rückte von ihrer Schwester ab und wischte sich die Augen. »Oder, wow. Vielleicht gehört sie Tante Elena.«

»Aus ihrer Jugend? Die Murmel, die ihr angeblich die Vogelfrau gegeben hat?«

Natascha war erstaunt. »Sie hat *dir* diese Geschichte erzählt? Wann?«

»Schon vor langer Zeit. Zeig sie mir noch einmal.«

Natascha gab ihr die Murmel. Darya hielt sie ins Licht und rollte sie erst in die eine und dann in die andere Richtung. Entschieden schüttelte sie den Kopf. »Nein, das ist sie nicht.«

Sie warf sie Natascha zu, deren Finger sich darum schlossen, als wären sie allein für diesen Zweck erschaffen worden.

»Woher weißt du das?«

»Sie ist rund.«

»Und?«

»Tante Elenas war wie ein Ei geformt, ein blaues Glasei.«

»Aber meine ist so groß wie ein Ei.«

»Und mein Augapfel ist so groß wie dein Augapfel.« Darya gab ein ungeduldiges Geräusch von sich. »Ein blaues Glasei, so hat sie es beschrieben. Ein blaues Glasei, das sie vielleicht erfunden hat, das aber auf jeden Fall blau war. Glas. *Ei.*« Sie deutete mit dem Kinn auf die Murmel. »Würdest du das als Ei beschreiben?«

»Sie ist blau …«

»Viele Dinge sind blau.« Darya zog den ganzen Körper aufs Bett und schlug die Beine unter. Sie rückte ihre Füße zurecht, bis die Zehen unter den Knien steckten. »Darf ich es lesen?«

Natascha biss sich auf die Lippe, dann nickte sie.

Darya nahm das Blatt und entfaltete es. Ihr Blick huschte über die Seite. Sie hob den Kopf. »Was hat das zu bedeuten?«

Natascha beugte sich vor und holte die anderen beiden Zettel unter dem Bett hervor, wo sie glatt und flach zwischen den Seiten ihres Notizbuchs gelegen hatten. Sie gab sie ihrer Schwester.

Darya las sie laut vor.

»›Du weißt gar nicht, wie besonders Du bist. Viele Leute wissen nicht, wie besonders Du bist. Ich schon. Und Du bist es.‹«

Sie legte das Blatt zur Seite.

»›Du weißt auch nicht, wie schön Du bist.‹« Darya schaute auf. Natascha zuckte mit den Schultern. Darya las weiter. »›Du solltest öfters lächeln, Natascha. Wenn Du lächelst, strahlt dein ganzes Gesicht.‹«

Sie legte den Zettel auf den anderen. Dann hob sie die neue Botschaft hoch und las. »›Möchtest Du reden?‹«

Sie senkte das Blatt. Musterte ihre Schwester. »Und?«

»Und?«, wiederholte Natascha.

»Entweder hast du einen Stalker oder einen heimlichen Verehrer. Oder beides.« Darya legte die drei Nachrichten aufeinander, klopfte mit ihnen gegen den Oberschenkel und gab Natascha den Stapel zurück. »Willst du denn mit ihm reden?«

»Wenn sie von Benton sind, dann ja.« Sie grub die Hand in ihre Bettdecke. »Aber was ist, wenn sie das nicht sind? Und was sollte ich ihm sagen?«

»Hm«, sagte Darya. »Nur damit das klar ist – du schwörst, dass du sie nicht selbst geschrieben hast?«

»Darya!«

Darya hob die Brauen. »Vielleicht hast du sie ja geschrieben und weißt es nur nicht mehr. Vielleicht hast du eine … gespaltene Persönlichkeit.«

Natascha änderte ihre Meinung über die neue und interessierte Darya. Sie nahm ihr die Zettel weg. »Ich habe eine gespaltene Persönlichkeit. Du hast es auf den Punkt gebracht. Und würdest du jetzt *bitte gehen*, worum ich dich jetzt schon die ganze Zeit bitte?«

»Schon gut. Ich nehme das zurück.«

»Zu spät«, sagte Natascha steif.

Darya entfaltete die Beine und stand auf. »Okay, lass mich nachdenken. Die Botschaften *könnten* von Benton sein. Es ist möglich. Er ist mit keiner zusammen und er wechselt die Gruppen, wenn du weißt, was ich meine.«

»Nein.«

»Manchmal hängt er mit den beliebten Jungs herum.« Sie nagelte Natascha mit ihrem Blick fest. »Oder mit den Nerds.«

»So wie mit mir? Ich bin ein Nerd?«

»Klar. Und Stanley, sein bester Freund, auch.«

Natascha durchquerte das Zimmer und öffnete die Tür. Sie war nicht unhöflich. Sie war nicht defensiv. (Hoffte sie.) Sie stand einfach neben der Tür und wartete.

Darya verdrehte die Augen. »Hast du es Ava erzählt? Du solltest es Ava erzählen. Sie ist jetzt zwölf.«

»Danke, das weiß ich.«

»Und sie ist raffiniert, also ist sie gut darin, anderen Leuten auf die Schliche zu kommen.«

»Danke für deinen Beitrag. Auf Wiedersehen.«

Darya ließ sich Zeit für den Weg vom Bett zur Tür. »Nächstes Wochenende ist das Frühlingsfest. Alle werden dort sein – wir könnten Benton auflauern und ihn, nun ja, beobachten.«

»Ein toller Plan. Du solltest Detektivin werden.«

Darya blieb neben Natascha stehen. Sie hatten die gleiche Größe, aber Natascha befürchtete, dass das nicht mehr lange so bleiben würde. Bald würde ihre Schwester größer sein als sie.

»Ich finde das cool«, sagte Darya. »Ich wünschte, mir würde jemand geheime Liebesbriefe hinterlassen.«

Natascha wollte etwas erwidern, hielt aber inne.

»Was willst du ihm sagen? Dass du mit ihm reden willst oder nicht? Und *wie* willst du ihm das mitteilen?«

Natascha verspürte Übelkeit. Sie hatte nicht die geringste Ahnung.

»Du könntest vielleicht ein T-Shirt tragen. Und wir schreiben vorher mit Edding ›Ja‹ oder ›Nein‹ darauf?«

»Nein danke«, sagte Natascha kaum hörbar.

»Trotzdem müssen wir den Ort zusammen ausspähen – du, ich und Ava. Nur für den Fall, dass diese Botschaften von einem Stalker sind. Das glaube ich aber eigentlich nicht. Sie verbreiten keine schlechten Schwingungen. Weißt du, was ich meine?«

Schlechte Schwingungen? Den Ort ausspähen? Auf diese Weise würde Darya niemals vor ihren Freundinnen reden. Aber hier stand sie und sagte es zu Natascha.

»*Ohhh*«, sagte Darya.

»Was?«

»Was ist mit Molly? Du gehst doch vermutlich mit ihr zum Frühlingsfest.« Sie sah etwas enttäuscht dabei aus. »Was hält sie eigentlich von den Botschaften?«

»Ich habe es ihr nicht erzählt.«

»Okay …«

»Ich weiß nicht, *warum* ich es nicht getan habe. Ich sollte es, oder?«

»Deine Sache«, sagte Darya neutral.

»Molly ist toll«, sagte Natascha. Plötzlich kam sie sich wie eine Idiotin vor.

»Das weiß ich.«

»Es ist nur, manchmal urteilt sie so schnell.«

»Das habe ich bei ihr noch nie erlebt.«

Natascha verdrehte die Finger der einen Hand mit der anderen Hand. Nichts an dieser Unterhaltung verlief so, wie sie es sich vorgestellt hätte.

»Aber das spielt auch keine Rolle, weil sie nicht zum Frühlingsfest geht. Sie ist …« Natascha runzelte die Stirn. Molly würde nicht zum Frühlingsfest gehen, weil sie … ugh. Warum würde Molly noch mal nicht beim Frühlingsfest sein?

»Die Bar Mitzvah ihres Cousins!«, fiel ihr ein. »Sie fährt mit ihren Eltern zur Bar Mitzvah ihres Cousins. Sie ist das ganze Wochenende nicht in der Stadt.«

»Aha«, machte Darya.

»Ja«, sagte Natascha und kam sich jetzt wie eine viel größere Idiotin vor. Molly hatte ihr alles über die Bar Mitzvah erzählt, dass sie ein neues Kleid kaufen musste und hoffte, dass der süße Freund ihres Cousins dabei sein würde. Sein Name war Mason oder Curtis, irgendwas in der Art. Wie hatte sie das nur vergessen können?

Darya schob das Haar über die Schultern und schüttelte den Kopf, damit die Locken so fielen, wie sie es wollte. »Na gut. Ich bin froh, dass wir dieses kleine Gespräch hatten. Am Samstag gehen wir aufs Fest.«

Sie verließ den Raum. Im Korridor drehte sie sich noch einmal um.

»Das Ganze hat nicht zufällig etwas mit deinen Wünschen am Wunschtag zu tun?«, fragte sie.

Das brachte Natascha aus der Fassung. »Du glaubst nicht an die Wünsche vom Wunschtag. Du glaubst auch nicht an Magie.«

»Ich habe auch nie etwas anderes behauptet.«

»Warum ist es dann wichtig?«

Darya musterte sie mit einem Blick, der sehr nach Mitleid aussah. »Weil *du* es bist.«

16

Es dauerte nicht lang, bis Darya Ava von den Botschaften erzählt hatte. Darya hielt nichts von der Idee, dass Magie im Spiel war, da sie nichts von der Idee hielt, dass Magie überhaupt existierte. Sie bestand darauf, dass Natascha einfach nicht gesehen hatte, wer die Zettel hinterlegt hatte.

»So war es«, bestätigte Natascha am Montag beim Abendessen.

Tante Vera spielte bei einem Nachbarn Bridge. Tante Elena war ins Kino gegangen. Hatte sie zumindest behauptet, obwohl sie, als Darya sie fragte, welchen Film sie sich ansah, knallrot wurde und keine Antwort gab. Natascha ging davon aus, dass sie einfach mal einen freien Abend haben wollte, was sie ihr nun wirklich nicht zum Vorwurf machen konnte.

Papa saß am Kopf des Tisches, löffelte Gemüsesuppe und ließ ihre Unterhaltung an sich vorbeirauschen.

»Ich habe niemanden *gesehen*, weil es dort niemanden zu sehen gab«, fuhr Natascha fort. »Lasst uns etwas spielen. Wer wollt ihr sein?«

»Och nöö«, meinte Darya.

»Ihr Mädchen mit euren Fantasiespielen«, sagte Papa. Er atmete aus. »Klara hatte eine so große Fantasie. Als ihr noch jünger wart, setzte sie sich auf den Boden und spielte mit euch. Manchmal war sie eine Königin, manchmal auch ein König. Oder ein Esel!«

»Das ist lustig, Papa«, meinte Ava.

»Als Mädchen hatte sie eine unsichtbare Freundin. Ich kannte sie damals noch nicht, jedenfalls noch nicht richtig, aber später erzählte sie mir davon.« Sein Blick wurde klarer und richtete sich auf Natascha. »Emily. Das war ihr Name. Und sie sah aus wie du, Natascha. Klara hat das mal erwähnt.«

Nataschas Blut strömte plötzlich rückwärts durch ihre Adern. »N-nein, Papa, das glaube ich nicht.«

»Du meinst eine imaginäre Freundin«, sagte Darya. Sie riss noch ein Stück Brot ab. »Eine *unsichtbare* Freundin – also das wäre wirklich cool.«

Natascha senkte den Kopf. Sie legte die Hände auf den Tisch, um sich abzustützen.

Darya reichte Papa den Brotkorb. »Hier, Papa. Nimm noch etwas Brot.« Sie warf Natascha einen fragenden Blick zu. »Du hast gesagt, wir spielen ›Wer wollt ihr sein?‹.«

»Und du hast gesagt ›Och nöö‹«, krächzte Natascha.

»Und?«

Viele Menschen haben braunes Haar und braune Augen, sagte Natascha stumm zu Papa. *Du hast braunes Haar und braune Augen. Alle sagen, ich sehe aus wie du.*

»Hey«, sagte Darya. Sie schnippte mit den Fingern vor Nataschas Gesicht.

Natascha blinzelte und trank einen großen Schluck Milch.

Ihre Benommenheit verschwand.

»Nun … okay …«, sagte sie zu Darya. »Siehst du deine Gabel da neben dem Teller?«

»Klar. Und weil wir Suppe essen, liegt sie einfach nur da, so sauber und unschuldig.«

»Das ergibt keinen Sinn«, sagte Natascha.

»*Du* ergibst auch keinen Sinn.«

»Ha, ha. Achtung, jetzt.« Natascha nahm Daryas Gabel. »Hast du gesehen, wie ich deine Gabel genommen habe?«

»Nein«, sagte Darya.

»Hast du doch!«, meinte Ava.

»Natascha, gib Darya die Gabel zurück«, sagte Papa.

»Ja, Papa«, sagte Natascha. »Darya, hier ist deine Gabel.«

»Cool. Danke. Nicht, dass ich sie *gebrauchen könnte …*«

»Stimmt. Aber weißt du was?«

»Was?«

»Diese beiden Sekunden, die ich gebraucht habe, um deine Gabel zu stehlen?«

»Mädchen, stehlt euch nicht gegenseitig das Besteck«, ermahnte sie Papa.

»Das war genauso lang, wie die Botschaften brauchten, um aufzutauchen. Wäre also jemand da gewesen, hätte ich ihn gesehen.«

»Och nöö«, wiederholte Darya. »Manchmal bist du so tief in deine Gedanken versunken wie …« Sie deutete mit dem Kinn auf Papa, der in seine leere Suppentasse starrte.

»Sie ist nicht so wie Papa«, sagte Ava. Dann tätschelte sie seine Hand. »Nicht böse gemeint.«

»Hm?«, sagte Papa. »Nein, so habe ich es auch nicht aufgefasst.«

»Danke, Ava«, sagte Natascha. »Und es tut mir leid, dass ich es dir nicht selbst erzählt habe. Ich hätte es noch getan. Darya ist mir einfach nur zuvorgekommen.«

»Einen ganzen Tag später«, kommentierte Darya.

»Ava, Darya ist absichtlich gemein. Beachte sie gar nicht.«

»Oder tu einfach nur so, als würdest du mich nicht beachten«, schlug Darya vor. »Tu so, als würdest du mich nicht sehen, so wie Natascha so tut, als hätte sie ihren *heimlichen, geheimnisvollen Verehrer nicht gesehen.*« Die letzten Worte flüsterte sie laut.

Mit normaler Stimme sprach sie weiter. »Was uns zu einer interessanten Frage bringt. Wir glauben, dass Benton die Botschaften hinterließ, stimmt's? Oder wir hoffen es zumindest.«

»Darya, nicht jetzt«, sagte Natascha.

»Ach, egal. Papa stört das nicht.« Sie wandte sich an ihren Vater. »Wir lieben dich, Papa.«

»Das tun wir wirklich«, bekräftigte Ava.

Seine Augen wurden feucht. »Und ich liebe euch Mädchen. Ganz, ganz doll.«

Darya widmete sich wieder der vor ihnen liegenden Aufgabe. »Aber Natascha. Wenn Benton die Botschaften hinterließ, er aber unsichtbar war oder was auch immer …« Sie breitete die Hände aus. »Wie sollte das funktionieren? Ist Benton *dein* unsichtbarer Freund?«

Natascha stand auf. Sie sammelte ihre Suppentasse ein, Papas Suppentasse und die Tassen ihrer Schwester. Sie trug sie vom Tisch zur Spüle, auf dem Rückweg nahm sie den Kuchenteller von der Theke mit. Sie hatte eine Buttermilchtorte gebacken, weil Papa sie mochte. Sie war feucht und krümelig und mit einer dicken Glasur überzogen.

Ava zupfte an ihrem Arm, bevor sie sich wieder setzen konnte. »Ich glaube an Magie. Das weißt du.«

»Danke, Ava.«

»Und ich glaube, dass die Du-weißt-schon-was von Du-weißt-schon-wem geschrieben wurden und auf magische Weise abgegeben sein könnten. Oder so ähnlich.«

»Du musst nicht verschlüsselt reden«, spottete Darya.

»Darya«, sagte Natascha gereizt. Ja, Papa bekam nichts mehr mit. Nein, das war für niemanden etwas Neues, nicht mal für Ava. Aber er war noch immer ihr Papa. Er verdiente ihren Respekt.

»Tut mir leid«, murmelte Darya. Sie warf Papa einen Blick zu. »Entschuldige, Papa.«

»Schon gut, tu es nur nicht wieder«, sagte Papa tonlos.

»Schließlich hat nie jemand behauptet, Jungs würden über keine Magie verfügen«, fuhr Ava fort.

»Das tun sie aber nicht«, sagte Darya.

»Das wissen wir nicht mit Sicherheit«, widersprach Ava. »Wir wissen gar nichts mit Sicherheit.«

Natascha stand mit dem Kuchen in der Hand genau vor ihr. »Weißt du, da hast du recht.«

»Ich habe versucht, das Du-weißt-schon-wem zu sagen« – Ava verdrehte die Augen und zeigte auf Darya – »aber sie wollte nicht zuhören.«

»Mir was sagen?«, sagte Papa unvermittelt.

Alle drei Mädchen sahen ihn an.

»Oh!«, rief Ava aus und wurde rot. »Papa, ich hatte nicht vor ... ich wollte nicht ...«

»Darya will sich gesünder ernähren«, sagte Natascha. »Das war es, was Ava dir nicht gesagt hat.« Sie ging bei ihrer Runde um den Tisch an Darya vorbei und hob die Kuchenplatte dabei über ihren Kopf. »Also keine Buttermilchtorte für sie, was bedeutet, dass Ava zwei Stücke bekommt.«

»Yay!«, freute Ava sich.

»*Hey!*«, protestierte Darya.

»Du warst diejenige, die gesagt hat, dass sie ihre Gabel nicht braucht«, sagte Natascha.

Papa sah sie alle verwirrt an.

Nachdem sie das Geschirr gespült hatte, ging Natascha in ihr Zimmer. Sie legte sich bäuchlings aufs Bett, stützte sich mit den Ellbogen ab und schrieb eine Geschichte über ein schüchternes Mädchen und einen besonders süßen Jungen. Das schüchterne Mädchen glaubte nicht, dass der süße Junge sie überhaupt bemerkte, aber das tat er, und beim Schulball fand er sie in einer Ecke stehen und bat sie um einen Tanz. Er zog sie allen anderen Mädchen vor.

Er nahm ihre Hand und führte sie in die Mitte der Turnhalle, schrieb sie.

Lichtpunkte flackerten über ihnen und Delilah dachte an Glühwürmchen und den Geruch von Regen. Und wie stark sich Petes Hand auf ihrem Rücken anfühlte.

Er zog sie näher an sich. »Ich werde dich jetzt küssen«, sagte er. »Okay?«

Delilah schwindelte. Geschah das wirklich oder war es ein Traum?

»Ja«, flüsterte sie. »Okay.«

Seine Lippen berührten ihre und jeder Zweifel war wie weggeblasen. Pete war real, der Tanz war real, der Kuss war real. Nichts davon würde jemals verschwinden.

Sich von der Geschichte zu lösen war, als würde man nach Luft schnappen. Ihr schwindelte, genau wie Delilah. Genau wie in dem Augenblick, als Papa den Namen *Emily* erwähnt hatte – auch wenn Natascha nicht darüber nachdenken wollte.

Dann wurde ihr bewusst, was sie gerade getan hatte.

Sie nahm ihren Stift.

DAS ENDE, schrieb sie in großen Blockbuchstaben,

weil sie es getan hatte. Zum ersten Mal in ihrem Leben hatte sie eine Geschichte beendet. Sie hatte einen Anfang! Und einen Mittelteil! UND EIN ENDE!

Ihre Euphorie dauerte fünf Minuten, ein loderndes Feuer aus Stolz und Erfolg.

Dann fiel es in sich zusammen, aber eine kleine, beständige Flamme blieb zurück.

Möglicherweise war ihre Geschichte schlecht. Vermutlich sogar. *Aber sie hatte es geschafft.* Sie hatte eine Geschichte begonnen und es bis zu ihrem Ende geschafft.

17

Am folgenden Samstag in aller Frühe drehte sich Ava im Schnee, den Kopf zurückgelegt und die Arme weit ausgebreitet. Natascha beobachtete sie von der Hintertür; ihre Fingerspitzen lagen leicht auf den kalten Butzenscheiben des in die Tür eingebauten Fensters.

Die Morgensonne brachte Avas Wangenknochen und die kleine, gerade Nase zur Geltung. Ihr hellbraunes Haar wies einen Schimmer von Daryas roter Haarfarbe auf, den die Sonne ebenfalls fand. Die Sonne liebte Ava, Ava liebte die Sonne.

Ava liebte alles, ungestüm und völlig unbefangen. So wie das sich im Kreis Drehen. Ava drehte sich, weil es Spaß machte, das sah Natascha genau. Sie drehte sich, um sich beim Universum für den Schnee und den Himmel zu bedanken, für Handschuhe und Magie und warme Winterstiefel.

Wann hatte sich Natascha das letzte Mal auf diese Weise gedreht?

Sie öffnete die Tür und trat hinaus. »Ava?«

Ava hörte auf, sich zu drehen. Sie stolperte und lachte. »Natascha! Guten Morgen! Du bist ja endlich aufgestanden!«

»Endlich?« Es war nicht mal acht Uhr.

»Ja, du Dummkopf, denn heute ist das Frühlingsfest! Bist du denn gar nicht aufgeregt?«

»Ein bisschen, aber das fängt nicht so früh an. Und ich bin kein Dummkopf.«

Ava sah sie merkwürdig an. »Okay. Bist du sauer? Warum bist du sauer?«

»Das bin ich doch gar nicht.« Natascha errötete, wie ihr nicht verborgen blieb.

Sie stapfte durch den knirschenden Schnee und begab sich zu der Schaukel, die Papa vor langer Zeit für die Mädchen gebaut hatte. Der Sitz bestand aus einem bankähnlichen Stück Zedernholz, das neunzig Zentimeter breit und zwanzig Zentimeter tief war. Es hing an zwei dicken geflochtenen Seilen, die Papa über einen Ast geworfen hatte, der sich mindestens sechs Meter über dem Boden befand. Es war die tollste Schaukel aller Zeiten.

Als die Schwestern noch kleiner gewesen waren, hatten sie dort zu zweit geschaukelt. Damit sich beide an den Seilen gut festhalten konnten, hatten sie ganz eng aneinandergedrückt sitzen und den Arm über die Schultern der anderen legen müssen. Natascha konnte sich noch daran erinnern, dass sie so auch mit Mama geschaukelt hatte. Das war vor langer Zeit gewesen, aber sie spürte das Gefühl noch immer; es war eine fliegende Umarmung gewesen.

Natascha drehte den Sitz um und befreite ihn von Eis und Schnee. Sie brachte ihn wieder in die richtige Position, wischte ihn mit ihrem Handschuh trocken und setzte sich. Dann hielt sie sich an den Seilen fest und stieß sich mit der Stiefelspitze ab.

Sie nahm sich vor, fröhlicher zu klingen. »Wie auch immer. Darya schläft noch wie ein Murmeltier. Wie lange bist du denn schon auf?«

Ava trat zu ihr. Ihre Mütze hatte einen Bommel an der Spitze. Ihre Wangen waren wie kleine Äpfel. »Halb sieben. Oder sieben? Draußen war es noch dunkel, also vermutlich eher kurz nach sechs.«

»Warum so früh?«

»Es ist Wochenende. Ich will jeden einzelnen Moment davon nutzen.« Sie legte ein Knie auf das Sitzbrett und ergriff das eine Seil, was die Schaukel schräg schwingen ließ.

»Hey!«, protestierte Natascha.

»Mama hat diese Schaukel geliebt«, sagte Ava. Ihr Atem war warm.

»Woher willst du das wissen? Du warst drei, als sie ging.«

Ava verdrehte die Augen. »Papa hat es mir erzählt. Und nur weil ich drei war, bedeutet das noch lange nicht, dass ich mich an gar nichts mehr über Mama erinnern kann. Ich erinnere mich an viele Dinge. Zum Beispiel an etwas über eine Schnecke und eine Maus, und …« Sie verzog den Mund. »Kannst du dich an etwas mit einer Schnecke und einer Maus erinnern? Vielleicht ein Schlaflied?«

Das konnte Natascha in der Tat. Sie war völlig überrascht, dass ihre Schwester das noch wusste. »Langsam, langsam, ganz langsam, schlich die kleine Schnecke«, begann sie aufzusagen.

»Langsam, langsam, ganz langsam den Gartenpfad hinauf«, ergänzte Ava.

»Aber schnell, schnell, ganz schnell lief die kleine Maus … «, reichte Natascha es an ihre Schwester weiter, aber Ava runzelte die Stirn, also beendete sie es selbst. »Schnell, schnell, ganz schnell ums Haus!«

Sie beendete den Reim, indem sie Avas Bauch kitzelte, denn so ging das. Ava lächelte.

Natascha ließ ihr einen Augenblick lang Zeit. Dann sagte sie: »Also Papa sagt, dass Mama gern geschaukelt ist?«

»Hm, ja. Er sagt, sie hätte ihn gebeten, die Schaukel für uns zu bauen, aber eigentlich hätte sie sie selbst gewollt. Vermutlich war das so ein Scherz zwischen ihnen. Sie war schließlich eine Erwachsene und kein Kind mehr.«

»Oh«, sagte Natascha. »Das hat Papa gesagt?«

»Er sagt, ich bin wie sie, weil ich so viel lächle. Aber sie hat nicht *immer* gelächelt.«

»Das tust du auch nicht.«

»Ja, aber …« Sie stieß sich von der Schaukel ab. Natascha hielt sich fester, um die Änderung des Gleichgewichts aufzufangen.

»Warum ist sie gegangen, Natascha? Weißt du das?«

Natascha schüttelte den Kopf. »Das weiß keiner.«

Ava verschränkte die Arme vor der Brust. Sie starrte in die Ferne.

»Papa bringt mir bei, wie man eine Laute herstellt«, sagte sie. Vielleicht täuschte sich Natascha, aber sie fand, dass ihre Stimme plötzlich schwerer und trauriger klang.

»Cool«, sagte sie.

»Er würde es dir auch beibringen«, sagte Ava schnell. »Das möchte er. Dir und Darya. Aber er glaubt, ihr seid nicht, äh …«

»Er hat recht.« Natascha lachte auf. Als ihre Schwester stumm blieb, runzelte sie die Stirn. »Ava, ich bin wirklich froh, dass er dich unterrichtet. Da ist wenigstens eine seiner Töchter interessiert!«

Ava sah erleichtert aus. »Ich helfe ihm heute an seinem Stand auf dem Fest, aber erst, nachdem wir Benton gefunden haben.«

»Vielleicht hat Benton gar nicht die Botschaften hinterlassen. Das wissen wir nicht mit Sicherheit.«

»Wir kriegen das schon raus.«

»Ava?«

»Ja?«

»Bist du auch manchmal traurig, einfach so? Oder knatschig oder mürrisch oder so?«

Ava dachte ernsthaft über die Frage nach. »Hm. Ich glaube, ich sehe keinen Sinn darin, mich so zu fühlen. Was hat man davon?«

»Aber Gefühle sind Gefühle. Das ist nichts, das man sich aussucht.«

»Nicht?«

»Ich jedenfalls nicht«, sagte Natascha. »Gut, manchmal gebe ich nicht zu, was ich fühle. Oft sogar. Trotzdem fühle ich es, was auch immer es gerade ist.«

»Das tue ich auch«, gestand Ava ein. »Es ist nur … Ich finde das nicht fair. Anderen Menschen gegenüber. Dauernd traurig zu sein, verstehst du?«

Natascha fragte sich, was Papa ihrer Schwester während des Werkunterrichts alles anvertraute.

Hatte er ihr von Mamas »finsteren Zeiten« erzählt? Und dass, wenn sie traurig geworden war, es »eine tiefere Art von Traurigkeit gewesen war als bei den meisten Menschen«?

Sie sprang von der Schaukel und trat zu Ava. »Hey, Ava? Ich will nicht, dass du traurig bist, niemals. Aber falls du es mal sein solltest, ist das völlig in Ordnung.«

»Okay. Aber das bin ich nicht.«

»Jeder ist irgendwann einmal traurig. Und es gibt einen Unterschied zwischen der normalen Traurigkeit, die gar nicht schlimm ist, und der wirklich traurigen Traurigkeit. Falls das einen Sinn ergeben sollte.«

»Das tut es. Und ich habe nicht dich gemeint. Mit dem in Gegenwart anderer Leute traurig zu sein.«

Natascha lächelte. »Okay. Gut.« Was Ava sagte, berührte sie.

»Wie dem auch sei. Diese Botschaften sind etwas Schönes, oder?«

»Sicher«, sagte Natascha. »Ja.«

Ava sah sie an. Dann richtete sich ihr Blick auf etwas direkt hinter ihr. Ihre Augen weiteten sich, ein Lächeln trat auf ihr Gesicht. »Dann kannst du dich freuen! Da, auf der Schaukel. Siehst du?«

Natascha wandte den Kopf. In dem Knoten, der

den Sitz mit dem Seil verband, steckte etwas Kleines, Rechteckiges und Flaches. Es war weiß. Obendrauf stand ein einziges Wort: *Natascha*.

18

Natascha sah hastig nach links und rechts. Das konnte doch nicht wahr sein. Sie hatte doch die ganze Zeit hier mit Ava gestanden.

»Hast du gesehen, wer das war?«, fragte sie.

Ava schüttelte den Kopf.

»War das vorhin schon da? Bevor ich rauskam?«

»Ich glaube nicht.« Sie dachte nach. »Oder …

Vielleicht könnte es da gewesen sein. Aber nein. Du hättest es gesehen. Du hast doch dort geschwingt.«

»Geschwungen«, korrigierte Natascha.

»Geschwungen. Du hättest den Zettel doch gesehen, als du dich hingesetzt hast, oder?«

»Garantiert.« Natascha betrachtete die Bäume

rings um sie herum. »Was ist mit einer alten Dame? Hast du hier eine alte Frau herumlaufen sehen?«

»Eine alte Frau?«

»Ja. In einem gelben Regenmantel?«

Ava legte die Stirn in Falten.

»Hast du irgendetwas gehört?«, drängte Natascha. »Schritte, oder zerbrechende Zweige?«

»Nein«, sagte Ava. »Warum in einem gelben Regenmantel?«

Natascha drückte die Finger gegen die Nasenwurzel. »Egal.«

Ava ging zurück zur Schaukel und schnappte sich den Zettel. Sie hielt ihn an einer Ecke fest, als wollte sie ihn aufschütteln. »Darf ich?«

»Von mir aus«, sagte Natascha zögernd. »Nein!«, rief sie dann aus. »Da steht mein Name drauf, also sollte ich vielleicht derjenige sein, der ihn öffnet.«

»Dann los.«

Natascha zögerte. Und wenn die Botschaft bewies, dass nicht Benton sie geschrieben hatte? »Ich weiß nicht, ob ich das will.«

»Natürlich willst du das.«

Ava hielt ihr den Zettel entgegen. In ihrem Blick lagen Neugier und Aufregung, aber sonst nichts, und Natascha verspürte Erleichterung. Sie war nicht die einzige, die Zettel sah, wo zuvor keiner gewesen war.

Aber ihr Mund war ganz trocken. »Mach du es.«

»Bist du sicher?«

Natascha nickte. Fair oder unfair gegenüber Darya, aber bei Ava war sie sich sicher.

Ihre Schwester entfaltete den Zettel und las die Botschaft laut vor.

Die Hoffnung ist das federige Ding,
das in der Seele nistet,
das Lieder ohne Worte singt
und niemals enden wird.

Ava senkte das Blatt. »Ohh«, sagte sie. »Das ist schön.«

»Das ist aus einem Gedicht, das wir im Englischunterricht gelesen haben.« Nataschas Herz pochte. »Benton ist nicht in meinem Kurs, aber alle Siebtklässler lesen dasselbe. Was bedeutet das?«

»Dass du Hoffnung haben solltest!«, rief Ava aus. »Und Federn! Und nie zu singen aufhören solltest!«

»Das ist nicht sehr hilfreich.«

»Hoffnungsvoll, nicht hilfreich.« Ava grinste. »Hat das geholfen?«

»Nein.«

Ava faltete den Zettel wieder zusammen und gab ihn ihr. »Das bedeutet, dass Benton *hofft*, dass du ihn findest. Und mit ihm sprichst und mit ihm um den Maibaum herumtanzt!«

Natascha stellte sich vor, mit Benton zu tanzen, und ihre Knie wurden ganz weich. Sie steckte den Zettel in die Tasche. »Es gibt keinen Maibaum.«

»Dann eben den Märzbaum. Du bist so kleinlich.« Ava legte den Arm um Natascha und führte sie zum Haus. »Ich wecke Darya, falls sie nicht schon auf ist. Und du solltest etwas essen. Du siehst blass aus. Und du willst doch nicht auf dem Fest umkippen.«

Kümmerte sich *Ava* jetzt um *sie*? Hätte es nicht genau andersrum sein müssen?

Und Darya. Vergangenes Wochenende hatte sie Natascha umarmt, weil sie geweint hatte. Sie hatte sich ebenfalls um sie gekümmert.

Beide ihrer Schwestern konnten ihr helfen – und wollten es auch. Vielleicht war das schon immer so gewesen, ohne dass sie es begriffen hatte?

»Sollen wir es den Tanten erzählen?«, fragte Ava.

Natascha blieb stehen. »Ihnen was erzählen?«

»Scherz! Natascha, ich mache nur Spaß«, sagte Ava. Die kalte Luft hing zwischen ihnen. Ava klopfte ihr auf die Schulter. Sie streichelte ihren Arm. »Alles kommt in Ordnung. Du wirst nicht umkippen.«

Ein schrecklicher Gedanke kam Natascha. *Die Hoffnung ist das federige Ding*. Vögel hatten Federn. Was, wenn die Vogelfrau also doch …?

Nein. Bitte. Lass die Botschaften von jedem anderen als von der Vogelfrau sein.

Ava eskortierte Natascha in die Küche. Sie nahm ihr Mantel, Hut und Handschuhe ab. Dann führte sie sie zum Herd und sagte: »Machst du Oatmeal?« Sie grinste. »B-i-t-t-e?«

»Moment mal. Du willst, dass ich *dir* Oatmeal mache? Ich dachte, wir reden hier von *mir*!«

»Du kannst auch eine Schüssel haben.«

»Du bist ja *so* großzügig«, sagte Natascha. »Wow.«

»Keine Ursache.«

Natascha schüttelte lächelnd den Kopf. Sie füllte einen Topf mit Wasser und stellte ihn auf den Herd. Sie entzündete ein Streichholz und machte einen Brenner an.

Ava trat die Stiefel von den Füßen und schälte sich aus dem Mantel. Sie setzte sich an den Küchentisch, legte die Hände hinter den Kopf und die Füße auf den Stuhl gegenüber. Genau wie Darya hatte sie sich ein Paar von Nataschas Socken genommen. Auf diesem waren Kätzchen drauf, und Natascha hatte sich schon öfter gefragt, wo sie abgeblieben waren.

»Hör zu«, sagte Ava. »Botschaften von einem heimlichen Verehrer zu bekommen ist großartig. Nicht gruselig, sondern großartig. Okay?«

Natascha betrat die Speisekammer und holte eine Packung Haferflocken. »Und wenn er nicht da ist?«

»Wer?«

»Benton.«

»Wo?«

»Auf dem Fest!«

»Oh. Er wird da sein.«

»Und wenn nicht?«

»Dann essen wir einen kandierten Apfel«, sagte Ava. »Die magst du doch.«

Natascha nickte.

»Siehst du?«, sagte Ava. »Schwestern sind dazu da, dass man sich auf sie verlassen kann. Also verlass dich auf mich! Alles wird gut.«

19

Auf dem Frühlingsfest war jeder guter Laune. Die Sonne schien hell, und am späten Vormittag war es warm genug, dass viele Besucher Handschuhe und Mäntel ausgezogen hatten. Selbst Natascha ließ Mütze und Schal auf dem Vordersitz von Papas Pick-up-Truck zurück, nachdem sie und ihre Schwestern hinten rausgehüpft waren.

Während Ava Papa dabei half, seinen Stand aufzubauen, richtete Darya Nataschas vom Wind zerzaustes Haar, steckte manche Strähnen hinter die Ohren und lockte andere hervor. Natascha bekam zu viel, als Darya begann, auch an Nataschas Kleidung herumzuzerren. Was Darya damit erreichen wollte, blieb völlig unklar; schließlich trug sie Jeans, einen

Pullover und ihren langweiligen Wintermantel. Was konnte man an einem Wintermantel und Jeans schon richten?

»So.« Darya zog ein letztes Mal am Saum von Nataschas Mantel. »Bereit?«, rief sie Ava zu.

Ava hob den Daumen. Sie gab Papa einen Kuss auf die Wange und suchte sich einen Weg durch das Labyrinth der Verkaufsstände.

»Viel Spaß, Mädchen«, rief ihnen Papa nach.

»Werden wir haben«, riefen sie zurück. »Du auch!«

Ava übernahm die Führung und hielt auf die Kinderhorde bei der Zuckerwattemaschine zu. »Da sind Jungs. Ich bin mir zwar nicht sicher, ob es die richtigen Jungs sind, aber …«

»Der richtige Junge«, korrigierte Darya. »Wir suchen nur nach einem Jungen. Einzahl.«

»Was auch immer«, erwiderte Ava. »In einer Gruppe aus vielen Jungen kann auch ein Junge sein, oder nicht?«

Das war durchaus möglich, und so war es auch tatsächlich. Benton (Einzahl) stand neben der Zuckerwattemaschine, und Nataschas Magen verkrampfte sich. Er trug verblichene Jeans und eine schwarze Lederjacke und seine schwarzen Motorradstiefel wiesen an den Absätzen Kettchen auf.

Er bewarf Dave Smith mit Erdnüssen und Dave

Smith rangelte mit ihm um die braune Papiertüte, in der sie sich befanden. Natascha hörte viele *Alter* und *Willst du mich verarschen?*, zusammen mit vielen anderen Worten, für deren Benutzung sie in der Schule Ärger bekommen würden.

Das alles war sehr beeindruckend, und plötzlich wünschte sich Natascha, Molly könnte hier sein. Sie war dankbar, dass ihre Schwestern sie begleiteten, aber Molly kannte sie auf eine andere Weise – und in solchen Angelegenheiten war sie richtig gut. Sie verstand es, Natascha dabei zu helfen, sich zu entspannen.

Molly würde … ach, was würde sie tun? Sich die Tüte mit den Erdnüssen schnappen und sie über Nataschas Kopf ausleeren?

Sich Erdnussschalen aus den Haaren pflücken zu müssen, würde in der Tat eine Ablenkung sein.

»Wer von denen ist es?«, fragte Ava.

»Der Süße«, sagte Natascha. Es klang blechern.

»Der in der Lederjacke und den peinlichen Stiefeln«, sagte Darya.

Natascha sah sie entrüstet an.

»Was? Sie haben Kettchen. *Kettchen*. Und ich bin mir ziemlich sicher, dass er kein Motorrad hat. Weil er erst in der siebten Klasse ist.«

Natascha wollte etwas erwidern, schloss den Mund aber ruckartig. Es war durchaus möglich, dass Benton ein Motorrad besaß oder damit gefahren war. Darya wusste nicht alles.

»Mir gefallen seine Haare«, verkündete Ava.

»Mir auch«, sagte Natascha.

»Zu viel Gel«, sagte Darya.

Wieder sehnte sich Natascha nach Molly.

»Warum bist du nur so?«, fragte sie ihre Schwester. »Ich dachte, du würdest dich für mich freuen. Ich dachte, du wolltest, dass ich Benton, du weißt schon, dass ich ihn mag und er mich vielleicht auch mag.«

»Das tue ich«, erwiderte Darya. »Das kann ich alles wollen und mich trotzdem über ihn lustig machen, oder nicht?«

»Aber du musst es nicht.«

»Tut mir leid«, murmelte Darya. »Vielleicht bin ich ja einfach nur eifersüchtig, okay?«

Nataschas Verstand streikte, als er die Worte verarbeiten sollte, die ihre Schwester gerade gesagt hatte. NICHT ZU VERARBEITEN, informierte sie ihr Gehirn, und plötzlich bewegte sie sich. Einen Schritt, zwei Schritte, drei Schritte, weil Ava ihren einen Arm und Darya ihren anderen hielt. Darya sagte etwas, aber Nataschas Gehirn musste immer noch aufholen. Es ergab nicht den geringsten Sinn, dass Darya *jemals* auf *sie* eifersüchtig sein konnte.

»Also blah blah irgendwas irgendwas irgendwas«, kam Darya zum Ende. »Hast du verstanden?«

»Huh?« Sie waren nur noch wenige Schritte von Benton und seinen Freunden entfernt. Natascha versuchte die Absätze in den wässrigen Schnee zu graben. Und sich selbst gleich mit.

Ava stöhnte. »Natascha. Sie sind einfach nur Jungs und wir werden mit ihnen *sprechen*. Vor allem wirst *du* mit ihnen sprechen. Mit Benton. Und sei einfach du selbst, weil du wunderbar bist.«

Natascha warf Darya einen panischen Blick zu, die durchtrieben grinste.

»Hi«, sagte Ava. Sie stellte sich direkt vor der Gruppe auf. Streckte die Hand aus und schüttelte ihnen einem nach dem anderen die Hände: Stanley, Benton und den beiden Daves. Die Jungs waren so überrascht, dass sie mitmachten.

»Ich bin Ava«, sagte sie nacheinander zu jedem von ihnen. »Schön, euch kennenzulernen.«

Die Daves lachten.

»Äh, klar«, sagte Dave Winters. »Was immer du sagst.«

Als Ava zu Stanley kam, schüttelte er ihr die Hand und sagte: »Hi, Ava. Ich bin Stanley.«

»Schön, dich kennenzulernen«, sagte Ava.

»Ebenfalls«, sagte Stanley.

Dave Smith und Dave Winters prusteten los. Benton auch.

»*Jungs*«, rügte Darya sie und sie hörten auf mit

dem Blödsinn. Es erstaunte Natascha, wie ihre Schwester zugleich Selbstvertrauen und Strenge ausstrahlen konnte, und zwar auf eine Weise, dass die Jungs sie noch mehr mochten, als sie es ohnehin schon taten.

Sie hatte nicht den geringsten Grund, auf Natascha eifersüchtig zu sein. Niemals.

Darya strich sich durchs Haar und ließ die Locken über die Schultern wogen. »Hi, Benton.«

»Darya«, sagte Benton mit einem Grinsen.

»Willst du Natascha nicht Hallo sagen?«, fragte Darya.

Natascha war entsetzt, was Benton aber nicht zu bemerken schien. Er richtete die Aufmerksamkeit auf sie.

»Hallo Natascha.« Er trat näher. »Hey, darf ich dich etwas fragen?«

Beinahe hätte Natascha über die Schulter geblickt, um zu sehen, wen er meinte, aber sie unterdrückte den Impuls.

»Mich?«, quiekte sie. »Warum?«

Darya stieß ihr den Ellbogen in die Seite.

»Weil du ein Mädchen bist«, sagte Benton.

Die Daves fanden das toll und hatten alle möglichen witzigen Kommentare, nur dass sie nicht annähernd so witzig waren, wie sie glaubten.

»Klappe, Idioten«, sagte Darya zu ihnen.

»Ja«, sagte Benton. Er wandte sich wieder an Natascha. »Und weil du nicht so Furcht einflößend wie deine Schwester bist.«

»Darya oder die kleine?«, wollte Dave Smith wissen.

»Was sagst du?«, sagte Darya.

Dave hielt beide Hände hoch. »Sorry, sorry!«

Benton löste sich von den anderen Jungs. Er führte Natascha zu einer Stelle, an der die Daves nicht mithören konnten. Stanley, Darya und Ava folgten ihnen.

»Was ich wissen will, klingt vermutlich schrecklich dumm, aber ...« Er rieb sich den Nacken. »Wenn es da ein Mädchen gibt, das man mag. Oder auch kein Mädchen – für dich wäre es ein Junge –, aber stell dir vor, du würdest jemanden gut finden. Okay?«

Ava bedeckte den Mund. Dieses Mal bekam sie von Darya einen Ellbogenstoß.

»Okay«, sagte Natascha. Ihr war schwindelig.

Benton rammte die Hände in die Jackentaschen. »Also, was würdest du tun?«

Seine Lederjacke roch gut, nach Öl und Erde. Seine braunen Augen blickten ernst. Allein war Benton nicht so großmäulig wie Benton in einer großen Gruppe Jungs.

»Ich würde ... es ihr sagen?«

»Das habe ich bereits versucht. Irgendwie.«

»Und sie hat nichts unternommen?«, fragte Darya.

Benton schüttelte den Kopf.

»Hast du es ihr gesagt, so von Angesicht zu Angesicht?«, mischte sich Ava ein. »Direkt heraus, dass du sie magst?«

»Nein«, sagte Benton.

»Er hat Angst, dass sie das nicht erwidert«, erklärte Stanley und Benton sah ihn finster an.

Das wird sie!, dachte Natascha. Aber sie konnte die Worte nicht aussprechen, selbst wenn ihr Leben davon abgehangen hätte. Ihr Hals war so zugeschnürt, dass sie kaum atmen konnte.

»Du könntest ihr ein Gedicht schreiben«, schlug Ava mit unschuldiger Miene vor. »Oder du müsstest es nicht einmal selbst verfassen. Du könntest ein fertiges Gedicht nehmen, eins, das dir gefällt.«

Auf Bentons Gesicht zeichnete sich Verwirrung ab. »Ein Gedicht?«

»Ja«, sagte Ava. »Gedichte mag doch jeder.«

»Ich nicht«, sagte Benton. »Gedichte sind Scheiße.«

»Gedichte sind keine Scheiße«, sagte Stanley. »Jedenfalls nicht alle.«

»Alter. Ich werde für Belinda kein Gedicht schreiben.« Benton wandte sich Natascha zu. »Du würdest doch bestimmt auch nicht wollen, dass dir ein Kerl ein *Gedicht* schickt, oder?«

Natascha blinzelte heftig.

»Moment mal. *Belinda* ist das Mädchen, das du magst?«, fragte Darya.

»Wer hat dir das gesagt?« Bentons Blick huschte zu den Daves herüber.

»Du, gerade eben«, sagte Stanley. »Ja, er mag Belinda.«

Benton lächelte trottelig, und Natascha fragte sich aus einem weit entfernten Ort ihres Verstands, ob sie wohl jemals wieder ihre Beine dazu bringen konnte, sich zu bewegen. Sie schienen sich in Wackelpudding verwandelt zu haben.

»Es ist Folgendes: Belinda macht mit Dave Schluss«, vertraute Benton ihnen leise an. Er führte ihre kleine Gruppe noch weiter von den anderen weg. »Ich habe nicht vor, mich in der Sekunde auf sie zu stürzen, in der sie das tut. Aber sie ist hübsch, oder?«

»Oh ja, hübsch«, sagte Darya tonlos.

»Und nett«, sagte Benton. »Sie ist nicht nur hübsch.«

»Natascha, alles mit dir in Ordnung?«, fragte Stanley.

»Wir gehen jetzt«, sagte Darya. »Bye!«

»Brauchst du ein Glas Wasser oder so?«, rief Stanley ihnen nach. »Wenn du etwas brauchst, dann hol mich. Ich bin hier. In Ordnung, Natascha?«

»Danke«, rief Darya über die Schulter. Zusammen mit Ava führte sie Natascha an der Zuckerwattemaschine vorbei und hinüber zu den Ständen mit Schmuck und den Wahrsagerinnen, die einem die Zukunft vorhersagten.

Natascha atmete flach und konzentrierte sich darauf, ihre Tränen zurückzuhalten. Sie würde sich niemals die Zukunft vorhersagen lassen, jetzt nicht mehr.

»Setz dich«, sagte Darya, als sie einen Picknicktisch neben einem Abfalleimer erreichten. Auf der Kante lag ein zur Hälfte gegessenes Stück Pizza und Natascha verspürte Übelkeit.

»Nicht hier«, brachte sie heraus. »Lieber zum Schneelabyrinth.«

Darya und Ava folgten ihrem Blick zur anderen Seite des Festgeländes, wo Schneeziegel in der Sonne schimmerten. Mr Bakkus musste es mitten in der Nacht erbaut haben und es hatten noch nicht viele Leute entdeckt.

Als die Mädchen eintrafen, standen ein älterer Mann und eine Frau vor dem Labyrinth, aber sonst niemand.

Ava fuhr mit dem Finger über den bogenförmigen Eingang. Sie sah das Paar an. »Gehen Sie rein?«

»Vielleicht später. Im Moment bewundern wir es nur«, sagte der Mann.

Ava duckte sich in das Labyrinth und zog Natascha mit. Darya lief hinter ihnen. Ava führte sie durch Abzweigungen und ziemlich enge, schattige Gänge, die in einem unwirklichen Grau schimmerten. Es war das beste Labyrinth, an das sich Natascha erinnern konnte. Hier konnte man sich wirklich verirren.

Als sie die Stelle erreicht hatten, die sich wie das Herz des Labyrinths anfühlte, sagte Ava: »Wie ist es hier? Besser?«

Sie setzten sich. Alle drei drängten sich mit an die Brust gezogenen Knien aneinander.

»Das war … demütigend«, sagte Natascha. Ihre Stimme bebte.

»Stimmst du mir jetzt zu, dass seine Motorradstiefel blöd sind?«, fragte Darya.

Natascha war noch nicht dazu bereit, darüber Witze zu machen. »Er mag Belinda und er hasst Gedichte.«

»Er vielleicht«, sagte Ava. Sie schüttelte Nataschas Knie. »Aber was ist mit dem, der Gedichte *nicht* hasst? Der *nicht* in Belinda verknallt ist?«

»Ha. Das habe ich auch bemerkt«, sagte Darya.

»Was bemerkt?«, sagte Natascha.

»Stanley«, sagte Ava.

»Total«, stimmte Darya ihr zu.

»Stanley total *was*?«, fragte Natascha.

»*Er* ist derjenige, der dich mag«, sagte Ava. »Nicht Benton. Stanley!«

»Und er trägt keine albernen Motorradstiefel, und er war der Netteste dieser Typen«, sagte Darya. »Benton ist ganz okay, aber Stanley ist besser. Er konnte die Augen nicht von dir lassen, Natascha.«

»Quatsch«, sagte Natascha.

Ava nickte. »Doch, ja.«

Natascha versuchte die Szene zurückzuspulen. Gedichte sind keine Scheiße, hatte Stanley gesagt. Und *Natascha, alles in Ordnung mit dir?*

»Stanley hat die Botschaften geschrieben«, verkündete Darya. »Also lautet die neue Frage: Was wirst du tun?«

Stanley, nicht Benton, dachte Natascha. In Gedanken wog sie die beiden gegeneinander ab. *Stanley. Nicht Benton*. Stanley *war* nett. Im Unterricht sagte er kluge Sachen, und an diesem einen Tag hatte er gemeint, dass ihm ihr Mantel gefiel.

Aber war es Stanleys Handschrift? Sie dachte darüber nach, ob sie sie überhaupt erkennen würde. Und wenn schon. Es war das Gleiche wie mit Benton – jeder konnte seine Handschrift verstellen.

Darya kam auf die Füße. »Mein Hintern ist kalt, und wenn wir noch lange hier sitzen, werden wir aussehen, als hätten wir uns in die Hosen gemacht. Aber weißt du was, Natascha?«

Natascha schaute auf. Daryas rotes Haar umgab sie wie ein Heiligenschein.

»Ein Junge *mag* dich. Nicht mich oder Molly oder Belinda oder eines der anderen Mädchen von Willow Hill. Er mag *dich*, Natascha.«

»Oh«, sagte Natascha.

»Das ist etwas Gutes«, sagte Ava.

»Ist es das?«

»Ja«, sagten Ava und Darya gleichzeitig.

Ava erhob sich. Sie ergriff eine von Nataschas Händen und Darya nahm die andere.

»Eins, zwei, drei«, sagte Darya und Natascha ließ sich von ihnen hochziehen.

Ich wünsche mir, dass Jungs sich etwas
wünschen dürfen.
Warum dürfen Jungs keine Wünsche äußern?
Jungen haben auch Wünsche.

Stanley Gilmer, dreizehn Jahre alt

20

Begleitet von ihren Schwestern, die den ganzen Weg an ihrer Seite blieben, suchte sich Natascha den Rückweg aus dem Labyrinth.

Darya hielt nach Benton Ausschau. »Auch wenn es nichts gibt, das dir peinlich sein müsste«, sagte sie.

»Das kannst du sagen, weil du die Furcht einflößende Schwester bist«, sagte Natascha.

Daryas runzelte die Stirn.

»Nur ein Scherz«, sagte Natascha.

»Nicht wirklich«, sagte Ava.

Darya schob den Unterkiefer vor. »Ich *werde* Benton Angst einjagen, wenn du es willst.«

»Indem du aus einem Versteck springst und ›Buh‹ rufst?«, fragte Natascha.

»Was?«

»Nichts. Außerdem hat Benton nichts Falsches getan.«

»Und du auch nicht.« Ava drückte ihre Hand. »Stanley auch nicht.«

»Hm«, machte Darya. Ihr Gesicht war gerötet, als würde sie sich auf eine Streiterei freuen. »Okay. Das stimmt.«

»Wirst du mit ihm sprechen?«, fragte Ava.

»Nicht heute. Heute werde ich nur …« Natascha verstummte. War das Benton am Slush-Automaten? Und links von ihm Stanley? Sie waren es. Stanley entdeckte die drei Schwestern und hob die Hand, aber Natascha wandte sich ab.

Sie erreichten Papas Stand und Natascha umarmte ihn energisch. Überrascht erwiderte er die Umarmung. »Braucht ihr Geld für Essen? Ich glaube, da vorn ist ein Hotdog-Stand.«

»Ich nicht«, sagte Natascha. »Ich warte im Auto.« Sie eilte zum Parkplatz und rief über die Schulter: »Alles in Ordnung, ich habe nur keinen Hunger. Verkauf die Lauten gut!«

Das Wochenende des Frühlingsfestes läutete in Willow Hill eine Woche Ferien ein, worüber Natascha froh war. Von Montag bis Freitag keine Schule bedeutete keinen Benton von Montag bis Freitag und vermutlich auch keinen Benton am folgenden Samstag oder Sonntag.

Auch keinen Stanley.

Aber so lange konnte Natascha nicht darauf warten, mit Molly zu sprechen. Als ihre Freundin endlich von dem langen Wochenende bei Onkel und Tante zurück war, fragte Natascha sie, ob sie vorbeikommen könnte.

»Klar«, sagte Molly am Telefon. »Aber ich bin gerade erst zur Tür rein. Das heißt, ich hab noch nicht geduscht – ist das schlimm?«

»Nicht im Mindesten.«

»Dann komme ich sofort. Ich lasse mich von Mom fahren.«

Bei ihrer Ankunft warf sich Natascha auf sie und riss sie mit ihrer Umarmung beinahe von den Füßen.

»Na*ta*scha?«, sagte Molly.

»Was? Darf ich dich nicht umarmen? Warum tut jeder so überrascht, wenn ich ihn umarme?«

»Weil du auf meinen Zehen stehst«, sagte Molly.

Natascha trat zurück. »Oh, tut mir leid.«

»Und das ist für Natascha nicht so ganz typisch. Das Umarmen.« Molly betrachtete sie. »Wen hast du sonst noch umarmt?«

»Niemanden in letzter Zeit. Nur Papa. Und Darya und Ava, schätze ich.«

»Das ist nicht besonders aufregend.«

»Ich weiß. Aber ich habe dir etwas Wichtigeres zu erzählen.« Sie nahm Molly die Jacke ab und warf sie in die Abstellkammer. »Gehen wir in mein Zimmer rauf?«

Sie setzten sich mit überkreuzten Beinen gegenüber auf das Bett.

»Und?«, sagte Molly.

Natascha wurde nervös. »Erzähl mir zuerst von der Bar Mitzvah deines Cousins.«

Molly strahlte. »Das war ein großer Spaß«, sagte sie. »Er musste eine Rede halten – auf Hebräisch! Okay, ehrlich gesagt war der Teil langweilig. Das Beste war die Party danach.«

Natascha hörte sich an, wie Molly Schokoladenbrunnen und einen Geldbaum beschrieb, an den die Gäste für ihren Cousin Geld hängten.

Für Natascha klang das alles seltsam. Aber vermutlich klang für Mollys Verwandte von außerhalb das Leben in Willow Hill seltsam. Uralte Weidenbäume, Wunschtage, geheimnisvolle Botschaften – obwohl, *ups*. Mollys Verwandte von außerhalb würden davon nicht viel wissen. *Molly* wusste ja nicht einmal alles.

Molly verstummte. »Langweile ich dich?«

»Überhaupt nicht! Es klingt großartig.«

»Und der Freund meines Cousins war da und er war super süß.«

»Curtis?«, fischte Natascha einen Namen aus den Untiefen ihres Gedächtnisses.

»Genau der!«, sagte Molly.

»Cool.« Nataschas Herz flatterte. »Hey, Molly?«

»Ja?«

»Du weißt noch, was du in der Cafeteria gesagt hast, dass ich Probleme mit Nähe habe?«

»Dafür habe ich mich entschuldigt«, sagte Molly. Sie entfaltete die Beine und zog die Knie an die Brust.

»Ich weiß.« Natascha holte tief Luft. »Aber irgendwie könntest du damit recht haben.«

»Was meinst du?«

»Damit meine ich, dass du mir alles Mögliche verrätst, was in deinem Leben so passiert.«

»Weil ich so eingebildet bin. Ein Egomonster.«

»Nein! Molly, hör einfach zu. Dieses Mal bin ich diejenige, die sich entschuldigen will.«

Molly verstummte.

»Du erzählst mir viele Dinge von dir, was toll ist«, sagte Natascha. »Aber oft ... nein, *manchmal* erklärst du mir auch Dinge, die mich betreffen, also was ich anziehen sollte oder welche Frisur ich haben sollte. Oder sonst was.«

»Das mache ich?«

Natascha nickte. »Und gelegentlich bringt mich das dazu, dir etwas nicht zu erzählen. Es ist nicht so, dass ich es nicht erzählen will. Nur ...« Sie seufzte.

»Das kam jetzt irgendwie falsch raus. Es sollte wirklich eine Entschuldigung sein.«

Molly legte das Kinn zwischen die Knie. »Meine Mom hat auch schon mal gesagt, dass ich das tue«, gestand sie. »Ich schubse dich herum, hat sie gesagt. Wenn ich dir meine Haarbürste gebe und dir sage, du sollst deinen Pferdeschwanz richten, und du tust es. Aber meine Mom sagt, das sei unverschämt von mir.«

Natascha schluckte. »Das stimmt ... ein bisschen. Ich weiß, dass du mir nur helfen willst ... aber es gibt einem das Gefühl, dumm zu sein.«

Molly schwieg eine Weile. »Aber weißt du auch den Grund dafür? Warum ich dir meine Bürste gebe?«

»Weil ich Knoten in den Haaren habe.«

»Nein«, sagte Molly. »Ja, schon, aber ... als wir klein waren, als wir im Kindergarten waren, hast *du* dich immer um *mich* gekümmert.«

Das überraschte Natascha. »Habe ich das?«

»Ja. Sogar meine Mom sagt das. Du konntest dich so gut um andere Menschen kümmern, Natascha.«

»Oh.«

»Aber dann ging deine Mom, und ... was auch immer ...«

Natascha warf ihrer Freundin einen Blick zu und ein Kloß setzte sich in ihren Hals.

»Und ich fand, ich sollte mich ab sofort um dich kümmern«, vollendete Molly den Satz. »Vermutlich wurde das zur Gewohnheit. Und du hast dich nie beschwert … Aber wie sich jetzt herausstellt, hat dich das die ganze Zeit gestört! Warum hast du nie etwas gesagt?«

»Ich weiß es nicht. Aber … ich tue es jetzt. Und das ist nicht böse gemeint, denn du hast recht, ich hätte etwas sagen sollen. Ich will mich bessern. Ich will mehr Dinge mit dir teilen.«

»Das will ich auch«, flüsterte Molly.

»Okay«, sagte Natascha.

»Okay«, sagte Molly. Sie schenkte Natascha ein zittriges Lächeln. »Ich schätze, es gibt im Augenblick etwas, das du mir erzählen willst? Davon abgesehen, dass ich dir nicht länger erklären soll, was du zu tun hast?«

Natascha zögerte, und dann legte sie los. Sie erzählte Molly die ganze komplizierte, peinliche Geschichte: Benton, die Botschaften und die demütigende Erkenntnis, dass er an Belinda interessiert war und *keineswegs* an ihr.

»Oh, Natascha!«, machte Molly. »Warum hast du mir nur nicht früher etwas davon erzählt?« Sie machte eine wegwerfende Bewegung. »Egal. Vergiss, dass ich das gesagt habe. Was ist dann passiert?«

Also erzählte Natascha ihr den Teil mit Stanley.

Dass Stanley Gedichte mochte und beim Fest ernsthaft besorgt gewesen zu sein schien, als sie ganz blass geworden war und geschwankt hatte. *Wenn du etwas brauchst, dann hol mich*, hatte er gerufen. Also hatte vielleicht er die Zettel hinterlassen. Vielleicht war er der heimliche Verehrer.

»Natürlich ist er es!« Molly hüpfte auf dem Bett auf und ab. »Er muss es sein. Na*ta*scha!«

»Was?«

»Was soll das heißen, was? Das ist so aufregend!«

»Wirklich? Das ist auch etwas schrecklich, der Teil mit Benton.«

»Nun. Ja. Aber Stanley ist besser als Benton je sein könnte.«

»Das haben auch Darya und Ava gesagt.«

»Weil sie fast so klug sind wie ich«, erläuterte Molly. »Aber die Frage ist doch: Was machen wir jetzt?«

»Wir?«, fragte Natascha.

Mollys Augen weiteten sich. »Du! Ich meinte du! Was tust *du* jetzt?«

»Ich habe nicht die geringste Ahnung.« Natascha hielt inne. »Hilf mir, es herauszufinden.«

21

Als sie am folgenden Montag wieder zur Schule gingen, war das Wetter wärmer. Jungen kamen in kurzärmeligen Hemden, und die Mädchen verzichteten auf ihre Wintermäntel und Stiefel, was bedeutete, dass Darya nicht länger die Einzige war, die Schuhe trug, die modisch und nicht nur warm sein sollten. Was sie aufzuregen schien. Es regte Darya auf, wenn Mädchen hässliche Stiefel trugen, und es regte sie auf, wenn sie es nicht taten.

Aber seit dem Frühlingsfest hatte sich Natascha ihrer Schwester näher verbunden gefühlt. Als sie zum Beispiel nach dem ersten Schultag wieder nach Hause kamen, brachte Darya ihr eine Cola und einen Teller Mini-Marshmallows, in die Erdnüsse gesteckt waren. Natascha hatte keine Ahnung, wer diesen Familiensnack erfunden hatte. Vermutlich Ava. Natascha war kein großer Fan von Marshmallows und Erdnüssen, aber es war eine nette Geste.

Auch Ava behandelte Natascha fürsorglicher. Sie sah ebenfalls am ersten Tag nach ihr und fragte sie, ob sie mit Stanley gesprochen hatte. Oder er mit ihr. Hatten sie bald was *am Laufen*?

»Ich habe mit niemandem gesprochen«, gestand Natascha. »Ich war zu aufgeregt. Aber morgen werde ich mir mehr Mühe geben. Molly zwingt mich dazu.«

»Sie zwingt dich?«, fragte Ava. »Wie denn?«

Natascha dachte an die Ereignisse in der Schule. Seit ihrer Unterhaltung waren die Dinge zwischen ihnen so viel besser, und Molly hatte Ava und Darya aus ganzem Herzen zugestimmt, dass sie es mit Stanley versuchen sollte.

»Er ist so fantacooltastisch«, hatte sie gesagt und Nataschas Arm ergriffen, als sie zugesehen hatten, wie Stanley durch den Schulkorridor ging. »Du musst mit ihm reden, Natascha. Du musst!«

Aber in Wahrheit zwang Molly sie zu nichts. Natascha musste das selbst entscheiden. Und seltsamerweise störte sie Mollys herrische Art jetzt nicht mehr so sehr, nachdem ihr das klar geworden war.

Molly wiederum versuchte weniger herrisch zu

sein. Das wusste Natascha. Aber Molly war Molly und am Dienstag schob sie sich während der Mittagspause ganz nahe an Natascha heran und sagte: »Und???«

»Und was?«

Molly schubste sie. Natascha lachte. »Au.«

»Also hast du deinen Schachzug gemacht?«, fragte Molly. »Du weißt genau, dass ich das meinte.«

»Ich spiele kein Schach.«

»Aber … aber … « Mit plötzlichem Molly-Überschwang griff sie Nataschas Hände und zog sie auf und nieder. »Er könnte dein erster Kuss sein! Du könntest seiner sein!«

Nataschas Herz klopfte. Geküsst zu werden lautete ihr zweiter Wunsch. Der Wunsch, den sie sich selbst erfüllen konnte. Aber konnte sie das wirklich in die Wege leiten, sie selbst und nicht Molly, sie selbst und kein anderer?

»Woher weißt du, dass Stanley noch nie jemanden geküsst hat?«, fragte sie.

»Hm.« Molly hielt einen Finger in die Höhe. »Gib mir eine Sekunde und ich finde es heraus!«

»Molly!«, rief Natascha. »Bitte nicht.«

»Zu spät!«

Molly eilte durch die Cafeteria und suchte sich einen Weg zwischen den Tischen vorbei. Natascha konnte gar nicht hinsehen. Fünf Minuten später kam ihre Freundin zurück, atemlos und strahlend. »Nein!«, sagte sie. »Kein Schmatz-Schmatz für Stanley, noch nicht. Er ist so ungeküsst wie ein Sommertag. Ich habe ihn gefragt, ob er ein Mädchen küssen möchte, und er sagte – und ich zitiere: ›Das kommt auf das Mädchen an.‹«

»Oh nein«, stöhnte Natascha.

»Also sagte ich: ›Und das Mädchen, das du küssen würdest – reimt sich ihr Name zufällig auf Flatascha?‹«

Natascha verbarg das Gesicht in den Händen. »Nein. Nein, nein, nein.«

»Ja! Ja, ja, ja!«

»Ist er noch da? Sieht er zu?«

Eine Pause trat ein. Dann zog Molly Nataschas Hände mit sanfter Gewalt nach unten. »Er ist weg. Er sitzt nicht mehr an seinem Tisch. Aber er möchte *dich* küssen, Flatascha!«

»Bitte nenn mich nicht so.«

»Kann ich Stanley ›Flanley‹ nennen?«

Natascha schüttelte den Kopf. Sie liebte Molly, und sie war sehr, sehr froh, dass sie jetzt offener miteinander sprachen. Trotzdem verspürte sie manchmal den Wunsch, ihre Freundin würde einfach verschwinden.

Natürlich »wünschte« sie sich das nicht – nicht auf diese Weise. Seit ihrem Wunschtag hatte sich etwas »zu wünschen« eine ganz neue Bedeutung für sie. Sie war sich noch immer unsicher, was sie von Magie halten sollte – das war alles so verwirrend! Aber wer würde sich wünschen, dass eine Person einfach verschwand? Das würde sie keinem wünschen. Erst recht nicht Molly.

»Und weißt du was?«, sagte Molly. Sie legte die Lippen an Nataschas Ohr. »Ich habe ihm gesagt, dass du heute nach der Schule am Wasserspender auf ihn wartest. Und ich habe den Wasserspender ausgesucht, damit du schnell etwas trinken kannst, falls du nervös wirst. Und ich weiß, wie schnell du nervös wirst.«

»Nur wenn meine beste Freundin ohne meine Erlaubnis Wasserspender-Verabredungen trifft.« Natascha zog an einer Haarsträhne. »Hast du ihm das wirklich gesagt? Dass ich ihn am Wasserspender treffe?«

»Jepp.« Sie hieb Natascha auf die Schulter. »Du brauchst dich nicht bei mir zu bedanken. Benenn einfach dein erstes Baby nach mir.«

Flolly?, hätte Natascha beinahe gesagt. Stattdessen fragte sie: »Was hat er denn eigentlich gesagt?«

Molly gab ein empörtes Geräusch von sich. »Na*ta*scha! Er hat Ja gesagt! Ja! Und seine Ohrspitzen wurden rot, was ihn noch fantacooltastischer als gewöhnlich aussehen ließ.«

»Molly? Ich möchte, dass du die Klappe hältst. Geh nicht über Los und ziehe keine viertausend ein. Sei einfach still.«

»Triffst du dich mit Stanley am Wasserspender?«

Natascha rutschte tiefer auf ihren Stuhl.

»Wirst du? Versprochen? Denn überleg dir, wie entsetzt er sein wird, wenn du es nicht tust. Kannst du dir das überhaupt vorstellen?«

»Aber wenn ich ihn nach der Schule treffen soll, was soll ich dann bis dahin machen? Ihm den ganzen Tag aus dem Weg gehen? So tun, als würde ich ihn im Englischunterricht nicht sehen?«

Molly hielt die Hände hoch und stand vom Tisch auf. »Auweia. Ich glaube, ich sollte dir für den Rest des Tages besser aus dem Weg gehen.«

»Ha, ha.«

»Das ist mein Ernst.« Sie schnappte sich ihre Pausentüte. »Aber rufst du mich danach an?«

»Was auch immer.«

»Ausgezeichnet. Also, du und Stanley um zwanzig vor drei am Wasserspender. Und … ach ja!« Sie kramte in der Tasche herum und warf Natascha ein mit Fuseln bedecktes Atemfrisch zu. »Die sind unglaublich stark, weißt du.«

»Habe ich gehört.«

Molly kicherte. »Du stellst dich an. Das wird großartig werden, du törichtes, törichtes Mädchen!«

Natascha verspürte ein Frösteln. Sie war versucht, Molly zu folgen und sie zu fragen, warum sie sie so genannt hatte.

Aber Molly war schon fort.

Im Englischunterricht ignorierte Natascha Stanley, und Stanley verhielt sich im Großen und Ganzen ebenso, obwohl er sie auf dem Weg vorbei an ihrem Tisch kurz grüßte. Also warum tat er das? Vielleicht ließ er ihr den nötigen Freiraum. Oder er war so nervös wie sie, was eigentlich ganz süß war.

Im Algebraunterricht machte Natascha eine Liste seiner Vorzüge.

1. Er war nett.
2. Er behandelte Ava wie ein menschliches Wesen, obwohl sie erst in der sechsten Klasse war.
3. Er hatte einen süßen besten Freund.

(Das ließ sie seufzen, dann strich sie es wieder durch.)

4. Er benahm sich nicht so eklig wie viele der Jungs aus der siebten Klasse.
5. Eigentlich benahm er sich überhaupt nicht eklig. Er war sauber und gut gekleidet, und er roch nicht komisch oder verschwitzt oder ... seltsam.

6. Vermutlich mochte er Gedichte.
7. Vermutlich mochte er sie.
8. Falls #6 und #7 zutrafen, dann war er, Stanley Gilmer, ihr heimlicher Verehrer.

Bald war es vierzehn Uhr fünfunddreißig.

Nun, dachte sie. Sie legte die Hände flach auf den Tisch. Sie trommelte mit den Fingern.

Ich werfe nur einen Blick auf den Wasserspender und schaue, ob er dort ist, dachte sie.

Sie wartete, bis alle anderen weg waren, dann warf sie sich den Rucksack über die Schulter und ging auf Zehenspitzen aus dem Zimmer. Sie vergewisserte sich, dass der Korridor leer war, verdrehte den Hals und spähte zum anderen Ende, wo sich der Wasserspender befand.

Stanley lächelte sie nervös an. Zögernd bewegte er die Hand, als wollte er sie grüßen.

Blitzartig duckte sich Natascha zurück in den Raum und drückte ihren Rucksack an der Wand platt.

»Natascha?«, rief Stanley.

Sie spähte ein zweites Mal hinaus. Stanley stand noch immer dort, mit verwirrter Miene und die Hand zur Hälfte erhoben. Sie zog sich zurück und drückte sich noch stärker an die gestrichene Betonziegelwand. Der Rucksack grub sich in ihren Rücken, also nahm sie ihn ab und hielt ihn am Riemen in der Hand.

»Natascha«, sagte Stanley.

Schritte ertönten.

Oh nein, kam er zu ihr? Sie schloss die Augen, als würde das etwas ändern, dann gab sie auf und trat auf den Korridor hinaus.

»Uff«, machte Stanley, als sie miteinander kollidierten. Natascha ließ den Rucksack fallen.

»Oje, es tut mir so leid«, sagte sie.

»Kein Problem. Mir tut es leid«, erwiderte er.

Sie blickten einander an.

Sie zwang ein Lachen hervor. »Molly ist verrückt. Ich liebe sie zwar, aber sie hat einen ernsthaften Schaden, weißt du?«

»Oh.« Stanleys erwartungsvolle Miene fiel in sich zusammen.

»Warte – habe ich etwas Falsches gesagt?« Sie hatte nicht beabsichtigt, dass seine Miene in sich zusammenfiel.

»Nein! Es ist nur, als sie mich fragte, wen ich mag, dachte ich wohl, dass sie ... in deinem Auftrag fragte. Vielleicht.«

Nataschas Atemzüge wurden flacher. »Sie hat dich gefragt, wen du magst?«

Stanley überprüfte den Korridor in beide Richtungen. Er trat näher. Sein Blick war durchdringend und strahlend, wie bei einem kleinen Jungen. »Willst du es wissen?«

»Will ich was wissen?«

»Wen ich mag.«

Natascha machte einen Schritt zurück. Der Rucksack bot nicht länger eine zusätzliche Pufferung und sie stieß sich den Kopf an der Wand. »Au.«

»Ging mir heute genauso. Ich habe mir heute Morgen den Kopf gestoßen. Ich habe einen der unteren Schränke, weißt du? «

Natascha versuchte zu entkommen, indem sie sich seitwärts wie eine Krabbe bewegte.

»Und das Mädchen mit dem Schrank über meinem«, fuhr Stanley fort und hielt Schritt für Schritt mit ihr mit. »Claire Stuber.« Auf seinen Wangen bildeten sich zwei rote Flecken von der Größe einer Münze. »Ich meine, sie ist nicht das Mädchen, das ich mag. Falls du dich das gefragt hast.«

»Okay.«

»Aber jeden Tag lässt sie ihren Schrank offen stehen und unterhält sich mit ihren Freundinnen, und ich vergesse das jeden Tag wieder, richte mich von meinem Schrank auf, und *bumm.*«

»Autsch«, sagte Natascha. »Und das tust du immer wieder? Tag für Tag?«

»Ist peinlich, oder?«, gestand er.

»Man sollte glauben, du würdest es dir merken.«

»Das sollte man.«

»Zum Beispiel könntest du dir sagen: ›Stanley, schau *immer nach oben*, bevor du dich aufrichtest‹.«

»Und dann würde ich mir nicht länger den Kopf stoßen. Ich weiß.«

Natascha musste kichern. »Stößt du dir wirklich jeden Tag den Kopf?«

»Nein. Vielleicht habe ich etwas übertrieben.«

»Gut!«

»Ja. Am Wochenende stoße ich mir den Kopf nicht. Samstag und Sonntag sind beulenfreie Tage.«

»Okay ... ja«, sagte sie lachend.

»Ja was?«

»Ja, ich möchte wissen, wen du magst. Wenn du es mir sagen willst. Wenn du es mir immer noch sagen willst, selbst wenn du dir den Kopf gestoßen hast.«

»Oh. Okay, klar. Aber dieses Mal hast du dir den Kopf gestoßen.«

»Habe ich das?« Natascha hob die Hand, um es zu überprüfen. »An der Wand. Richtig.« Sie musterte ihn. »Also haben wir uns *beide* den Kopf gestoßen.«

Stanley wippte auf den Fußballen vor und zurück, die Hände tief in den Taschen vergraben. Dann blieb er stehen. Er schluckte und wurde ernst. »Weißt du, du bist es, Natascha.«

Ihr Magen verkrampfte sich. »Ich?«

»Du bist das Mädchen, das ich mag.«

»Das bin ich?«

»Du bist etwas ganz Besonderes. Das Mädchen von allen siebten Klassen, das ich am liebsten mag.« Er zögerte. »Eigentlich von der ganzen Schule.«

Ein gewaltiges Sausen erfüllte Nataschas Ohren.

Stanley mochte sie von allen am liebsten.

Der süße Stanley, der sich ständig den Kopf stieß, sagte, dass sie für ihn etwas Besonderes war.

Sie war etwas Besonderes für ihn.

Sie würde es keinem Gehirnschaden zuschreiben. Sie würde es einfach in sich einsickern lassen und glauben.

»Ist das okay für dich?«, fragte Stanley.

»Das ist okay für mich«, sagte Natascha. Ein Lächeln schlich sich auf ihr Gesicht.

»Wirklich?«

»Wirklich.« Und weil es mutig von ihm gewesen war, ihr zu sagen, was er fühlte, entschied sie sich im Gegenzug ebenfalls, etwas Mutiges zu tun. Sie stellte sich auf die Zehenspitzen, fasste ihn an den Schultern und küsste ihn. Direkt dort im Korridor.

»Wow«, sagte Stanley, als sie sich von ihm löste. Seine Wangen brannten roter als je zuvor.

»Ja«, erwiderte Natascha und staunte über die Welt. Staunte vor allem über die Magie unerwarteter

Dinge. *Guter* unerwarteter Dinge. Gute Magie. Ihr war egal, woher diese Magie stammte oder ob es sich überhaupt um Magie handelte.

Sie fühlte sich unsagbar leicht.

22

Sie standen da und sahen einander an.

Im Korridor.

Ganz allein.

Natascha wollte ihre Lippen berühren, hielt sich aber zurück. Hoffentlich hatte sie keinen schlechten Atem. Und falls sie doch schlechten Atem hatte, hoffte sie, dass Stanley es nicht bemerkt hatte. Sie hätte Mollys Bonbon nehmen sollen.

Jetzt war es zu spät.

Die Schuluhr tickte die Sekunden weg. Über ihnen summten die Leuchtstoffröhren. Ein Stück weiter den Korridor entlang flackerte eine Röhre und gab ein lauteres, schärferes Summen von sich. Sie wurde auf unberechenbare Weise heller und wieder dunkler. Einmal schien sie ganz verlöschen zu wollen. Dann flammte sie wieder auf und brannte heller als zuvor.

»Also …«, setzte Natascha an. Aber eigentlich hatte sie nichts zu sagen, darum hing ihr »Also« noch in der Luft, als sie den Mund schon längst wieder geschlossen hatte. Es würde dort für alle Zeiten hängen, wenn sie keinen richtigen Satz sagte. Oder Stanley es tat. Es wäre hilfreich gewesen, hätte Stanley etwas *gesagt*.

Er tat es nicht.

Sie tat es nicht.

Sie zog eine lässige Bemerkung in Betracht. So etwas wie: »Nun, das ist jetzt ein bisschen unangenehm, nicht wahr?« Aber das hätte ein Mädchen in einer Fernsehserie gesagt und nicht sie.

Das Kribbeln, das sie zuvor gefühlt hatte, hörte auf. Das Hochgefühl, einen Jungen geküsst zu haben – ihr allererster Kuss –, wurde schwächer, flackerte wie die Leuchtröhre und drohte zu verschwinden.

Hätte sie sich nicht anders fühlen müssen, nachdem sie zum allerersten Mal einen Jungen geküsst hatte, nachdem er ihr gestanden hatte, dass sie für ihn das tollste Mädchen auf der Schule war? Hätte das Gefühl nicht länger als nur ein paar Sekunden anhalten sollen?

Und da war ja noch viel mehr. Zwei von drei ihrer Wünsche hatten sich erfüllt, ohne dass damit etwas Unheimliches verbunden war. Keine Leiche hatte versucht, sich aus ihrem Grab zu erheben, kein Tier, dessen Zeit gekommen war, schleppte sich Bethlehem entgegen.

Es waren nur ein Junge gewesen, ein Mädchen und ein Kuss.

Und sie wollte nicht, dass es schon wieder vorbei war.

Sie räusperte sich. »Also ... du hast eine schöne Handschrift.«

»Tatsächlich?«, sagte er. »Danke. Äh, du auch.«

»Danke.« Natascha versuchte sich zu erinnern, wann er ihre Handschrift gesehen hatte. Seine Schrift kannte sie von den Botschaften, die er ihr hatte zukommen lassen, aber sie hatte ihm ja nicht zurückgeschrieben.

»Wie hast du sie an alle diese Orte geschafft?«

»Welche Orte?«

»Du weißt schon. Vor der Werkstatt meines Vaters. Der Bürgersteig vor dem Laden deiner Eltern.«

Er sah sie verständnislos an.

»Ich nehme an, die auf dem Bürgersteig war nicht schwierig. Aber die Bank im Stadtpark? Und die Schaukel in unserem Hof?« Natascha lachte nervös.

»Hast du besondere Superkräfte? Wie Unsichtbarkeit oder so?«

»Unsichtbarkeit?«

Spielte er absichtlich mit ihr?

Nein, so war Stanley nicht.

War ihm ein Felsen auf den Kopf gefallen und hatte seine Erinnerung ausgelöscht?

Nein. Außerdem wären in seinem Fall zu viele Zusammenstöße mit der Schranktür wahrscheinlicher.

Aber … dann …?

»Die Botschaften, die du mir geschrieben hast«, versuchte sie.

In seinen Augen stand nur Verwirrung. »Was für … Botschaften?«

Nein, nein, nein, nein, nein. NICHT gut.

»Die du mir hinterlassen hast. Du weißt schon. Die erste hast du auf dem Weg zur Werkstatt meines Vaters unter den Stein gelegt. Die zweite, als wir zusammen zur Schule gingen. Nachdem ich gestolpert war und alles aus meinem Rucksack fiel.« Sie schluckte. »Aber ich habe keine Ahnung, wie du das gemacht hast, denn schließlich hast du ja auf der anderen Straßenseite gestanden und da … «

Und da gab sie mir die Vogelfrau!, dachte sie.

Stanley blickte zu Boden.

»Oh.« Nataschas Herz fiel wie ein Stein aus ihr heraus. »Du hast die Zettel nicht geschrieben.«

»Ich, ähm, ich könnte es«, bot Stanley nervös an. »Wenn du es möchtest.«

Natascha nahm ihren Rucksack. »Nein. Vielen Dank, aber nein, und …«

Sie drehte sich um und rannte den Korridor entlang; ihre Sohlen trafen klatschend den Boden.

»Natascha?«, rief Stanley.

Tränen liefen ihr über die Wangen, als sie die schwere Schultür aufstieß. Sie rannte den ganzen Weg nach Hause, schnappte keuchend nach Luft. Ihre Lunge brannte. Ihre Beine schmerzten.

Vor dem Haus blieb sie stehen, beugte sich vor und stützte sich auf die Oberschenkel. Ihr Rucksack baumelte vor ihr. Sie glaubte sich übergeben zu müssen. Und ihre blöden Augen mit ihren blöden Tränen …

Tiefe Atemzüge. Durch die Nase ein, durch den Mund heraus.

Und wieder.

Und wieder.

Langsam richtete sie sich auf.

Heulen kannst du in deinem Zimmer, sagte sie sich. Sie glättete ihr Haar. Sie richtete ihr Hemd. Sie bereitete sich auf das fröhliche *»Hi!«* für ihre Tanten vor, brauchte es dann aber doch nicht. Denn die Tanten waren nicht zu Hause.

Sie schlüpfte aus den Schuhen, warf den Rucksack in die Ecke und stieg in Socken nach oben. Avas Tür stand offen, aber sie war ebenfalls nicht da. Daryas Tür war bis auf einen Spalt geschlossen. Sie zögerte, trat aber dann leise näher. Ein schneller Blick verriet ihr, dass auch dieses Zimmer leer war.

Huh.

War die ganze Familie ohne sie ausgegangen? Papa jedenfalls nicht. Aus der Werkstatt kamen die üblichen Laute, Saiten wurden gezupft, es ertönten hohle hölzerne Schläge. Nicht, dass Papa je irgendwohin gegangen wäre. Papa verließ das Haus nicht. Papa ging nirgendwohin.

Ihr Magen verkrampfte sich, und das nicht nur wegen Stanley, der Botschaften und dem Kuss. Wegen etwas Größerem. Etwas Bedeutsamerem und Kompliziertem, das mit Papa und Mama und all den Dingen zu tun hatte, über die sie nicht nachdenken wollte.

Sie eilte an Daryas Zimmer vorbei zu ihrem Zimmer, blieb vor der Tür aber abrupt stehen. Die war geschlossen, was völlig in Ordnung gewesen wäre, wäre sie diejenige gewesen, die sie geschlossen hätte. Aber das hatte sie nicht. Sie erinnerte sich deutlich daran, an diesem Morgen die Tür geöffnet gelassen zu haben, weil das Sonnenlicht so weich wie Butter gewesen war und es schön aussah, wenn es aus der Tür auf den Flur fiel.

Drinnen murmelte jemand. Einen langen Augenblick stand sie völlig reglos da. Dann drehte sie den Türknauf und stürmte herein.

Darya und Ava drehten gleichzeitig den Kopf. Sie lagen nebeneinander bäuchlings auf Nataschas Bett. Vor ihnen lag ein aufgeschlagenes Notizbuch, das mit ordentlicher Handschrift gefüllt war.

Ihrer Handschrift.

Ihr Notizbuch.

Ihre Schwestern.

Sie lasen.

Ihr Notizbuch.

Als sie losbrüllte, zitterte ihr ganzer Körper.

»Raus hier! *Raus hier!*«

Ava schob sich zurück in eine sitzende Position. Ihre Augen waren weit aufgerissen. »Aber …«

»Nein«, sagte Natascha. Sie rannte zum Bett und riss ihr Notizbuch an sich.

Darya setzte sich auf und streckte die Hände aus. »Okay, du rastest aus«, sagte sie langsam und wohlüberlegt. »Ja, wir haben die Geschichten gelesen, die du schreibst. Jede einzelne davon. Richtig, Ava?«

Ava war totenbleich.

»Und *vielleicht* hätten wir das nicht tun sollen«, fuhr Darya fort. Mit gespreizten Fingern vollführte sie eine Geste, die zwar nichts bedeutete, aber dennoch irgendwie vermittelte, dass *hätte* und *nicht tun sollen* keine Rollen spielten. »Aber wir haben es getan, also ist das nun einmal so, denn wir können es ja nicht ungelesen machen, oder?«

Am liebsten hätte Natascha sie erwürgt. Erneut stiegen ihr Tränen in die Augen. »Raus. Hier.« Sie zeigte zur Tür. »Sofort.«

»Entspann dich. Es ist ja schließlich nicht so, als wollten wir hier einziehen«, sagte Darya.

Natascha durchbohrte Ava mit ihrem Blick und ihre jüngere Schwester zuckte zusammen und eilte hinaus.

»Du auch!«, knurrte Natascha zu Darya.

»Hast du mich gerade *angeknurrt*?«, sagte Darya. »Oh mein Gott. So dra*ma*tisch.« Sie stand vom Bett auf und schüttelte ihr Haar aus. »Ich wollte dir etwas zu deinen Geschichten sagen. Willst du nicht wissen, was es ist?«

»Ganz und gar nicht.« Bunte Funken tanzten vor Nataschas Augen.

»Schön«, sagte Darya. Sie ging rückwärts auf den Korridor zu und hielt den Blick auf ihre Schwester gerichtet. »Ich sage es dir trotzdem. Natascha, deine Geschichten sind ...«

»Meine«, sagte Natascha. »*Meine* Geschichten gehören mir, und das ist *mein* Zimmer und *mein* Leben. Und ich will, *dass du gehst.*«

Etwas flackerte in Daryas Blick. Zweifel? Verunsicherung? Kränkung?

Nein, weil Darya nie verletzt war. Und falls Natascha sie aus Versehen verletzt hatte, umso besser. Sie hatte es verdient.

Mit erhobenem Kopf verließ Darya Nataschas Zimmer. Am Türrahmen drehte sie sich um. »Sie sind gut. Du hast die meisten nicht zu Ende gebracht, was ärgerlich war, aber trotzdem waren sie gut. Wirklich gut.«

Natascha schlug ihr die Tür vor der Nase zu.

23

Der Abend brach herein.

Natascha weigerte sich, nach unten zum Abendessen zu kommen.

»Was soll ich denn Papa sagen?«, fragte Ava von der anderen Seite der Tür.

Natascha antwortete nicht. Vermutlich würde es Papa sowieso nicht auffallen.

»Du bist doch da drin, oder?«

Ich weiß es nicht, dachte Natascha. *Bin ich das?*

Sie benahm sich wie ein Baby, das war ihr klar, aber ihre Schwestern hatten *ihr Notizbuch* gelesen, ihr ganz persönliches Buch. Sie hatten all die Geschichten gelesen, in denen sich ihre Träume wiederfanden.

Avas Schritte entfernten sich. Minuten später klopfte eine aufgebrachte Darya an der Tür. »Natascha, ich musste den Tisch decken und jedem etwas zu trinken holen und das Brot in den Korb legen. Das sind alles deine Aufgaben, und ich mag es gar nicht, anderer Leute Arbeit machen zu müssen.«

Ich aber schon?, dachte Natascha. Es waren ihre Aufgaben, weil sie Natascha war. Die gute alte, verlässliche Natascha. Ihr fiel nicht eine Hausarbeit ein, die Darya immer erledigen musste. Wie in aller Welt hatte sie das nur geschafft? Wieso hatten die anderen das zugelassen?

Auf der anderen Türseite seufzte Darya. »Ich weiß nicht, warum du so sauer bist. Deine Geschichten sind *gut*. Bettelst du auf diese Art um Komplimente?«

»Geh einfach«, sagte Natascha steif. Sie schloss die Augen und ärgerte sich, dass sie geantwortet hatte. Es war ihr Plan gewesen, nie wieder in ihrem Leben etwas zu sagen, und sie war nach nicht einmal fünfzehn Minuten gescheitert.

Und sie hatte auch nicht Molly angerufen, nach der ganzen Sache mit Stanley, obwohl sie es versprochen hatte. Das war doch alles zum Kotzen.

Sie war zum Kotzen, ihre Schwestern waren zum Kotzen, das Leben war zum Kotzen.

Sie warf sich aufs Bett und starrte zur Decke, die heute Abend ebenfalls zum Kotzen war.

Ich hasse dich, Decke, dachte sie. *Ich hasse euch alle.* Im nächsten Moment war sie über die eigene Wut schockiert. *Nein, warte, das tue ich nicht!*

Eine Erinnerung kam ihr. Es war Sommer und Mama und die Tanten nähten an einer Tagesdecke. Ava und Darya waren nicht da. Vielleicht waren sie mit Papa im Haus. Vielleicht mussten sie noch immer Mittagsschlaf halten. Aber Natascha saß mit den Erwachsenen im Hof, den Kopf auf Mamas Schoß gelegt. Sie erinnerte sich, in den Himmel geschaut zu haben, so stolz darüber, dass sie mit Mama und Tante Vera und Tante Elena ein Picknick machte, während die kleinen Schwestern drinbleiben mussten.

Sie entsann sich kaum noch der Unterhaltung der Erwachsenen, nur dass sie sich irgendwann auf die Seite gedreht und Mama ihren Rücken gestreichelt hatte. Und die Stimme ihrer Mutter hatte sich verändert; das heitere Gerede war etwas Ernstem gewichen, vielleicht sogar etwas, das mit Furcht zu tun hatte. Es hatte Natascha gar nicht gefallen und sie so verunsichert, dass sich der nächste Teil der Unterhaltung in ihr Gedächtnis eingebrannt hatte.

»›Hass‹ ist ein starkes Wort«, hatte Mama gesagt. »Verdient es wirklich jemand, gehasst zu werden?«

»Moskitos schon«, sagte Tante Elena.

»Die bösen Könige und Königinnen aus dem

Märchen«, sagte Tante Vera. »Die Eltern, die ihre eigenen Kinder töten. Die hasst du doch sicherlich, Klara.«

Mamas Hand auf Nataschas Rücken verharrte. Natascha rekelte sich, weil sie weiter gestreichelt werden wollte.

»Das tue ich nicht.«

»Weil es Figuren in einem Buch sind?« Tante Vera schnaubte.

»Nein, selbst wenn sie real wären, glaube ich nicht, dass ich sie hassen würde. Ich würde die Dinge hassen, die sie getan haben, aber das ist etwas anderes. Und wir alle machen Fehler. Ist es nicht möglich, dem Menschen zu vergeben, wenn schon nicht seinem Tun?«

»Kaum.« Tante Vera hatte wieder geschnaubt. »Manche Fehler sind unverzeihlich.«

Sie sagte noch mehr, aber die Worte waren längst vergessen.

Nur *Hass ist ein starkes Wort* war bei ihr hängengeblieben. Und *Wir alle machen Fehler*. Und dass ihre Mutter aufgehört hatte, ihr den Rücken zu streicheln.

Darya rüttelte am Türknauf. »Ich setze mich hierhin, bis du herauskommst. Oder willst du, dass ich Papa hole? Willst du, dass ich Papa erzähle, dass du dich wie ein Mönch in dein Zimmer eingeschlossen hast?«

»Wie eine Nonne, wenn schon«, sagte Natascha.

»Was?«

»Egal.« Natascha fühlte sich erschöpft. »Klar. Hol Papa. Wir wissen beide, wie das endet.«

Natascha hörte, wie ihre Schwester an der Tür herunterrutschte und am Boden landete. Sie hörte, wie sie herumrutschte, vielleicht die Fersen in den Boden grub, um besseren Halt zu haben. Und dann hörte sie, wie Darya mit dem Hinterkopf gegen die Tür schlug.

Bumm. Bumm. Bumm. Bumm.

»Darya, hör auf.«

Bumm. Bumm. Bumm.

»Echt jetzt?«

Bumm. Bumm. Bumm.

Natascha wischte sich langsam mit der Hand durchs Gesicht. »Darya, im Ernst. Hör auf, deinen Kopf gegen meine Tür zu schlagen. Bitte.«

»Lass mich rein« – *Bumm* – »und ich höre auf.« *Bumm.*

Natascha rollte sich auf den Bauch und vergrub den Kopf unter dem Kissen.

Bumm. Bumm. Bumm.

Sie zog das zweite Kissen über den Kopf, dann nahm sie noch den riesigen pinkfarbenen Plüschhund, den sie vor Jahren zum Geburtstag geschenkt bekommen hatte.

(*Bumm. Bumm. Bumm.*) Der Laut war gedämpft, aber weiterhin da.

»Mädchen?«, rief Tante Vera von unten. »Was macht ihr da oben?«

Natascha wartete darauf, dass Darya antwortete. Ihre Schwester donnerte weiter gegen die Tür.

»Mädchen!«

Nataschas Nerven gaben nach. Hatte sie jemals ihren Tanten nicht geantwortet?

Bumm. Bumm. Und durch das *Bummen* hindurch waren Tante Veras Schritte auf der Treppe zu hören. Papa saß inzwischen wahrscheinlich am Kopf des Tisches, unsicher, was er tun sollte. Oder er war noch in seiner Werkstatt.

Sie verließ jeder Kampfgeist.

Sie rollte sich vom Bett und ging zur Tür. Sie zählte die Zwischenräume von Daryas *Bummen*. Sie wartete, und dann riss sie die Tür auf.

Darya fiel rücklings in ihr Zimmer. »Hey!«

Schnaufend erschien Tante Vera an der Tür. »Darya, was in Gottes Namen tust du da?« Sie wandte sich an Natascha. »Natascha, warum liegt deine Schwester auf dem Boden?«

»Ich habe nicht die geringste Ahnung«, antwortete Natascha.

Darya sah sie finster an und setzte sich auf. Das Haar am Hinterkopf war platt gedrückt.

Tante Vera schürzte die Lippen. »Nach unten, sofort. Das Essen steht auf dem Tisch, und es ist außerordentlich ungehörig, den Rest von uns warten zu lassen.«

Sie stob davon. Nataschas und Daryas Blicke trafen sich.

»Sie regt sich über jede Nichtigkeit auf«, sagte Natascha.

»Klaaar, während du dich über nichts aufregst«, lachte Darya.

»Du hast mein Notizbuch gelesen.«

»Um Himmels willen, ich habe mich schon entschuldigt.«

»Ach ja?«

Darya stand auf. »In der Zeitung veranstalten sie irgendeinen Wettbewerb. Ein Schreibwettbewerb für Kinder. Ava ist der Ansicht, du solltest mitmachen.«

»Das wird nicht passieren.«

Darya stemmte die Hände in die Hüften. »Wir wussten nicht einmal, dass du Geschichten schreibst. Warum hast du uns das nicht erzählt?« Als Natascha nicht antwortete, verdrehte sie die Augen und wandte sich ab.

»Warte.« Plötzlich war Natascha reumütig. Sie nahm Darya bei den Schultern und drehte sie um, bis sie einander gegenüberstanden. Mit den Fingern kämmte Natascha ihrer Schwester die Knoten aus dem Haar.

»Willst du mich schön machen?«, fragte Darya.

Natascha richtete eine letzte Strähne. »Lass uns nach unten gehen.«

Nach dem Abendessen rief sie Molly an. »Ich kann nicht lange sprechen«, sagte sie. »Ich muss helfen, die Küche aufzuräumen.«

»Du klingst nicht glücklich«, sagte Molly.

Natascha hielt inne. Ihr Instinkt, schmerzliche Dinge in sich wegzuschließen, war stark. Ein Teil von ihr machte auch Molly dafür verantwortlich, die ganze Sache erst organisiert zu haben. Aber sie war in der Lage, ihre eigenen Entscheidungen zu treffen. Keineswegs war sie Mollys Marionette. Wenn sie jemandem die Schuld geben musste, dann sich selbst.

»Das bin ich auch nicht«, gestand sie. Ihre Stimme war belegt, aber sie zwang die Worte heraus. Sie erzählte ihrer Freundin, wie sich der Nachmittag entwickelt hatte.

»Es tut mir so leid«, sagte Molly leise.

»Mir auch«, sagte Natascha.

Als der Abend zu seinem Ende kam, kroch sie ins Bett und blickte erneut zur Decke.

Ich mag dich, Decke, sagte sie im Kopf. *Entschuldige. Ich bin es.* Ich *bin das Problem.*

Sie war nicht länger wütend. Nur niedergeschlagen. Und fühlte sich dumm, weil sie so lange dazu gebraucht hatte, zu begreifen, dass ihr ihre Geschichten bestimmt wichtiger waren als Stanley. Ihn zu küssen war eine Enttäuschung gewesen, weil sie ihn eigentlich gar nicht hatte küssen wollen. Oder?

Aber sie bedauerte es auch nicht. Sie hatte sich einen Kuss gewünscht, und sie hatte einen Kuss bekommen. *Sie* hatte dafür gesorgt. Weiter so, Natascha! Aber dann hatte sie erkannt, dass man nicht einen Jungen gegen den anderen austauschen konnte, genauso wenig wie man mit den Fingern schnippen und sie beide dazu bringen konnte, sich in einen zu verlieben. Oder einfach zu verschwinden.

Sie hoffte wirklich, dass niemand mit den Fingern schnippen konnte, um jemanden einfach so verschwinden zu lassen.

Aber die Wahrheit sah so aus, dass sie für Stanley keine großen Gefühle hatte. Sie mochte ihn, aber nicht kussmäßig. Da war keine Leidenschaft zu fühlen gewesen.

Leidenschaft war erst in ihr aufgestiegen, als sie ihre Schwestern dabei erwischt hatte, wie sie ihr Notizbuch lasen. Ihr Notizbuch bedeutete ihr etwas. Ihre Geschichten bedeuteten ihr etwas. Aber sie hatte einen Wunsch für einen Kuss verschwendet, weil …

Sie vermochte nicht einmal zu sagen, warum sie das getan hatte. Weil es das war, was Mädchen angeblich wollten? Freunde und Küsse und *Ich mag dich von allen am liebsten*?

Magie oder nicht, sie hätte so viel mehr erreichen können.

24

Danach ignorierte Natascha Stanley völlig. Sie ignorierte ihn einen Tag nach dem anderen, weil sie viel zu verlegen war, um etwas anderes zu tun. Sie benahm sich so schrecklich wie die bösen Königinnen und Könige in Mamas Märchen, und schließlich hatte Stanley es kapiert. Er hörte auf zu fragen, was denn nicht stimmte und was er tun könnte und ob diese Botschaften an allem schuld waren? Er beharrte nicht länger darauf, dass er nichts von irgendwelchen Zetteln wusste. Er hörte auf, sie zu beschwören, ihr das zu erklären, was auch besser war, denn der Strom der Botschaften war sowieso versiegt.

Molly meinte, sie benehme sich wie eine Idiotin.

»Ich weiß«, sagte Natascha.

»Dann hör auf damit.«

»Und wenn ich das nicht kann? Wenn ich eine Idiotin bin?«

»Das bist du nicht. Du benimmst dich nur wie eine.«

Natascha zuckte mit den Schultern und senkte den Blick.

Zu Hause behandelte sie Ava abweisend, die sie zwar nicht wegen Stanley nervte, aber sie gnadenlos wegen ihrer Geschichten löcherte.

»Nur eine der Geschichten hat ein richtiges Ende«, sagte Ava. »Du musst die anderen beenden.«

»Nein, danke«, erwiderte Natascha.

»Aber sie sind so *gut*. Wie die mit dem Mädchen, das sich in eine Eule verwandelt. Hat sie herausgefunden, warum sie das tat? Hat sie sich je zurückverwandelt? Oder war sie in Wirklichkeit eine Eule, die sich in ein Mädchen verwandelte? Denn das hast du ja irgendwie angedeutet, aber dann war die Geschichte plötzlich zu Ende. Nur ohne richtiges Ende.«

»Und wenn schon.«

»Und hat dir Darya von dem Wettbewerb mit den jungen Schriftstellern erzählt? Sie hat behauptet, sie hätte es getan. Du solltest mitmachen.«

»Ich würde eher auf einen Nagel treten, der meinen ganzen Fuß durchbohrt«, erwiderte Natascha.

»Einsendeschluss ist der zweite Mai. Das sind

noch zwei Wochen. Du solltest die Geschichte mit dem schüchternen Mädchen oder die mit dem Eulenmädchen einschicken. Falls du die mit dem Eulenmädchen beendest.«

»Lass es mich noch deutlicher ausdrücken. Ich würde eher auf einen Nagel treten, eine Blutvergiftung bekommen und sterben.«

»Du würdest lieber sterben, als eine deiner Geschichten in einem Wettbewerb einzureichen?«

Natascha erwiderte Avas Blick, aber in ihr war eine Mauer, die ihre kleine Schwester weit weg erschienen ließ.

»Mama hat Geschichten erzählt«, sagte sie. »Sie hat Märchen erzählt, aber manchmal hat sie das Ende geändert, um sie besser zu machen.«

Ava runzelte die Stirn. Ihr T-Shirt zeigte einen Regenbogen und ihre Haarspange war aus Plastik, gelb und wie eine Ente geformt. Wusste sie denn nicht, dass Tierspangen nur Kindergartenkinder trugen? Wusste sie denn nicht, dass sie erwachsen werden musste, weil sie keine andere Wahl hatte?

»Was haben denn Mamas Geschichten damit zu tun?«

»Sie hat sie verändert und mit einem glücklichen Ende versehen, aber was hat das genutzt?«, fragte Natascha. »Sie ist noch immer weg. Was wurde aus ihrem ›Und sie lebten glücklich bis an ihr Ende‹?«

»Mama ist nicht weg, weil sie Geschichten erzählte.«

»Woher willst du das wissen?«

»Weil sie das nicht ist. Das ist Quatsch.« Tränen traten in Avas Augen. »Natascha, warum benimmst du dich so?«

»Wie benehme ich mich denn?«

»Wie … du bist nicht du selbst.«

»Vielleicht bin ich das nicht«, erwiderte Natascha. »Vielleicht bin ich auch schon längst weg.«

»Natascha, hör damit auf!«

»Oder wenn ich noch nicht weg sein sollte, gehe ich vielleicht. Vielleicht laufe ich weg und komme nie zurück, weil meine Schwestern in mein Zimmer eingebrochen sind und in meinen Sachen rumgewühlt haben.«

Avas Brust hob und senkte sich. Ihr Herzanhänger, den Natascha ihr zum Geburtstag geschenkt hatte, hob und senkte sich ebenfalls. »Du solltest die Große sein«, flüsterte sie. »Du solltest dich um mich kümmern.«

»Äh, nein! Mama und Papa sollten sich um dich kümmern. Ich bin allerdings dazu da, um dir zu sagen, dass du nicht solche Kleinkinderhaarspangen tragen solltest.«

Ava wurde kreidebleich. Sie fuhr auf dem Absatz herum und ging.

Natascha sah, wie sie sich durchs Gesicht fuhr, und sie wollte nach ihr rufen. Sie hatte Ava nicht zum Weinen bringen wollen. Aber die Mauer, die sie vom Rest der Welt trennte, war noch immer da. Konnte eine Person in sich selbst verschwinden und dort für immer stecken bleiben?

Vermutlich schon. Ein Mädchen wollte vielleicht aufhören, sich schrecklich zu benehmen, war dazu aber nicht in der Lage. Ein Mädchen konnte gleichzeitig fortgegangen sein und nicht fort sein.

Das konnte passieren.

Klara.
Klara.
Klara.

Nathaniel Blok, sechsunddreißig Jahre alt

25

Der Frühling kam und blieb. Tante Vera rügte Darya, weil sie so kurze Röcke trug, während sich Tante Elena für sie starkmachte. »Ach, Vera. Man ist nur einmal jung. Darya, du hast eine traumhafte Figur. Wenn du sie hast, dann zeig sie auch! Das sage ich.«

Darya warf Natascha einen amüsierten Blick zu, den sie sich alle Mühe gab zu ignorieren.

»Oh, was für eine *traumhafte* Figur du hast«, flüsterte Darya ihr zu, als sie das Frühstücksgeschirr einsammelte und zur Spüle brachte.

Als Natascha um Viertel vor acht ihre Jeansjacke anzog, öffnete sich die Haustür. Prompt schüttelte sie sie wieder ab, weil sie sie nicht brauchte. »Viel besser«, grinste Darya. »Du hast so eine traumhafte Figur. Du musst sie zeigen!«

»Ich zeige meine Figur nicht«, protestierte Natascha. »Zu heiß.«

»Oh, das *weiß* ich doch«, sagte Darya.

»Das Wetter! Nicht ich! Ich brauche keine Jacke.«

»Oh, das *weiß* ich doch«, wiederholte Darya.

Wider Willen musste Natascha lachen. Sie war aufgetaut wie der letzte Rest Schnee und nicht länger böse auf ihre Schwestern. Sie fühlte sich nicht länger wie hinter einer Glaswand gefangen. Aber sie fühlte sich auch nicht, als wäre wieder alles normal.

»Ava?«, sagte Natascha, die Hand auf dem Türknauf zur Hintertür.

Ava sah regungslos auf. Dann formte sie ihre Lippen zu einem Lächeln. »Oh, tut mir leid. Bye! Hab einen schönen Tag!«

Natascha seufzte. »Danke! Du auch.« Sie schwor sich, heute die Dinge zwischen ihnen wieder ins Reine zu bringen. »Ich sehe dich nach der Schule.«

Aber als sie nach Hause kam, saß Ava nicht am Tisch, um ihre Hausaufgaben zu machen. Sie war auch nicht in ihrem Zimmer. Als die Sonne unterging und sie noch immer nicht da war, sagte Tante Vera: »Ihr Mädchen. Was ist nur in den letzten Wochen in euch gefahren? Hat bei euch dreien die Pubertät am selben Tag eingesetzt?«

Darya ärgerte sich. »Ich bin nicht in der Pubertät«, verkündete sie. »Da bin ich schon so was von drüber hinweg.«

»Gut zu wissen«, sagte Natascha.

»Jepp.«

»Isst du deshalb von den Lucky-Charmes-Flakes gerade nur die mit den Marshmallows?«

»Darya!«, rief Tante Vera aus. »In weniger als einer Stunde gibt es Abendessen! Kein Naschen mehr jetzt.«

»Ja, Darya«, sagte Natascha.

Darya streckte die Zunge heraus, und Natascha ließ sich darüber aus, was für eine erwachsene und reife Zunge sie doch hatte.

»Darya, weg mit den Lucky Charms«, sagte Tante Vera. »Natascha, hol deine kleine Schwester. Und Elena – ernsthaft? Du isst auch eine Schüssel Lucky Charms?«

»Nur die mit Marshmallows«, protestierte Tante Elena. »Emily hat damit angefangen!«

Alle sahen sie an. Natascha fühlte ein Frösteln durchs Haus schweben.

Tante Elena lachte und schlug sich mit der Hand an die Stirn. »*Natascha* hat damit angefangen. Der Hunger lässt mich Unsinn reden.«

»Tante Elena, ich habe mit gar nichts angefangen«, sagte Natascha.

»Richtig. Seht ihr? Noch ein Beweis, dass ich etwas Vernünftiges zu essen brauche.«

»Tante Elena … wer ist Emily?«

Tante Elena runzelte die Stirn.

»Niemand«, sagte Tante Vera.

»Papa hat gesagt, Mama hätte eine unsichtbare Freundin gehabt«, sagte Natascha. »Ich meine, eine imaginäre Freundin.« Ihre Stimme bebte. »War Emily Mamas imaginäre Freundin?«

»Natascha«, machte Tante Elena nur. Sie stockte. »Ich weiß es nicht. Wirklich nicht. Der Name Emily … wenn ich mich darauf konzentriere, ist da nichts. Trotzdem liegt mir manchmal dieser Name auf der Zunge.«

Tante Elena wandte sich an Tante Vera. »Vera? Hatte Klara eine imaginäre Freundin namens Emily?«

»Es gibt keine Emily, es gab keine Emily, und es wird auch nie eine Emily geben«, sagte Tante Vera. In ihren Augen lag ein seltsamer Glanz. »Als Klara mit Emily anfing, war das der Augenblick, in dem sie … in dem sie …«

»In dem sie *was*?«, wollte Natascha wissen.

»Das war der Augenblick, in dem wir anfingen, sie zu verlieren!«, rief Tante Vera. »Sie hat diese *Emily* erfunden, aber ich weiß nicht, warum, da es ihr nur Kummer bereitete. Sie regte sich so auf, beharrte darauf, dass es Emily wirklich gibt. Aber das stimmte nicht!«

»Ich verstehe nicht«, sagte Natascha.

»Ende der Diskussion«, sagte Tante Vera. »Es tut mir leid, aber das werden wir nicht weiter besprechen, und Elena, ich würde es zu schätzen wissen, wenn du dich etwas besser kontrollierst.«

»Du hast ihren Namen ebenfalls gesagt«, flüsterte Tante Elena. »Ich bin nicht die Einzige.«

»Dann hören wir beide damit auf«, sagte Tante Vera scharf. »*Wir hören alle damit auf!* Verstanden?«

Darya verdrehte die Augen. Natascha schob den Stuhl vom Küchentisch zurück. Sie fühlte sich wie benommen. Sie verließ das Haus und ging über den Hof. Die Tür zu Papas Werkstatt stand einen Spaltbreit geöffnet. Natascha klopfte leicht und trat ein.

»Natascha.« Papa lächelte ihr müde zu. »Was macht die … was lernst du noch gerade? Die Bürgerrechtsbewegung?«

»Das war im letzten Halbjahr.«

Papa nickte. »Du hast ein Referat über Rosa Parks gehalten.«

»Das war Darya. Meins war über Martin Luther Kings Rede. ›Ich habe einen Traum‹.«

Papa nickte. »Deine Mutter hat diese Rede geliebt.«

Natascha verspürte Unruhe. Sie war hergekommen, um Papa nach Emily zu fragen, und hatte gehofft, dass er ihr eine vernünftige Antwort geben würde, statt sie anzuschreien. Aber jetzt fühlte es sich sicherer an, das nicht zu tun.

Sie ließ die Blicke durch den Raum schweifen. »Hast du Ava gesehen?«

Papa rieb sich den Nacken. »Ava«, wiederholte er. »Ich habe sie heute Morgen gesehen – oder war das gestern? Wenn ich so darüber nachdenke, welcher Tag ist heute?«

»Freitag, Papa. Der zweite Mai.«

Freitag, der zweite Mai, war der Einsendeschluss des Wettbewerbs für junge Schriftsteller, bei dem Ava gewollt hatte, dass Natascha daran teilnahm. Vielleicht sollte sie bei der verflixten Sache einfach mitspielen und Ava glücklich machen. Aber nein. Es war zu spät.

Sie musste sich mit Ava aussprechen. Sie war nicht ihre Mutter, aber sie war ihre große Schwester. Vielleicht hatte Ava das Gefühl, irgendwie ihre Zustimmung zu brauchen. Und vielleicht hatte sie sie ihr verwehrt. Teilweise absichtlich, teilweise auch nicht.

»Falls du Ava siehst, sag ihr, sie soll ins Haus kommen. Es ist gleich Essenszeit.«

»Das werde ich«, sagte Papa gehorsam.

»In ungefähr einer halben Stunde musst du auch kommen.«

Er nickte.

»Es gibt Hackbraten«, fühlte sie sich gezwungen hinzuzufügen. »Du magst Hackbraten.«

»Wer hat ihn gemacht?«

»Tante Vera, aber Tante Elena hat die Soße gemacht.«

»Die feurige Soße. Gut.«

Er kicherte und Natascha sah ihn scharf an. Schon seit Langem hatte niemand mehr Tante Elenas Soße als »feurig« bezeichnet. Aber sie hatten darüber gescherzt. Oder nicht?

Du bist schrecklich. Das hatte Tante Elena lachend zu Papa gesagt, daran erinnerte sich Natascha. Oder vielmehr sah sie die Szene vor sich wie in einem Film: Mama, Papa, die Tanten, sie alle saßen am Tisch. Ein Kleinkind (Darya) hockte stolz auf einem erhöhten Sitz. Ein Baby (Ava) saß in einem Kindersitz.

Tante Elena musste jung gewesen sein. Sie musste so stolz auf ihren Beitrag zur Mahlzeit gewesen sein, den sie aus dem winzigen Apartment mitgebracht haben musste, in dem sie damals gewohnt hatte.

»Es heißt ›Hackbraten mit *feuriger Sauce*‹, also sollten wir es auch so nennen«, hatte Tante Elena beharrt.

Papa war unfassbar groß und stattlich gewesen. »Aus Respekt«, hatte er gesagt. »Auf jeden Fall.«

»Ach, sei still, Nate.« Tante Elena hatte ihn mit ihrer zerknüllten Serviette beworfen.

Einen Augenblick lang fühlte sich die Erinnerung so echt an, dass Natascha geschworen hätte, es wäre erst gestern passiert. Dann entglitt sie ihr und hinterließ ein schreckliches Gefühl von Verlust.

Sie musste raus hier.

»Ava – sie wollte rauf zum Willow Hill«, sagte Papa plötzlich.

Natascha drehte sich um. »Bist du sicher?«

Papa nickte. »Das hat sie mir gesagt. Sie wollte die Dinge von ganz oben sehen.«

Das klang in der Tat nach Ava.

»Okay«, sagte Natascha. »Ich hole sie. Danke, Papa.«

Der Himmel hatte die Farbe von Pflaumen, als Natascha den steilen, mit Dornbüschen überwucherten Weg zum Weidenbaum hinaufstieg. Sie sah ihren ersten Stern der Nacht und rezitierte automatisch das Gedicht, das Mama ihr vor so langer Zeit beigebracht hatte.

Sternenlicht, heller Stern
Der erste Stern, den ich heute Nacht sehe
Ich wünsch mir, ich dürfte

Ich wünsch mir, ich könnte
Den Wunsch erfüllen, den ich mir heute Nacht
wünsche

An dieser Stelle hörte sie auf. Sie äußerte keinen Wunsch.

Eine Bewegung erregte ihre Aufmerksamkeit und sie wandte sich dem majestätischen Weidenbaum zu. Seine Äste waren mit kleinen Knospen befiedert, die im Tageslicht hellgrün schimmerten. In der Dunkelheit sahen sie geisterhaft und zugleich wunderschön aus.

Mitten in dem nach unten fallenden Astvorhang drehte sich Ava mit ausgestreckten Armen und erhobenem Gesicht im Kreis.

Genau wie die Weide sah sie geisterhaft aus. Und wunderschön.

»Ava?«, rief Natascha.

Ava blieb stehen. Sie senkte die Arme und sah Natascha an. Der Wind bewegte die herabhängenden Äste und Avas Haar flatterte und klebte an ihrem Gesicht. Natascha bekam Gänsehaut.

»Ava«, sprach sie. »Ava.«

»Oh.« Ava schob sich durch den Vorhang aus Knospen und Blättern. Ein Zweig steckte in ihrem zerzausten Haar. Natascha wollte ihn entfernen, änderte dann aber ihre Meinung. Stattdessen führte sie die Hand zum Mund und wischte sich über die Lippen.

»Ich bin umhergewirbelt«, sagte Ava.

»Das habe ich gesehen.«

»Ich stellte mir vor, ich wäre eine Fee.« Sie verstummte. »Du hältst das für bescheuert. Das weiß ich.«

»Nein, tue ich nicht.«

»Tust du doch.« Es klang resigniert.

Natascha drückte die Finger gegen die Augenbrauen und schloss die Augen. Als sie sie öffnete, sagte sie: »Bist du böse auf mich, Ava? Du bist wütend, das sehe ich.«

Ava eilte an Natascha vorbei und stieg den Hügel hinunter. »Wir sollten gehen. Darum bist du doch gekommen, nicht wahr? Um mir zu sagen, dass es Zeit zum Essen ist?«

Avas Schritte waren entschlossen. Ihre Schulterblätter zeichneten sich unter dem T-Shirt ab, ihre Hüften waren schmal. Sie war zwölf Jahre alt, aber auf den Wäschezeichen in ihrer Kleidung stand »Größe 10«. Als Natascha zwölf gewesen war, hatte sie Größe 14 getragen.

Sie folgte Ava, hielt aber ein Stück Abstand.

»Ist es wegen des Schreibwettbewerbs? Bist du sauer, weil ich nicht mitmachen wollte?«

Ava blieb stehen und fuhr herum. »Ich bin sauer,

weil du nicht länger an Magie glaubst.« Ruckartig drehte sie sich wieder um und marschierte weiter.

Oh, dachte Natascha, als die Puzzlestücke an die richtigen Stellen fielen. Wegen der Wünsche, der Botschaften und Stanley.

Ava interessierte sich für den Wettbewerb, davon war Natascha überzeugt. Aber sie wollte auch an eine Welt glauben, in der Wünsche wahr wurden. Vor langer Zeit hatte Natascha zugelassen, das auch zu wollen. Dann war alles auseinandergebrochen und es war so peinlich und falsch gewesen. Und es hatte so wehgetan …

»Ava, warte«, sagte Natascha. Sie schlug einen Zweig zur Seite, unter dem sich Ava mühelos geduckt hatte.

»Es ist schon gut«, sagte Ava. »Es spielt keine Rolle.«

»Doch, das tut es. Natürlich tut es das.«

Avas Schultern hoben und senkten sich.

»Ich will ja an Magie glauben«, sagte Natascha. »Es ist nur …«

Sie stieß sich den Zeh an einer Wurzel, die wie aus dem Nichts erschienen war. »Au! Ava, hörst du vielleicht auf, wie ein Elefant loszustürmen?«

»Siehst du?«, sagte Ava. »Genau das.«

»Ich habe keine Ahnung, was du meinst.«

»Du sagst Dinge, dass ich wie ein Elefant bin, was

sonst keiner sagen würde, weil es ihnen gar nicht in den Sinn kommen würde. Aber du benimmst dich, als wäre es besser, ein Langweiler zu sein und Oatmeal zu kochen. Du ignorierst deine eigene Wünsche einfach. So als würdest du ihnen die Zunge rausstrecken.«

Natascha wurde knallrot.

»*Das* war der Wunsch, den du geäußert hast, nicht wahr?« Ava drehte sich noch immer nicht um. »Eine berühmte Schriftstellerin zu werden.«

»*Nein«*, sagte Natascha. Es klang wie eine Lüge, obwohl es das nicht war.

»Okay, was auch immer.« Dann sagte sie übergangslos: »Was gibt es zum Essen? Falls es Hackbraten ist, hoffe ich, dass Tante Elena diese leckere Soße dazu gemacht hat. Wie hat Papa sie immer genannt?«

Natascha packte Avas Arm. Ihre Schwester schüttelte sie ab. Sie waren fast zu Hause und die fröhlichen Lichter des Hauses hüpften in Sicht und verschwanden gleich wieder, weil sie den gewundenen Weg hinunterstolperten.

Nun, Natascha stolperte. Ava ging so sicher wie eine Gazelle.

Ein Elefant oder eine Gazelle?, fragte eine ärgerliche Stimme in ihrem Kopf. *Hackbraten oder Oatmeal, Zunge herausgestreckt oder nicht?*

»Ach, sei still«, zischte sie.

Ava drehte sich um und warf Natascha einen verletzten Blick zu.

»Nein, nicht du. Ich. Ich befahl mir selbst, den Mund zu halten.«

Ava hatte sich schon wieder umgedreht. Sie schüttelte einfach nur den Kopf.

»Na gut!«, rief Natascha. Sie warf die Hände in die Höhe und ein Dorn schlitzte die Haut unter ihren Knöcheln auf. Auch das noch. »Ich hätte bei dem Wettbewerb mitmachen sollen. Du hast gewonnen. Würdest du nun bitte etwas langsamer gehen?«

Ava blieb abrupt stehen. Natascha lief in sie hinein.

»Ich will nicht unhöflich sein«, begann Ava. »Aber ich glaube, du bist hier der Elefant.«

»Ha, ha.« Natascha saugte an der Wunde an ihrer Hand. Das Blut war warm.

Ein Grinsen breitete sich auf Avas Gesicht aus. Es verwandelte sie. Sie war wieder Nataschas Schwester, keine Mischung aus Geist, Gazelle und Elefant. »Aber ich bin froh wegen des Wettbewerbs. Außerdem ist das gut so. Willst du wissen, warum?«

»Warum?«

»Weil heute der Einsendeschluss war.«

Natascha runzelte die Stirn. »Was bedeutet, dass ich ihn verpasst habe. Und was ist daran gut?«

Ava hakte sich bei Natascha unter. Der Weg wurde

breiter, als er auf ein offenes Feld führte. Ava eilte los und zog ihre Schwester mit sich. »Es ist gut, weil ich für dich teilgenommen habe. Bin ich nicht großartig?«

»Entschuldigung, was?«

»Jepp!«, sagte Ava. »Ich habe die Geschichte mit dem schüchternen Mädchen eingesandt, da das die einzige war, die du zu Ende geführt hast. Der Sieger wird in drei Wochen bekannt gegeben. Bist du nicht glücklich? Liebst du mich? Willst du mich nicht mit Küssen ersticken?«

»Nein, ja und nein«, sagte Natascha. »Ava. Hast du das alles nur vorgetäuscht? Hast du nur so getan, als wärst du wütend, um mich dazu zu bringen, bei dem Wettbewerb mitzumachen?«

Ava dachte darüber nach. »Ich war sauer, weil ich sauer war, glaube ich«, sagte sie. »Und ich war auch traurig. Aber jetzt fühle ich mich besser. Und ich habe Riesenhunger – du etwa nicht?«

Der Mond erhellte den Hof und Natascha sah ihr Spiegelbild in Avas Augen. Ob sich ihre Schwester auch in ihren Augen sah?

»Wenn du willst, kannst du mich umarmen«, bot Ava an.

»Nein, danke.«

»Dann umarme ich dich«, lächelte Ava. Und sie tat es.

26

Für Natascha war der Mai der liebenswerteste Monat des Jahres. Petunien blühten in den Blumenkästen am Fenster, die Tante Elena so hegte und pflegte, und um Papas Werkstatt schoben sich federhafte Sprösslinge Fuchsschwanzgras aus dem Boden. Es war warm genug für Shorts, oder in Daryas Fall abgeschnittene Shorts, die so knapp saßen, dass Tante Vera jedes Mal einen verkniffenen Gesichtsausdruck aufsetzte: »Auf gar keinen Fall, junge Dame.«

»Ach, Vera, lass doch«, sagte Tante Elena. »Darya, du könntest eine Elfe sein, so süß bist du.«

Darya runzelte die Stirn und betrachtete ihr Outfit. Mit einer *Elfe* würde sie nichts zu tun haben wollen, da war sich Natascha ziemlich sicher.

Avas Hand schoss nach oben. »Ooo! Ooo! Ich will eine Elfe sein! Darf ich eine Elfe sein?«

»Aber natürlich«, lautete Tante Elenas Antwort, was wiederum dazu führte, dass Darya die einzige Elfe sein wollte.

»Nein, denn Elfen tragen keine Overalls«, verkündete sie.

»Tun sie doch«, sagte Ava.

»Nöö, und du bist keine Elfe. Tatsächlich bist du nicht einmal hier.« Darya ballte die Finger zur Faust und streckte sie ruckartig aus. »Puff. Du bist weg.«

»Darya!«, beschwerte sich Ava. Sie wandte sich an Tante Elena. »Tante Elena!«

»Ava, deine Schwester hat nicht die Macht, dich verschwinden zu lassen«, sagte Tante Elena. »Darya, hör auf, deine Schwester verschwinden zu lassen! Hast du verstanden?«

»Natascha steht direkt hier.« Darya zeigte auf Natascha. »Ich weiß nicht, wovon du redest.«

»Hey!«, beschwerte sich Ava.

Natascha lachte.

»Ihr seid alle drei so was von albern«, sagte Tante Elena. »Vera, waren wir als Kinder auch derart albern?«

Tante Vera schrubbte die Omelettepfanne. »Du schon. Klara auch.« Sie presste die Lippen zusammen. »Ich mit Sicherheit nicht.«

Beinahe hätte Natascha gelacht, aber dann tat sie es doch nicht.

Vera, Elena, Klara. Drei Schwestern minus eine.

Natascha, Darya, Ava. Drei Schwestern. Drei Schwestern minus eine, falls Darya Ava wirklich hätte verschwinden lassen, was den Witz bedeutend weniger witzig machte.

Wenn sie darüber nachdachte, konnte Natascha sich kein Leben ohne Ava oder Darya vorstellen. Andererseits hatte es sicherlich eine Zeit gegeben, in der sie sich auch kein Leben ohne Mama hatte vorstellen können. Als Fünfjährige wäre ihr niemals in den Sinn gekommen, ein Mensch könnte verschwinden. Es hätte niemandem in keinem Alter in den Sinn kommen dürfen, denn Menschen waren wichtig. Um Menschen sollte man sich kümmern und sie niemals für selbstverständlich halten. Menschen sollten … *geehrt* werden, einfach nur dafür, weil sie Menschen waren.

Es versetzte Natascha ein Stich, als sie erkannte, dass sie darin jämmerlich versagt hatte. Bei Stanley hatte sie einfach nur einen großen Scherbenhaufen angerichtet – *bei einem Menschen, einem echten, lebendigen nicht-verschwundenen Menschen* –, und das musste sie wieder in Ordnung bringen.

»Endlich!«, sagte Molly während der Klassenzusammenkunft, als Natascha ihr mitteilte, dass sie mit

Stanley reden wollte. »Ich habe es dir gesagt und gesagt und …«

»Ich weiß, und du hattest die ganze Zeit über recht. Ich war so eine Idiotin.«

Mollys Miene wurde weicher. »Du hast dich wie eine Idiotin benommen.«

»Also, wie mache ich das wieder bei ihm gut?«

»Hm.« Molly klopfte sich gegen das Kinn. »Du könntest ihm eine Stola schenken.«

»Eine Stola?«

Molly grinste und nickte heftig.

»Ich weiß nicht einmal, was eine Stola ist.«

»So ein Schaldings. Aus toten Tieren.«

»Okay. Schon klar. Das funktioniert nicht für mich. Davon abgesehen habe ich gar keine Stola.«

»Du könntest sie stehlen, die Stola.«

Natascha stöhnte. »Hast du auch irgendwas Hilfreiches zu sagen?«

Molly legte eine Hand aufs Herz. »Natascha. Das verletzt mich tief.«

»Nein, tut es nicht.«

»Nein, tut es nicht«, stimmte Molly ihr zu. »Sprich in der Mittagspause mit ihm. Sag ihm einfach, dass es dir leidtut.« Sie schlug auf ihren Tisch. »ODER, NEIN! Küss ihn am Wasserspender! Küss ihn und sag ihm, dass es dir leidtut!«

Natascha hob ihre Brauen. Molly lächelte hoffnungsfroh, so als wollte sie sagen: *Komm schon. Bin ich nicht süß?*

Mr Beauprez, ihr Klassenlehrer, eilte in den Raum und blätterte ein paar Seiten durch. »Also gut, Leute, wollen wir doch mal sehen, was es heute für aufregende Ankündigungen gibt.«

Natascha blendete ihn aus. Sie blieb auf die ihr bevorstehende Aufgabe konzentriert. Sie übte mehrere mögliche Entschuldigungen und zu Beginn der Mittagspause begab sie sich auf direktem Weg in die Cafeteria.

Als sie an der Schlange für das warme Mittagessen vorbeiging, machte eine der Küchenfrauen »Pst! Pst!«.

Natascha wandte den Kopf.

Die Küchenfrau trug eine breite weiße Schürze und ein Haarnetz. An der linken Wange hatte sie ein großes Muttermal. Irgendwie *tropfte* es von ihrer linken Wange.

Hör auf, es anzustarren!, befahl sich Natascha.

Die Küchenfrau schlug mit einem Holzlöffel auf die Theke, den sie dann geschickt in die Höhe warf und umgedreht auffing. Sie stieß den Griff in Nataschas Richtung. »Pst! Du da, mit den Botschaften!«

Natascha blieb abrupt stehen. Dann näherte sie sich vorsichtig der Theke und die Küchenfrau tat etwas Außergewöhnliches. Sie schälte das Haarnetz zurück und das damit verbundene Haar. Es handelte sich um ein Haarnetz und eine Perücke. Darunter befand sich kein Netz, sondern ein Nest. Mit einem Vogel.

Natascha klappte der Unterkiefer herunter. Sie verbrachte einen Moment damit, den Irrsinn der Situation zu verdauen, dann trat sie in diese Alternativrealität. Sie war sich nicht sicher, ob sie überhaupt eine andere Wahl hatte.

Die Küchenfrau schob das Haarnetz plus Perücke wieder an Ort und Stelle und richtete es mit mehreren kleinen Bewegungen. Dann krümmte sie den Finger. *Tritt näher*. Natascha gehorchte. Die Küchenfrau hatte sich zum anderen Ende der Küchentheke geschlängelt, und die Kinder strömten an ihnen vorbei, als würden sie sie nicht bemerken.

»Sieh mal«, flüsterte die Küchenfrau. Sie griff nach dem Muttermal auf der Wange. Zog es von ihrer Haut und ließ los. Es klatschte zurück. Es war wie eine dicke rote Clownsnase, die an einem Gummiband befestigt war. Nur dass es sich hier um ein bewegliches Muttermal handelte.

»Ich bin getarnt«, flüsterte die Küchenfrau hinter vorgehaltener Hand.

»Ja, das sehe ich«, erwiderte Natascha und machte unbewusst das Flüstern der Küchenfrau nach. Die Welt war in Schieflage geraten. »Aber ich muss jetzt … zum Essen. Ich muss mich hinsetzen und essen.«

Die Küchenfrau klatschte, eine schnelle Serie feuchter Geräusche. »Ja. Ausgezeichnet. Ach, mein Mädchen, du machst das so gut!«

Natascha verscheuchte den Nebel in ihrem Gehirn. Sie wusste, dass die Küchenfrau die Vogelfrau war. Es gab keinen Grund, sich dumm zu stellen. Sie hatte nicht die geringste Ahnung, warum die Vogelfrau hier war, aber da stand sie, und gab es nicht etwas, das Natascha sie hatte fragen wollen?

»Was machen Sie hier?«

Der Mund der Küchenfrau – der Vogelfrau – öffnete sich. »Dir die letzte Botschaft geben. Was glaubst du denn?«

»Oh.« Natascha wurde es kalt, dann heiß. »Darf ich sie haben? Bitte?«

Die Vogelfrau richtete sich zu ihrer vollen Größe auf. »Ich habe sie nicht.«

»Wie können Sie sie mir dann geben?«

»Dir was geben? Hier gibt es kein kostenloses Mittagessen, das weißt du doch.« Sie gackerte und fuchtelte mit dem Löffel herum. »Kein kostenloses Mittagessen! Das ist komisch! Ist das nicht komisch?«

Natascha fiel wieder ein, was sie hatte fragen wollen. Die Frage rückte an Ort und Stelle wie ein Riegel, der ins Schloss schnappte.

»Glauben Sie an Wünsche?«, fragte sie.

Die Vogelfrau hörte auf zu lachen. »Natürlich. Sei kein Dummkopf.«

Die Vogelfrau nannte *sie* Dummkopf. Die Vogelfrau hatte einen Vogel in den Haaren! Und ein falsches Muttermal!

Natascha schüttelte es ab. »Haben Sie meine Mutter gekannt?«

»Habe ich das?«, erwiderte die Vogelfrau. *»Habe ich das?«*

»Weil Sie einmal gesagt haben, dass Sie es taten und dass Sie sie mochten, auch wenn sie ein ...« Natascha schluckte, »ein törichtes, törichtes Mädchen war.«

Die Vogelfrau musterte Natascha. Dann widmete sie ihr ein übertriebenes Blinzeln, und Natascha hatte nicht die geringste Ahnung, was es bedeuten sollte.

»Es ist eine Schande, dass du Emily nicht fragen kannst«, sagte die Vogelfrau. »Emily kannte deine Mutter besser als jeder andere.«

»Aber wer ist Emily?«, rief Natascha.

»Emily, Emily, Emily. Es dreht sich immer alles nur um Emily, nicht wahr?«

»Nein! Ja! Könnten Sie mir bitte einfach normal antworten?«

Die Vogelfrau scheuchte Natascha mit dem Löffel zurück. Dann betrachtete sie ihn wohlwollend. »Dieser Löffel gefällt mir. Ich glaube, ich behalte ihn.« Sie richtete den Blick wieder auf Natascha. »Es wäre gut für dich, wenn du das Gleiche tust.«

»Was soll das bedeuten? Sagen Sie mir, dass ich einen Löffel stehlen soll?«

»Es ist besser, als eine Stola zu stehlen. Meiner Meinung nach.«

»Was zu stehlen … Woher wissen Sie das?«

»Ich weiß alles. Und ja, ich kannte deine Mutter, und ja, auch sie war ein Dummkopf. Aber nein, du kannst meinen Löffel nicht haben.« Sie schlug den Löffel gegen die Handfläche. »Deine Wünsche solltest du behalten. Deine Wünsche, deine Schwestern, deine Freunde …« Sie nickte knapp. »Wende ihnen den Rücken zu, und sie könnten auch dir den Rücken zuwenden.«

»Okay«, sagte Natascha.

»Und deine Freundin hat recht. Du solltest dich bei Starky entschuldigen.«

Frustration durchfuhr sie. »*Starky*? Warum müssen Sie nur Dinge sagen, die keinen Sinn ergeben?«

»Starky, Stanley, ganz egal.« Die Vogelfrau fuchtelte wieder mit dem Löffel herum. »Es sind die Mädchen, die wichtig sind. Es sind die Mädchen, die voller Magie sind. Also tu, was ich dir sage, wenn du nicht wie deine Tante Vera enden willst.« Sie schniefte. »Geh jetzt. Lauf. Huschhusch.«

Natascha huschhuschte. Der Unsinn der Vogelfrau füllte ihren Kopf wie Zuckerwatte. Sie wusste nicht, was sie damit anstellen sollte.

Sehen wir, was die nächste Minute bringt, sagte sie sich. *Einfach tief durchatmen und abwarten, was die nächste Minute bringt. Und dann die übernächste und so weiter.*

Der Druck auf ihrer Brust ließ nach. Sie atmete regelmäßiger, und der Nebel der Unmöglichkeit lichtete sich.

Als sie Stanley erblickte, der allein am Tisch saß und aß, ging sie zu ihm.

»Starky?«, sagte sie.

Stanley hob den Kopf. Er errötete.

»Ich meine *Stanley.*« Nataschas Wangen wurden ebenfalls wärmer. Sie nahm einen tiefen Atemzug. »Ich ... wollte dir etwas sagen. Ich habe mich wie eine Idiotin benommen, und es tut mir wirklich leid. Du bist der Junge in der siebten Klasse, den ich am tollsten finde. Es ist nur, ich bin noch nicht bereit für eine Beziehung.«

Stanleys Röte wurde noch ausgeprägter. Natascha zuckte innerlich zusammen. *Ich bin noch nicht bereit für eine Beziehung?* Wo war *das* bloß hergekommen?

»Ich bin verwirrt«, sagte Stanley.

»Ja«, sagte Natascha. »Das bin ich auch.«

»Warum hast du mich geküsst und dann kein Wort mehr mit mir gesprochen?«

»Weiß ich nicht. Vermutlich, weil ich keine Ahnung hatte, was ich sonst tun soll.«

»Warum?«

»Weiß ich nicht. Es war peinlich. *Ich* war peinlich. Aber es lag nicht an dir, das schwöre ich.«

»Du hast kein Wort mehr mit mir geredet, Natascha.«

Sie verschränkte die Arme vor dem Körper.

»Ich wusste nicht, was ich falsch gemacht hatte«, fügte er hinzu.

Oh, das war eine Qual. »Du hast gar nichts gemacht«, erwiderte sie.

Er sah sie skeptisch an.

»Du hast nichts falsch gemacht, will ich damit sagen«, sagte sie. »Jemand hinterlässt mir Botschaften – nun, mittlerweile hat er damit aufgehört. Auch wenn diese total verrückte alte Frau, die wirklich völlig durchgedreht ist, irgendwie gesagt hat, dass es noch eine gibt. Aber vielleicht hat sie das auch gar nicht gesagt. Wenn du mich für verwirrt hältst, solltest du sie kennenlernen.«

»Nein, danke«, sagte Stanley.

Natascha krümmte die Zehen in ihren Schuhen. »Egal, ich hielt dich für den Verfasser dieser Botschaften, aber das warst du nicht.«

Er musterte sie.

»Und selbst wenn du es gewesen wärst, glaube ich nicht, dass ich schon bereit bin für … *du weißt schon was*. Aber ich will, dass wir Freunde sind.« Sie bemühte sich, nicht zu zittern. »Manchmal weiß man wirklich nicht, was man will. Weißt du, was ich meine?«

»Ich glaubte, ich hätte irgendwie Mist gebaut«, sagte er.

»Das hast du nicht.«

»Ich habe mich gefragt: ›Was habe ich getan? Was habe ich getan?‹ Und du wolltest mich nicht einmal ansehen. Es war kein schönes Gefühl, dass du einfach so … verschwunden bist.«

Puff, du bist weg, dachte sie. Scham erfüllte sie.

»Okay. Ich war eine Idiotin«, sagte sie. »Wenn ich zurückgehen und alles noch einmal anders machen könnte, dann würde ich das. Es tut mir wirklich leid, und ich verspreche, ich mache es besser.«

Er ließ sie zappeln. Dann runzelte er die Stirn. »Warum hast du mich ›Starky‹ genannt?«

»Äh … weil du stark bist?«, brachte sie mühsam heraus. Was hätte sie sonst antworten sollen?

Stanley spannte die Muskeln an. Es war fantacooltastisch.

»Hm«, sagte er. Um dann fortzufahren. »Okay. Ich vergebe dir.«

»Wirklich?«, sagte sie. »Okay, yay! Dann können wir also wieder Freunde sein?«

»Klar.«

»Das ist so toll. Danke, Stanley.« Impulsiv streckte sie die Hand aus.

Stanley sah sie an – ihre schlanke Hand, die zwischen ihnen schwebte –, dann zuckte er mit den Schultern, nahm sie und schüttelte sie fest.

27

Natascha träumte, es sei ihr Geburtstag und Papa schenkte ihr einen Heißluftballon. Aber es war nur ein Heißluftballon ohne Ballon, also war es in Wirklichkeit nur eine Kugel aus heißem Feuer. Papa gab ihr die Feuerkugel und sie verbrannte sie.

Und wachte ruckartig auf. Mit pochendem Herzen schoss sie kerzengerade in die Höhe. Sie umklammerte ihr Laken.

Nur ein Traum, sagte sie sich. *Es war nur ein Traum.*

Für gewöhnlich verschwand das Frösteln nach einem bösen Traum schnell. Für gewöhnlich erschienen die Überreste albern und kein bisschen Furcht einflößend mehr.

Diesmal aber nicht.

Darum braucht ein Kind Eltern, dachte sie. Bei einem bösen Traum sollte ein Elternteil herbeieilen, »Schon gut« murmeln und das Kind in den Arm nehmen. Es konnte eine Mutter oder ein Vater sein. Das war egal. Hauptsache, einer von ihnen tat es.

Draußen im Korridor hörte sie ihre Schwestern. Sie klangen aufgeregt, weil es der letzte Schultag war. Sie sollte aufstehen und mit ihnen aufgeregt sein.

Also steh auf!, befahl sie sich. *Hoch mit dir und los! Der letzte Schultag!*

Ava klopfte an der Tür und platzte ins Zimmer, ohne auf die Erlaubnis zum Eintreten zu warten. »Natascha!«, rief sie. Sie sprang aufs Bett und warf sich auf Händen und Knien auf ihre Schwester. Sie hüpfte auf und ab und ließ die Matratze erbeben. Ihr Haar kitzelte Nataschas Gesicht.

»Rate mal«, sagte Ava. «Rate, rate, rate, rate mal!«

»Ava, runter von mir«, lispelte Natascha, während sie versuchte, Avas Haar auszuspucken.

Ihre Schwester hüpfte nur noch enthusiastischer. Auf jeden Fall schüttelte es den Albtraum aus ihr heraus. »Ich gehe nicht, bis du geraten hast. Also rate.«

Natascha versuchte, sie von sich zu stemmen, aber Ava war ein Kraftbündel. Dünn, aber stark.

»Also gut«, sagte sie. »Heute ist der letzte Schultag?«

»Nein! Du verlierst, obwohl du eigentlich trotzdem gewinnst.« Sie bebte vor Aufregung.

»Au«, sagte Natascha. »Ava. Wenn du so weitermachst, muss ich gleich pinkeln.«

»Darya!«, brüllte Ava. »Sie ist wach! Komm her – und bring die Zeitung mit!«

Natascha wand sich unter ihrer Schwester hervor. Sie richtete gerade ihren verrutschen Pyjama, als Darya reinkam und sich auf die Bettkante fallen ließ. Sie hielt Natascha eine Seite der *Willow Hill Weekly* vor die Nase.

»Sieh nur!«, sagte sie.

»Was?«, maulte Natascha.

»Ach, hör auf, so ein Kackvogel zu sein, und sieh her«, befahl Ava. Sie riss Darya die Zeitung aus der Hand und hielt sie einen Zentimeter vor Nataschas Augen. »Siehst du es?«

Natascha schlug sie weg. »Warte. Ts.« Sie suchte sich eine bequemere Position und nahm die Zeitung selbst.

WIR GRATULIEREN DEN SIEGERN DES WETTBEWERBS FÜR JUNGE SCHRIFTSTELLER!, lautete die Schlagzeile.

Hoffnung schnürte ihr Inneres hart und schnell ein. Ihr Blick flog zu Ava, in deren Augen Aufregung funkelte. Darya spielte die Coole, denn Darya war Darya. Aber sie hob die Brauen, um zwei erfreute Gipfel zu bilden.

Natascha überflog die Namen unter der Verlautbarung. Dann las sie sie noch einmal richtig.

Erster Platz: Anica Russo
Zweiter Platz: Thomas Burnett
Dritter Platz: Skylar Trevarton

Ihre Hoffnung machte eine Bruchlandung. Sie sah ihre Schwestern nichtbegreifend an.

»Bist du nicht glücklich?«, fragte Ava. »Bist du nicht glücklich, dass ich deine Geschichte für dich eingesandt habe.«

»Ich habe nicht gewonnen«, sagte Natascha.

»Nein, aber sieh doch.« Ava nahm Natascha die Zeitung ab, räusperte sich und las vor. »Mit einer lobenden Erwähnung für Natascha Blok.« Sie senkte die Zeitung. »Das bist du! Du bist Natascha Blok!«

»Lass mich sehen«, sagte Natascha.

Ava zeigte auf den entsprechenden Absatz. »Lies es laut vor.«

»Aber das hast du doch gerade getan.«

»Ich habe nicht *alles* gelesen. Lies das ganze Ding.«

Unter dem Namen eines jeden Gewinners stand eine Beschreibung seiner oder ihrer Geschichte mit

Anmerkungen der Wettbewerbsrichter. Und darunter stand wirklich und wahrhaftig Nataschas Name. Es folgten ein paar Sätze über sie – wie alt sie war, wo sie zur Schule ging, ein Zitat ihrer Englischlehrerin, wie vielversprechend sie war (!). Dann waren die Wettbewerbsrichter an der Reihe:

»Ms Bloks Kurzgeschichte zeigt einen wunderbaren Sinn für Dialoge und eine emotionale Reife, die weit über ihr Alter hinausgeht. Eine Autorin, die man im Auge behalten muss.«

»Du bist eine Autorin, die man im Auge behalten muss!«, krähte Ava.

Eine Autorin, die man im Auge behalten muss, dachte Natascha. Außerdem verfügte sie über emotionale Reife und einen wunderbaren Sinn für Dialoge. Das Lob wärmte sie. Dann fragte sie sich, warum sie nur eine lobende Erwähnung bekam, wo sie doch eine Autorin war, die man im Auge behalten musste, und all das andere.

Das ärgerte sie.

Dann betrachtete sie ihren Namen, direkt dort im *Willow Hill Weekly*. Vergaß den ersten Platz oder den zweiten Platz oder was auch immer. Sie war eine Schriftstellerin. Eine echte, lebendige Schriftstellerin, und das war ohne einen Wunsch passiert.

In der Schule umarmte Molly sie fest.

Stanley meinte, wie cool es war, ihren Namen in der Zeitung zu lesen. Und sie erwiderte: »Danke.« Sie war froh, dass sie einander wieder in die Augen sehen konnten.

Rameen Pezeshki grinste, es sei einfach nicht gerecht, dass sie gut in Mathe *und* im Schreiben war, und Belinda Berry sagte: »Ich erinnere mich an dieses Gedicht, das du in der fünften Klasse geschrieben hast. Das über Frösche. Ich bin überhaupt nicht überrascht, dass deine Geschichte gewonnen hat, denn dieses Gedicht hat gerockt.«

Natascha wollte sie korrigieren – sie hatte nicht gewonnen, sondern nur eine lobende Erwähnung bekommen –, ließ es dann aber durchgehen. Sie erinnerte sich an das Froschgedicht, aber sie hatte keine Ahnung, dass andere das auch taten, erst recht nicht Belinda, eine, die auf Tischen saß und mit Jungs flirtete.

In Zukunft würde sie netter zu ihr sein, nahm sie sich vor. Nur weil Belinda beliebt war, musste das nicht bedeuten, dass sie nicht befreundet sein konnten.

Claire Stuber gab ihr die Zeitungsmeldung, die ihre Mutter für den Fall ausgeschnitten hatte, dass Natascha ein zweites Exemplar haben wollte. Benton klatschte sie ab und sagte: »Lass die Worte raus, Bae!«

Natascha stimmte vorsichtig zu, dann fragte sie Molly, was »Bae« bedeutete.

»Oh mein Gott. Dass er dich mag, das ist alles!« Sie errötete. »Nicht *so du weißt schon* mag. Das haben wir abgehakt. Und er sollte mit dem Wort ›Bae‹ aufhören. Aber – es ist seine Art zu gratulieren. Okay?«

»Ja, Ma'am«, sagte Natascha. Sie konnte ihr Grinsen nicht unterdrücken.

Dann ging die lobende Erwähnung ihrer Geschichte in der überschäumenden Aufregung des letzten Schultags unter. Frühsommer! Keine Schule! Heiße Tage und Swimmingpools. Eis am Stiel, sowohl das gesunde Obsteis, das Tante Vera kaufte, wie auch die dekadenten Häagen-Dazs-Eisriegel, die Tante Elena in die Kühltruhe schmuggelte.

Im Frühsommer war auch Papa konzentrierter. Er kam öfter ins Haus. Er sprach mehr. Im Frühsommer lächelte Papa manchmal.

Im Englischunterricht dachte Natascha gerade daran, als eine Erinnerung an die Oberfläche stieg und sie überwältigte, sie der realen Welt völlig entzog.

»Und Nates Lächeln«, hatte Tante Elena gesagt. Das war mehrere Jahre her. Natascha hätte im Bett sein sollen, aber sie war für ein Glas Wasser nach unten gekommen. Als sie Papas Namen hörte, blieb sie vor der Küche stehen und lauschte.

»So wie er strahlte, wenn Klara den Raum betrat«, fuhr Tante Elena fort. »Siehst du es nicht vor dir?«

»Klara brachte jeden zum Strahlen«, sagte Tante Vera.

»Aber Nate … wie er sie ansah …« Tante Elenas Worte klangen wehmütig. »Ich war auf sie eifersüchtig – wusstest du das? Nicht auf missgünstige Weise. Aber sie waren mein Lieblingspaar. Sie waren so glücklich.«

»Klar, bis Klara ohne ein Wort verschwand. In meiner Welt disqualifiziert sie das für den Preis des glücklichsten Pärchens.«

»Depressionen sind kompliziert. Das weißt du.«

»Depressionen sind ein Luxusproblem.«

Tante Elena seufzte. »Nicht jeder ist so stark wie du, Vera.«

»Also ist es meine Pflicht, die Lücke zu füllen?«, sagte Tante Vera. »Ich liebe diese Mädchen. Ich würde mich für sie vor einen fahrenden Zug werfen. Aber sollte das nicht Klaras Job sein?«

Natascha war auf Zehenspitzen wieder nach oben geschlichen, hatte die Decke bis ans Kinn gezogen und sich zusammengerollt. Sie war nicht länger durstig.

Sie tauchte aus der Erinnerung auf und war über den Lärm ihrer Klassenkameraden überrascht. Sie trugen so helle Farben. Ihr Lächeln war breit und unbeschwert.

Als zum letzten Mal die Kingel ertönte, stürmten die Schüler der Junior High in einem wilden, von Hormonen getriebenen Rausch durch die Korridore in Richtung Freiheit.

»Komm schon!«, drängte Molly. Sie zog an Nataschas Rucksack. »Alle Siebtklässler gehen ins *Sweet Treat Café*. Je schneller wir dort sind, umso eher bekommen wir Plätze weit weg von Darya und ihrem Hofstaat. Oder willst du bei Darya und ihrem Hofstaat sitzen?«

»Das will ich nicht«, sagte Natascha. Sie fühlte sich aus dem Gleichgewicht gebracht. »Aber du gehst. Morgen verbringen wir den ganzen Tag zusammen, okay?«

»Okay, Bae«, sagte Molly. Sie eilte los, um die Menge einzuholen. »Ich sehe dich bald, Bae!«

»Ich liebe dich, Bae!«, rief Natascha.

Nachdem sie das Schulgebäude verlassen hatte, blieb sie ein paar Momente still dort stehen, dann schlug sie die Richtung nach Hause ein.

»Gut oder schlecht, unecht oder echt – wenigstens bist du kein Specht«, sagte jemand, als sie sich im Wald befand, kurz vor ihrem Zuhause. »Was? Habe ich recht? Hm?«

Es war die Vogelfrau. Natascha erkannte ihre krächzende Stimme.

»Wo sind Sie?« Natascha suchte die Umgebung ab.

Die Vogelfrau sprang hinter einer Eiche hervor. Heute trug sie einen langen Rock und sie schwenkte die Hüften, damit er gegen ihre Armeestiefel schlug. »Ich trage meine Tarnung nicht mehr.«

»Das sehe ich«, sagte Natascha. »Warum haben Sie gesagt, dass ich wenigstens kein Specht bin?«

»Oje. Womit hat man dich heute gefüttert? Verdorbenem Pudding?« Die Vogelfrau gesellte sich zu Natascha auf den Pfad. »Du kannst kein *Vogel* sein, weil du ein *Mädchen* bist.«

Natascha rückte ihren Rucksack zurecht. »Das weiß ich. Aber Sie sagten es, als sollte ich darüber froh sein. Warum sollte ich froh sein, dass ich kein Specht bin?«

»Vierundzwanzig Spechten kann ich Zöpfe flechten«, sagte die Vogelfrau.

»Mir wird niemand Zöpfe flechten«, stellte Natascha fest.

»Es sind schon seltsamere Dinge geschehen«, sagte die Vogelfrau. »Hast du nicht gelernt, dass unter der gewöhnlichen Welt eine verborgene Welt liegt? Die verborgene Welt kann auch gut oder schlecht, unecht oder echt sein. Sie kann dich glücklich oder traurig machen.« Sie nickte. »Deine Mutter weiß das.«

Nataschas Sinne waren auf Äußerste alarmiert. »Was?«

»Ich sagte, deine Mutter wusste das.«

Natascha trat näher. Sie roch grüne Schösslinge und Brombeeren und etwas Würziges, das ihre Nase kitzelte.

»Was wissen Sie über meine Mutter?«

»Wenn ich es dir sage, was gibst du mir dafür?«

»Weiß nicht. Alles, was Sie wollen!«

Die Vogelfrau kniff die Augen zusammen. »Nein.« Ihre Stimme verschaffte Natascha ein Frösteln. »Deine drei Wünsche sind verbraucht worden – biete niemals wieder an, irgendjemandem ›alles‹ zu geben. Versprichst du das?«

Nataschas Herz pochte heftig.

»*Versprichst du das?*«, verlangte die Vogelfrau zu wissen.

»Klar. Ja. Was auch immer.«

»Deine Mutter ist gegangen«, sagte die Vogelfrau.

»Das ist mir auch klar«, sagte Natascha scharf.

»Aber sie hinterließ dir etwas.« Die Vogelfrau verbarg ihre Hände geziert hinter ihrem Rücken.

»Nein.« Kalter Schweiß sammelte sich in Nataschas Kreuz. »Hätte sie mir etwas hinterlassen, warum sollte sie es ausgerechnet ... Ihnen geben?«

Die Vogelfrau öffnete ihre Finger. Ein Zettel lag auf ihrer Handfläche. Er war viel größer als die anderen, eigentlich mehr wie ein Brief, aber in der mittlerweile vertrauten Handschrift stand *Natascha* daraufgeschrieben.

»Willst du ihn haben?«

Nataschas Hals war wie zugeschnürt.

»Wie du willst«, sagte die Vogelfrau, »aber er gehört nicht mir.« Sie drehte die Hand um und der Zettel flatterte zu Boden.

Natascha fühlte sich schrecklich schwach. Ihr Rucksack hing schwer an der einen Schulter und warf sie beinahe um.

Die Vogelfrau verschwand.

Die Botschaft blieb zwei Schritte vor Natascha zurück.

Nataschas Atem ging ganz flach. Sie wollte nicht dorthin gehen, wo sich die Vogelfrau aufgehalten hatte. Aber sie wollte die Botschaft haben. Sie ging in die Hocke, streckte sich und griff danach. Ihre Fingerspitzen berührten das Papier. Ihre Muskeln ächzten. Noch eine Anstrengung und …

Sie hatte den Brief.

Ich wünsche mir, ich könnte es jemandem sagen.

Emily

28

Natascha setzte sich auf einen Stein und öffnete den Zettel. Sie las die Worte. Schnell-schnell-schnell. Sie kniff die Augen zusammen und versuchte sich von allem freizumachen.

Ein Vogel sang. Ein kleines Tier raschelte durchs Unterholz. Eine Brise zerrte an der Botschaft und Natascha glättete sie auf dem Oberschenkel. Dann las sie sie erneut, jedes einzelne Wort.

Natascha, ich habe Deinen Namen in der Zeitung gelesen! Ach, meine Süße, eine lobende Erwähnung! Wäre ich da, würde ich Dich so fest umarmen wie noch nie zuvor und dann mit Dir ins Eiscafé gehen, um zu feiern. Ich würde Dich bitten, die Ge-

schichte vorzulesen, die Du eingeschickt hast, und ich hoffe, Du würdest das auch tun, aber wenn nicht, hätte ich das verstanden. Gewisse Dinge sind privat. Gewisse Dinge lassen sich nicht teilen, nicht, indem man miteinander spricht. Aber etwas niederzuschreiben, ob man es nun anderen zeigt oder nicht, ist eine sichere Weise, um Dinge aus sich herauszulassen, nicht wahr?

Auf jeden Fall ist es sicherer.

Ich glaube, Du und ich, wir sind uns sehr ähnlich. Wir können beide Dinge auf Papier sagen, die wir nicht aussprechen können. Darum fällt es mir leichter, Botschaften zu verfassen, als etwas zu sagen.

Und darum hatte ich auch Angst. Ich dachte, vielleicht willst du lieber reden, als die Botschaften zu lesen; darum schlug ich es vor. ›Möchtest du reden?‹, schrieb ich. Aber dann kam mir folgender Gedanke: Was, wenn sie ohne mich besser dran ist?

Das gleiche alte Problem. Es ist immer das gleiche alte Problem. Darum gab es keine Botschaften mehr. Es lag an mir, nicht an Dir. So wie es immer an mir lag.

Ach, Natascha, als Du den Brief über den Wunschtag gelesen hast, den ich Dir hinterließ, musst Du mich gehasst haben. (Du hast den Brief doch erhalten, oder? Aber natürlich hast Du das.

Davon bin ich überzeugt. Es ist nur, Dein Vater … ich hoffe, er tat, worum ich ihn bat, das ist alles.)

Nun.

Mein geliebtes Mädchen, ich kann nicht sagen, was ich sagen muss. Ob nun laut oder auf dem Papier. Ich versuche mein Herz zu öffnen und die Flügel krachen zu Boden. Meine Tränen verschmieren die Tinte.

Ich liebe Dich, Natascha. Immer.

Mama

Als Natascha den Kopf hob, war der Wald genau wie zuvor. Blätter raschelten. Über ihr stritten sich zwei Meisen, flogen zu einem anderen Baum und stritten sich dort weiter. Ein Lichtstreifen fiel auf ihren Schoß und ließ das verblichene Blau ihrer Jeans leuchten.

Kam die Botschaft wirklich von ihrer Mutter? Denn wenn es so war, dann galt das auch für die anderen … oder?

Natascha faltete das Papier zusammen und steckte es in die kleine Tasche oben auf ihrem Rucksack, deren Reißverschluss sie sorgfältig verschloss. Sie ging zu Papas Werkstatt hinüber und klopfte an der Holztür.

Keine Antwort.

»Papa?«, hauchte sie.

Sie hörte ein Poltern, gefolgt von einem kurzen

Schmerzlaut. Vielleicht hatte er sich den Zeh gestoßen oder den Ellbogen an seinem Zeichenbrett.

»Papa, ich bin es. Natascha. Ich komme jetzt rein, okay?«

Papa hörte auf, an seinem Daumen zu lutschen, als sie über die Schwelle trat. »Natascha«, sagte er.

Sie dachte drei Dinge in schneller Reihenfolge:

Er sieht so alt aus, viel älter, als er sollte.

Er liebt mich so sehr.

Ich liebe ihn auch.

Dann durchfuhr Einsamkeit ihr Herz wie ein Stich. Diese Dinge stimmten alle, aber sie enthielten auch eine viel traurigere Wahrheit:

Und doch kennt er mich nicht, jedenfalls nicht richtig.

»Ist es Zeit zum Mittagessen?«, fragte er. Mit zusammengekniffenen Augen starrte er zum Fenster, vor dem Staub im goldenen, trüben Licht schwebte. »Bestimmt ist es zu früh fürs Mittagessen, es sei denn – oh nein. Ich habe doch wohl nicht noch einen Geburtstag vergessen, oder?«

»Papa, hör auf«, sagte Natascha. Vor zwei Jahren hatte Ava ein aufwändiges Geburtstagsessen für Papa gekocht. Sie hatte Platzkarten gemacht. Sie hatte das Menü geplant. Sie hatte am Vorabend auf jedermanns Kopfkissen persönliche Einladungen hinterlegt und darum gebeten, dass »alle Gäste um genau siebzehn Uhr im Esszimmer am Tisch sitzen!«. Das alles war sehr süß und typisch Ava, und um genau siebzehn Uhr eins trat sie mit einem Tablett voller Blini, der russischen Version von Crepes, aus der Küche.

Sie waren butterig und warm und einfach köstlich. Oder wären es zumindest gewesen, hätte man sie sofort verspeist, wie man es tun musste. Aber Ava hatte darauf bestanden, dass sie auf Papa warteten, der einfach nicht kam und auch nicht in seiner Werkstatt war, als Natascha den Stuhl zurückschob und ihn holen ging. Er war in die Stadt gegangen, weil ihm Holzbeize ausgegangen war. Seinen eigenen Geburtstag hatte er völlig vergessen.

Die Blini waren kalt und matschig gewesen, als Tante Vera schließlich »Ach, um Himmels willen« gesagt und sich trotz Avas Protest einen Bissen in den Mund geschoben hatte. Die anderen hatten sich angeschlossen und jeder Ava versichert, dass sie perfekt waren. Papa war eine halbe Stunde später aufgetaucht, und der kühle Empfang, den ihm jeder bereitete, hatte ihn verblüfft.

»Nein, du hast keinen Geburtstag vergessen«, sagte Natascha jetzt, »und nein, es ist nicht Zeit fürs Essen.«

Papa entspannte sich. »Richtig. Gut. Ja.« Er zögerte. »In dem Fall …«

»Hast du einen Brief für mich?«, fragte Natascha.

Papa sah sie verständnislos an.

»Von Mama, den du mir an meinem Wunschtag geben solltest?«

Papa rieb sich den Nacken. »Ach, das.« Er sah traurig aus, so wie immer, wenn jemand Mama erwähnte. »Es ist nur so, deine Tanten fanden es besser, wenn man damit wartet, musst du wissen. Also behielt ich ihn bei mir.«

Natascha zwang sich zur Ruhe. »Aber es gibt einen Brief? Von Mama?«

»Sie hinterließ für jedes von euch Mädchen einen.«

»Gib ihn mir. Den für mich.«

Ein Schatten glitt über sein Gesicht. Natascha verspürte eine tiefe Frustration. *Ja, meinetwegen sei traurig*, dachte sie. *Ja, bleib in deiner eigenen Welt. Das ist nichts Neues. Aber gib mir vorher den Brief!*

»Papa«, sagte sie.

Er riss sich zusammen. »Ja, ja. Wenn es sich Vera und Elena anders überlegt haben, dann natürlich.« Er ging zu dem Schreibtisch, an dem er seine Buchführung machte. Mit einem kleinen goldenen Schlüssel schloss er die oberste Schublade auf. Er öffnete sie und entnahm ihr drei cremeweiße Umschläge.

Seit Natascha auf der Welt war, hatte Papas Schreibtisch am anderen Ende seiner Werkstatt gestanden, und seit sie fünf Jahre alt gewesen war, hatte es dort offenbar eine verschlossene Schublade gegeben, in der ein Brief ihrer Mutter lag. Drei Briefe von ihrer Mutter, und sie hatte nichts davon gewusst.

Was wusste sie noch alles nicht?

Papa bewegte sich, seine breiten Schultern blockierten ihre Sicht. Sie hörte, wie die Schublade geschlossen wurde, gefolgt vom Klirren des Schlüssels. Als er sich umdrehte, hielt er einen einzelnen Umschlag an die Brust gedrückt. Er durchquerte den Raum und hielt ihn ihr hin, aber als sie danach griff, ließ er nicht los.

Tränen schwammen in seinen Augen. Bei ihrem Anblick füllten sich Nataschas Augen ebenfalls mit Tränen.

»Ich liebe dich sehr, Natascha«, sagte Papa.

»Ich liebe dich auch«, erwiderte sie. Sie konnte die zugeklebte Lasche an der Unterseite des Briefumschlages fühlen. Vorn stand ihr Name geschrieben.

In derselben Schreibschrift.

Derselben Schrift wie auf den anderen Botschaften, die sie erhalten hatte.

»Deine Mutter war eine gute Frau«, erklärte er. »*Ist* eine gute Frau, und sie liebt dich auch. Das musst du wissen.«

»Okay«, erwiderte Natascha.

Papa ließ den Umschlag los und sie stolperte unwillkürlich zurück. Ihr Rucksack stieß gegen eine Laute, deren Saiten einen einsamen Ton seufzten.

»Natascha?«

»Ja?«

»Ist bald Essenszeit?« Er sah alt und verloren aus, und Natascha hasste ihn ein bisschen, obwohl sie ihn liebte.

»Ja.« Sie drehte sich um und eilte aus der Tür.

29

Sie ging zu dem Baum mit der Schaukel, aber sie setzte sich nicht darauf. Stattdessen stellte sie sich auf eine der großen Wurzeln des Baumes und blickte zu Papas Werkstatt zurück. Dann blickte sie zum Haus, das so fröhlich und beruhigend in der untergehenden Sonne stand.

In den Zimmern ihrer Schwestern brannte Licht. Daryas Vorhänge waren geschlossen, während Avas purpurfarbene und hauchdünne Vorhänge weit aufgezogen waren. Natascha entdeckte Avas Füße am Bettende, einer auf dem anderen in purpurfarbenen Socken mit gelben Punkten. Der obere Fuß wackelte hin und her. Vermutlich las sie ein Buch. Vermutlich über Magie.

Natascha schüttelte den Rucksack von den Schultern und stellte ihn am Baum ab. Jetzt setzte sie sich doch auf die Holzschaukel. Sie grub die Zehen ihrer Turnschuhe in den Boden, um nicht zu schaukeln.

Mit der Spitze ihres Zeigefingers strich sie über den weißen Umschlag. Sie drehte ihn um, grub den Daumen unter die Lasche, öffnete ihn und zog den Brief heraus. Es waren mehrere Seiten. Die Blätter waren in der Mitte gefaltet. Sie schüttelte sie auf und ihr stieg ein Hauch von Rosenduft in die Nase.

Und wieder eine blitzartige Erinnerung. Ein von einem taubengrauen Band umschlungenes Glasfläschchen, und Mama sagte: »Du tropfst es hierhin, wo deine Haut warm ist.« Dabei tupfte sie einen Tropfen Parfüm auf die Innenseite von Nataschas Handgelenk.

Mit pochendem Herzen las sie den Brief ihrer Mutter.

Liebe Natascha,

wenn Du das hier liest, bedeutet das, dass ich die Dinge nicht in Ordnung bringen konnte. Oder mich selbst. Es tut mir mehr leid, als Du Dir jemals vorstellen kannst.

Ach, mein Liebling.

Ich habe diesen Brief tausendmal angefangen und ihn genauso oft wieder in Stücke gerissen. Ich kann nicht sagen, was ich sagen muss. Ich werde niemals sagen können, was ich sagen muss. Aber ich muss es versuchen, nicht wahr? Also werde ich den hier nicht zerreißen. Der hier ist es, denn heute Nacht wird meine letzte Nacht an diesem Ort sein.

Kümmere Dich um Deine Schwestern und Deinen Vater. Nein, das ist nicht fair – schließlich bist Du erst fünf! Aber Du bist bereits so groß. So schlau und witzig und kreativ, und Du bist Dir so sicher, was Du willst. Heute hast Du mich gebeten, Dir Dein Haar zu flechten, und wegen der zu lockeren Zöpfe warst Du sehr entschlossen. »Mach mir richtige Zöpfe, Mama! Mein Ruf steht auf dem Spiel!« Darüber mussten Papa und ich lachen, und Du wurdest noch aufgebrachter.

»Molly gehen immer die Zöpfe auf, und jeder in der Klasse nennt sie Mähnen-Molly«, fuhrst Du fort.

»Oje«, habe ich gemurmelt und daran gedacht, dass selbst die Kinder im Kindergarten so herzlos sein können.

Du hast meinen Ausdruck gesehen, und Deine Augen wurden ganz groß, dann hast Du die Arme um mich gelegt und gesagt: »Das tun sie nicht, Mama! Das habe ich erfunden! Niemand nennt sie Mähnen-Molly, und ich habe das einfach gesagt und weiß nicht einmal, warum. Sie hat das schönste Haar von allen, das hat sie wirklich, also mach bitte wieder ein anderes Gesicht, Mama. Bitte!«

Aber Natascha, ich schreibe Dir das als Beispiel dafür, was für eine Vorstellungskraft Du hast, und nicht, um anzudeuten, dass Du herzlos bist. Du bist nicht herzlos. Das könntest Du nicht einmal sein, wenn Du es wolltest. Letzte Woche wolltest Du diesen alten Kater streicheln, der ein Stück die Straße hinunter lebt – erinnerst Du Dich? Und er hat Dich gekratzt, und ich habe mich so darüber aufgeregt. Aber Du hast meine Hand getätschelt und gesagt: »Mama, schon gut. Arme Mama. Er hatte nur einen schlechten Tag, das ist alles.« Dann hast Du Dir eine Geschichte über die vielen Mäuse einfallen lassen, mit denen Du ihn füttern würdest, um ihn aufzumuntern, aber nur Mäuse, die bereits tot und »eines natürlichen Todes gestorben« sind, wie Du es ausgedrückt hast.

Lässt Du Dir immer noch Geschichten einfallen?

Kennst Du noch immer Mähnen-Molly, die gar keine Mähne hat?

Aber schließlich bist Du keine fünf mehr. Vielleicht trägst Du Dein Haar jetzt kurz. Vielleicht hast Du eine neue beste Freundin. (Auch wenn ich das egoistischerweise nicht hoffe. Molly ist eine gute Freundin, und gute Freunde sind es wert, sie zu behalten.)

Das hier ist schrecklich, Natascha. Ich vermisse Dich bereits. Bitte bleibe nur …

Ich weiß nicht. Bleibe freundlich. Bleibe witzig. Aber sei vorsichtig mit dem, was Du sagst. Das Leben ist ein rutschiger Weg. Man macht schnell einen Fehler und manche Fehler kann man nicht mehr ungeschehen machen.

Und ja. Darum schreibe ich das hier. Um mich zu verabschieden, um Dir zu sagen, dass ich Dich liebe, und um Dich vor Deinem Wunschtag zu warnen, der morgen ist. Wenn Du diesen Brief liest, dann muss es so weit sein, denn ich werde Papa genaue Anweisungen geben, wann er ihn Dir geben soll. Ich werde sehr entschlossen sein, so wie Du es warst, als Du Deine Zöpfe haben wolltest, Du albernes Gänschen.

Dreizehn Jahre alt.

Unglaublich.

Also ich sage es jetzt: Sei vorsichtig mit dem, was Du Dir wünschst.

Denn das Sprichwort stimmt, Natascha. Verstehst Du? Ich habe mir etwas Schreckliches gewünscht, und mein Wunsch ging in Erfüllung. Ich habe mir oft gewünscht, ihn ungeschehen zu machen, aber einen Wunsch ungeschehen zu machen geht nicht. Aber ich frage mich, ob es wohl funktioniert, wenn Du Dir wünschst, dass mein Wunsch rückgängig gemacht wird? ~~Wären Emily und ich dann wieder die besten Freundinnen?~~

Tu es nicht, mein Schatz. Denk nicht mal dran. Wünsche Dir Schokoladen-Cupcakes oder ein neues Kleid oder etwas Sonne für diesen alten Kater. Falls er noch lebt. Oder wünsche Dir auch gar nichts!

Ich werde es trotzdem versuchen, weißt Du? Meinen Wunsch wieder in Ordnung zu bringen und zurück zu sein, bevor Du überhaupt bemerkt hast, dass ich fort war. Aber wenn du diesen Brief liest, fürchte ich, dass es nicht geklappt hat. Und da flattern diese Flügel in mir, mein liebes Mädchen. Ich höre sie in meinem Kopf, und ich fürchte, ich verliere den Verstand. Aber mein Herz gehört Dir für alle Ewigkeit.

In ewig währender Liebe,
Mama

Die Sonne glitt tiefer unter den Horizont. Nataschas Rücken tat weh, weil sie so verkrampft auf der Schaukel gesessen hatte. Sie ließ den Brief auf den Schoß fallen und stieß sich vom Boden ab, streckte die Füße spitz nach vorn aus, um die Schaukel in Bewegung zu setzen.

Sie hatte Zöpfe getragen, als sie klein gewesen war? Sie hatte Molly »Mähnen-Molly« genannt und

Mama »arme Mama«? Das klang eher nach Ava als nach ihr.

Sie erinnerte sich auch nicht an einen mürrischen Kater. Oder an Emily, deren Name Mama durchgestrichen hatte. *Emily, Emily, Emily*, hatte die Vogelfrau gesagt. *Es dreht sich immer alles nur um Emily, nicht wahr?*

Anscheinend wollte jeder Emily ausradieren. Hatte sie es einst tatsächlich gegeben? War sie Mamas beste Freundin gewesen? Hatten Papa und Tante Vera diese Erinnerungen ausradiert – oder war Mama verrückt?

Ich fürchte, ich verliere den Verstand. Diese Worte hatte ihre Mutter selbst geschrieben.

Aber halt, sagte sich Natascha. *Tritt einen Schritt zurück und DENK NACH! Denk darüber nach, was das bedeutet.*

Mama.

Ist.

Am Leben?

Ein Schatten erregte ihre Aufmerksamkeit. Es war Papa, der am Fenster seiner Werkstatt stand, die Hände gegen den Fensterrahmen gestützt. Er sah nicht sie an. Soweit sie es sagen konnte, sah er gar nichts an.

Aber wenn er hörte, dass er die ganze Zeit über recht gehabt hatte und Mama wirklich am Leben war …!

Sie sprang von der Schaukel und rannte über den Rasen, und das Wissen, wie glücklich er sein würde, machte sie ganz kribbelig. Dann blieb sie stehen. Mama lebte. Ja. Aber sie war nicht hier.

Sie lebte, und doch war sie nicht bei ihnen, und sie war *absichtlich* nicht bei ihnen.

Die ganze Zeit hätte Mama bei ihnen sein können.

Sie hätte Papa vor seiner Trauer retten können. Sie hätte sie alle vor ihrer Trauer retten können.

Warum hatte sie sich entschieden, sich gerade jetzt zu melden? Und warum warum *warum* hatte sie sich an sie gewandt, statt an Tante Vera oder Tante Elena, die ihre Schwestern waren? Warum hatte sie sich nicht an *Papa* gewandt, der ihr Ehemann war?

Natascha schluckte und betrachtete das Haus, das ihre Mutter vor beinahe acht langen Jahren verlassen hatte. In der Küche sah sie Darya den Tisch decken, und sie sah, wie Ava ihr folgte, um die Messer und Gabeln zu richten und die Servietten etwas ordentlicher hinzulegen.

Tante Vera stand am Herd und rührte Suppe oder vielleicht auch Spaghettisoße, und Tante Elena öffnete den Ofen und schob einen in Folie eingeschlagenen Laib Brot hinein. Natascha wusste genau, was danach passieren würde. Tante Elena würde die Zeituhr auf fünfundzwanzig Minuten stellen und Tante

Vera würde sagen: »Zweiundzwanzig Minuten wären besser. Das Brot kannst du immer noch länger drinlassen, aber wenn du es zu lange drinlässt, ist es zu spät.«

Ihrer Routine war so vorhersehbar wie ein Uhrwerk, und genau *das hier*, dieser fröhliche Tanz der Essensvorbereitungen und des unbekümmerten Geplauders, war das, was Nataschas Kindheit ausmachte. Vielleicht *war* ihre Familie zerbrochen, aber im heimeligen Licht der Küche konnte sie das nicht erkennen. Im Küchenlicht schien ihre Familie durchaus *heil* zu sein.

Mama lebte. (Weil sie sich das gewünscht hatte?)

Ein unreines Tier schleppte sich Bethlehem entgegen, aufgebrachte Vögel warfen Schatten auf seine dicken Oberschenkel. (Aber nein, denn Mama war nicht Furcht einflößend. Mama war kein *Tier*.)

Aber vielleicht bereitete sich Mama gewissermaßen auf ihre Wiedergeburt vor, nur eben nicht auf Furcht einflößende Weise? Denn Mama war diejenige, die Angst hatte, das hatte sie in ihrer letzten Botschaft gesagt – die Botschaften, die Natascha das Gefühl gegeben hatten, etwas Besonderes zu sein. Vielleicht *hatte* sie ihre Mutter tatsächlich zurückgerufen.

Federn streiften Nataschas Wange und sie fuhr herum. Ein Nachtfalke krächzte und kreiste über ihr. Er stürzte in die Tiefe und sie duckte sich und schützte den Kopf mit den Armen.

»Hör auf!«, rief sie.

Der Baum hinter ihr erzitterte und ein Schwarm Amseln stieg in die Luft. Natascha ging in einer Flut Körper und kleiner pochender Herzen verloren. Schnäbel stachen in ihre Schultern und ihren Rücken und die nackte Haut ihrer Oberschenkel. Flügel schlugen lärmend.

Sie scheuchten sie auf den Weg, der zu dem alten Weidenbaum führte.

»Schon gut, schon gut!«, rief sie. Ihre Waden brannten, als der Weg steiler wurde. Als sie stolperte, verhinderten warme Dinge ihren Sturz. Als sie langsamer wurde, verstärkten sich die Schnäbelhiebe.

Keuchend erklommen sie die Kuppe des Willow Hill. Die Vögel schwärmten mit einem gewaltigen Flügelgestöber davon.

Der alte Weidenbaum wartete. Seine schlanken, gebogenen Äste waren nicht länger mit Knospen bedeckt, sondern in stolze grüne Blätter gekleidet.

Natascha ging näher heran. Die weichen Äste rauschten. *Komm herein, komm herein*, flüsterten sie.

Natascha schob sich durch den wogenden Vorhang. Jedes Blatt liebkoste sie. Als sie sich in dem nach unten hängenden Astwerk der Weide befand, löste sich etwas in ihrem Inneren.

»Meine Mutter *lebt*«, sagte sie zu der Vogelfrau, die zwischen den großen Wurzeln des Baumes saß.

»Tut sie das?«, fragte die Vogelfrau.

»Das tut sie. Und Sie wussten das.«

»Hm«, machte die Vogelfrau. Ihr gebrechlicher Körper lehnte gegen den Baumstamm und ihre Pyjamahose hatte sich auf den ausgestreckten Beinen in Falten gelegt. Unter dem Saum lugten ihre albernen Häschenpantoffeln hervor. Die Hasenohren waren weich und flauschig.

Sie klopfte auf eine Stelle neben sich. »Komm. Setz dich.«

Natascha bahnte sich einen Weg zu ihr und setzte sich.

Die Vogelfrau suchte in den Falten ihres Rocks herum und brachte eine zerknitterte weiße Tüte mit der Aufschrift DINO'S CANDY zum Vorschein. »Möchtest du einen Gummiwurm?«

»Nein, vielen Dank.«

»Ich finde wirklich, du solltest einen Gummiwurm nehmen.«

»Ich möchte keinen Gummiwurm.«

Die Vogelfrau musterte sie; in ihren Augen funkelte es gewitzt. »Bekommst du immer, was du willst?«

Es fühlte sich wie eine Fangfrage an.

Die Vogelfrau öffnete die Tüte und hielt sie ihr hin. Sie wackelte damit.

Natascha kam zu dem Schluss, dass der Abend kaum noch seltsamer werden konnte, also griff sie in die Tüte und zog einen saftigen roten Gummiwurm heraus.

»Gut«, sagte die Vogelfrau. »Und jetzt erzähle ich dir eine Geschichte.«

30

»Es war einmal ein Mädchen namens Klara«, fing die Vogelfrau an.

»Meine Mutter«, sagte Natascha.

»Klara lebte hier in Willow Hill«, fuhr die Vogelfrau fort. »Sie hatte eine ältere Schwester, Vera, die ausgezeichnet Kreuzworträtsel lösen und andere Leute herumkommandieren konnte. Sie hatte eine jüngere Schwester, Elena, die gern Karamellbonbons zu langen Fäden zerknetete, die sie dann aufrollte, damit sie wie Schnecken aussehen.«

Das weiß ich alles, hätte Natascha beinahe dazwischengerufen, aber sie schluckte die Worte herunter. Nun gut, das mit dem Kreuzworträtsel war ihr unbekannt. Die Karamellschnecken, ja, denn Tante

Elena machte immer noch gelegentlich Karamellschnecken.

»Klara hatte auch eine beste Freundin.« Die Vogelfrau blickte Natascha an. »Weißt du, wer die beste Freundin deiner Mutter war? Errätst du es?«

Natascha grub die Fingernägel in ihre Handflächen. »Ich würde es lieber nicht tun.«

»Hm«, sagte die Vogelfrau.

Natascha legte den Kopf gegen den Stamm der Weide. »Na schön«, sagte sie. »*Emily*.«

»Braves Mädchen.«

»Aber ist sie tot? Hat … hat Mama sich gewünscht, dass sie verschwindet?«

»Das kannst du dir selbst beantworten.«

»Aber Sie wissen es genau! Denn Papa hat einmal über Emily gesprochen. Er hat sie als Mamas unsichtbare Freundin beschrieben, oder von mir aus auch imaginäre Freundin. Und Tante Vera rastet aus, wenn Emily erwähnt wird, und Tante Elena weiß *etwas*, es scheint wie …«

Natascha hielt inne. Sie brüllte eine alte Frau mit Häschenpantoffeln an. Aber sie fühlte sich auch auf ungerechtfertigte Weise beschuldigt. Konnte aber nicht sagen, wofür man sie eigentlich beschuldigte.

»Warum sind Sie so gemein?«, flüsterte sie.

Die Vogelfrau blinzelte. »Gemein? Bin ich gemein?« Ihr Ausdruck wurde weicher. »Ach, meine

Liebe, ich gehe das alles völlig falsch an. Weine nicht, mein Schatz.« Sie überdachte ihre Worte. »Aber wenn du es musst, dann solltest du weinen. Selbst wenn du nur das Bedürfnis verspürst. Für Tränen braucht man sich nicht zu schämen.«

Die Vogelfrau griff nach Nataschas Hand. Sie hatte eine Hand wie ein Kind, nur eben faltiger. Sie drückte sanft zu.

»Wir sollten am Anfang beginnen«, fuhr sie fort.

»Mir ist egal, wo wir anfangen. Ich will es nur verstehen! Lebt meine Mutter noch?«

»Du bist diejenige, die das behauptet hat.«

»Ja, aber tut sie es wirklich? Ich weiß es nicht.« Natascha wurde mutiger. »Ich glaube aber schon. Denn sie ist diejenige, die mir Botschaften hinterließ – und Sie sind diejenige, die die Nachrichten überbracht hat.«

»Hm«, machte die Vogelfrau.

»Sie hat gesagt, sie könnte die Dinge nicht in Ordnung bringen, und ich glaube, sie meinte damit ... Sie wissen schon, Emily. Mama hat einen Wunsch geäußert, bei dem es um Emily ging, schätze ich. Hat sich gewünscht, dass Emily, ihre Freundin, die sie über Jahre begleitet hat ... dass Emily verschwindet.«

»Hm.«

»Okay, beantworten Sie bitte nur eins, und sagen Sie die Wahrheit. Kannten Sie Emily?«

»*Hmmm.*«

Natascha seufzte. Die Vogelfrau ließ ihre Hand los und hielt einen Finger in die Höhe.

»Ja … und nein«, sagte sie.

»Was soll das heißen?«

»Ich weiß, dass es Emily einmal gegeben hat«, antwortete die Vogelfrau vorsichtig.

»Okay.«

»Und ja, ich kannte Emily, als deine Mutter ein Mädchen war.«

»Okay.«

»Und nein, heute kenne ich sie nicht mehr.« Ihre Worte klangen wie eine Entschuldigung. »Nein, ich könnte nicht behaupten, dass ich das tue.«

Natascha senkte den Kopf. Mama hatte sich also gewünscht, dass ihre Freundin Emily verschwand. Oder ihr etwas zustieß. Etwas Schlimmes. Mama hatte an ihrem Wunschtag einen Wunsch geäußert und er hatte mit Emily zu tun gehabt, die einst Mamas beste Freundin gewesen war. Aber nun war sie fort und niemand erinnerte sich mehr an sie. Abgesehen von den winzigen Spuren, die es noch von ihr gab.

Allerdings … es war ja nicht so, dass sich die Leute nicht an Emily *erinnerten*. Es war eher so, als wäre Emily bewusst ausgelöscht worden.

Von Mama? Aber warum?

Natascha erschauderte. Zusammen mit Molly hatte sie mal einen schrecklichen Film gesehen, in dem es um einen Jungen ging, der alles wahr werden lassen konnte, was er wollte. Seine Schwester sagte etwas zu ihm, über das er sich ärgerte, also sorgte er dafür, dass sie nicht länger sprechen konnte. Niemals mehr. Natascha sah es wieder genau vor sich. Ein Mädchen mit langen Haaren. Angst in den Augen. Sie hatte keinen Mund. Keine Narbe oder einen Schlitz, wo er gewesen war, einfach nur glatte Haut unter ihrer Nase und über ihrem Kinn.

Ein Mund, dann kein Mund mehr.

Emily, dann keine Emily mehr.

Was hatte Mama nur getan?

»Ist meine Mutter darum gegangen? Weil sie Emily fortgewünscht hatte?«

Die Augen der Vogelfrau waren voller Trauer. Aber sie bewegte sich nicht.

»Weil Mama sie verschwinden ließ«, stellte Natascha klar.

Die Vogelfrau widersprach nicht.

»Aber das war doch so lange her. Mamas Wunschtag, meine ich. Mama war erst dreizehn. Also, warum wartete sie so lange, bis sie ging? Ich schätze, sie wurde immer trauriger und kam nicht damit zurecht, was sie getan hatte. Nichts konnte sie mehr glücklich machen, nicht einmal ihre … Familie?«

Natascha verstummte. Sie setzte die Puzzleteile zusammen und ihr wurde schwindlig dabei.

»*Ich* sollte es in Ordnung bringen«, erkannte sie. »Ich sollte Mamas Brief *vor* meinem Wunschtag lesen. Ich sollte mir wünschen, dass Emily zurückkehrt! Um alles ungeschehen zu machen.«

»Hat dich deine Mutter darum gebeten?«, fragte die Vogelfrau, jetzt sehr aufmerksam.

»Nein, aber das hat sie gemeint, als sie mir davon schrieb. Genau das hätte eine gute Tochter getan. Aber ich habe den Brief nicht bekommen und jetzt ist alles ruiniert, und ich kann es nicht einmal jemandem verraten!«

Die Vogelfrau hob die Brauen.

»Sie wissen, was ich meine. Ich sage es Ihnen, ja, aber Sie zählen nicht.«

Die Augenbrauen wanderten noch höher.

»Darya würde mich für verrückt halten«, meinte Natascha. »Molly auch – oder vielleicht auch nicht. Ich weiß es nicht.« Sie rieb sich das Gesicht. »Ava würde mir glauben, aber sie glaubt mir *zu* sehr, falls das einen Sinn ergibt. Sie wäre ganz aufgeregt und würde auf der Stelle springen und wollen, dass alles wieder in Ordnung käme, und zwar *genau jetzt, in dieser Sekunde*. Aber ich bin mir nicht sicher, dass alles wieder in Ordnung kommt. Tut es das?«

»Das kann ich nicht beantworten«, sagte die Vogelfrau.

»Das könnten Sie schon, wenn Sie wollten!«, rief Natascha. »Das weiß ich genau!«

»Müsste man nur wollen, dass etwas wahr wird, glaub mir, dann wäre deine Mutter mittlerweile wieder zu Hause.«

Natascha schwieg. Sie dachte an Papa und wie sehr er sich wünschte, dass Mama nach Hause kam. Sie dachte an das, was er sagen würde, wenn sie ihn darüber informierte, dass Mama nach Hause kommen konnte – dass es möglich war –, sie sich aber dazu entschieden hatte, es nicht zu tun.

Es würde ihm das Herz brechen. Es würde ihm das Herz völlig brechen, in so kleine Stücke, dass es womöglich niemals wieder geheilt werden könnte.

Tante Vera und Tante Elena durften es ebenfalls nicht erfahren. Was würde das schon bringen?

»Es muss ein Geheimnis bleiben«, sagte sie. »Mama hat das mit Emily die ganzen Jahre geheim gehalten. Jetzt bin ich an der Reihe, ein Geheimnis zu bewahren. Über Mama.« Forschend betrachtete sie das Gesicht der Vogelfrau. »Habe ich recht? Dürfen Sie wenigstens *diese* Frage beantworten?«

Die Vogelfrau tätschelte Nataschas Bein.

»Egal«, sagte Natascha niedergeschlagen. »Ich kenne die Antwort bereits.«

Aus weiter Ferne hörte sie Tante Veras Stimme. Sie klang schwach und dünn. Sie rief Natascha zum Essen.

Natascha stand auf und klopfte sich ab. Eine große Last hatte sich auf ihre Brust gelegt. »Nun …«

Die Vogelfrau blieb sitzen. Die Schatten waren so tief geworden, dass sie mit dem Baumstamm verschmolz. »Alles wird wieder gut«, sagte sie schließlich.

»Jetzt haben Sie es *doch* gesagt.«

»Du bist ein kluges Mädchen. Ein mutiges.«

»Bin ich das?«

Die Vogelfrau nickte. »Du brauchst mich nicht, um all deine Fragen zu beantworten. Verstehst du? Du kannst es selbst tun. Und du kannst frei entscheiden, was du tun wirst. Das können wir alle.«

Natascha nahm einen zittrigen Atemzug.

»Natascha!«, rief Tante Vera in der Ferne. »Na*ta*scha!«

Es erschien unmöglich, dass sie sie hören konnte, aber alles an diesem Tag erschien unmöglich.

»Dann geh«, sagte die Vogelfrau.

Natascha schaute in die Höhe, konnte den Himmel aber nicht sehen. Die Weidenäste waren zu dick. Sie blickte zur Seite, aber die Vogelfrau war verschwunden.

Stirnrunzelnd berührte Natascha den Baumstamm. Seine Rinde war fest und real unter ihren Fingern.

Sie schob sich durch den Blättervorhang. Ging den steilen Hügel hinunter. Zuerst langsam, dann immer schneller, weil Tante Vera noch immer rief.

»*Ich komme!*«, rief sie.

An der Schaukel, die Mama geliebt hatte, blieb sie stehen. Sie dachte einen langen Augenblick nach, dann kniete sie sich neben ihren Rucksack, der dort am Boden lag, wo sie ihn zurückgelassen hatte. Sie fischte einen Stift und ein Stück Papier heraus.

Komm nach Hause, schrieb sie.

Sie faltete die Botschaft zu einem sauberen Rechteck zusammen, küsste das Papier und steckte es in das zusammengeknüpfte Seil am Sitzende.

Bitte, fügte sie stumm hinzu.

Sie atmete die Abendluft ein und lauschte den Abendgeräuschen. Sie dachte über Magie nach. Dann schlang sie sich den Rucksack über die Schulter und ging auf die Wärme des Hauses zu.

Ich wünsche mir alles.

Die Vogelfrau, immer

Danksagung

Ein Buch zu erschaffen ist ein magischer Prozess, und auf das hier wurde so viel Feenstaub geblasen, dass mich sein Schimmer blendet. Ich danke Edward Eager, Eleanor Estes und E. Nesbit dafür, dass sie meine Überzeugung geformt haben, dass das, was gewöhnlich erscheint, es nur selten ist. Und ich danke meinen Eltern, dass sie die Bücher dieser Autoren (und viele andere) in meine begierigen Kleinmädchenhände gedrückt haben. Und danke dafür, dass sie nicht mal ansatzweise gewöhnliche Eltern sind – ein Kompliment, das ich auf meine ganze prächtige, verrückte Familie ausdehne. Da dies ein Roman über Schwestern ist, danke ich vor allem Susan, Mary Ellen und Eden dafür, geboren worden und großartig zu sein. Ohne euch alle wäre ich weder eine Schwester, noch würde ich die Geheimnisse kennen, die Schwestern so teilen.

Ein Dank an jeden bei HarperCollins, der diesem Projekt Leben eingehaucht hat: Kate Jackson, Susan Katz, Suzanne Murphy, Amy Ryan, Bethany Reis, Lauren Flower, Alana Whitman, Ro Romanello, Stephanie Hoover, Patty Rosati und Molly Motch. Außerdem ein schüchterner und ergebener Dank an Katherine Tegen. Ich fühle mich geehrt, Zugang in deine Welt gewährt bekommen zu haben.

Ich danke Barry Goldblatt und Tricia Ready, deren Magie wahnsinnig mächtig ist, denn ohne euch alle würde ich all die langweiligen Dinge, wie Verträge zu unterschreiben und Steuern zu zahlen, nie erledigt bekommen. Außerdem haltet ihr mich über Wasser, und wenn Leute Steine nach mir werfen (das tun sie manchmal), nehmt ihr mich in den Arm und versichert mir, dass alles wieder gut wird. Ihr seid erstaunlich.

Danke auch meinen Schreibfreunden, vor allem Emily Lockhart, Sarah Mlynowski und Bob. Ihr alle haltet das Märchen am Leben.

Einen riesengroßen Dank an Anica Rissi, dass sie mir mit diesem Kasten voller Wünsche vertraut hat, an Alex Arnold, weil er mir geholfen hat, sie zu sortieren, und an Claudia Gabel, weil sie am Ende vortrat und alles mit einer eleganten Schleife zusammenband.

Al, Jamie, Maya, Mirabelle und Alisha – danke, dass ihr meine Kinder seid und mich in euer Leben gelassen habt. Mein besten Ideen kommen von euch allen.

Und Randy? Du bist mein Wunsch, der in Erfüllung ging. Ich liebe dich.

Lauren Myracle